MIRA®

Der Preis dieses Bandes versteht sich einschließlich
der gesetzlichen Mehrwertsteuer.

Umwelthinweis:
Dieses Buch wurde auf chlor- und säurefreiem Papier gedruckt.

Heather Graham

Die Nacht des Tigers

Roman

Aus dem Amerikanischen von
Annette Keil

MIRA®

MIRA® TASCHENBUCH
Band 25195
1. Auflage: Oktober 2006

MIRA® TASCHENBÜCHER
erscheinen in der Cora Verlag GmbH & Co. KG,
Axel-Springer-Platz 1, 20350 Hamburg
Deutsche Taschenbucherstausgabe

Titel der nordamerikanischen Originalausgabe:
Bride of the Tiger

erschienen bei: Silhouette Books, Toronto
Published by arrangement with
Harlequin Enterprises II B.V., Amsterdam

Konzeption/Reihengestaltung: fredeboldpartner.network, Köln
Umschlaggestaltung: pecher und soiron, Köln
Redaktion: Sarah Sporer
Titelabbildung: Getty Images, München
Autorenfoto: © by Harlequin Enterprise S.A., Schweiz
Satz: Buch-Werkstatt GmbH, Bad Aibling
Druck und Bindearbeiten: Ebner & Spiegel, Ulm
Printed in Germany
ISBN 3-89941-288-5

www.mira-taschenbuch.de

1. KAPITEL

Die Skulptur war einzigartig. Sie befand sich in der Abteilung für römische Kunst des Museums und trug auf dem Sockel die Bezeichnung: „Unbekannter Künstler, um 100 v. Chr., schwarzer Marmor“.

Hingerissen betrachtete Tara die Plastik. Bei der Darstellung des lebensgroßen Tigers war es dem Künstler gelungen, die Spannung und die kraftvolle Vitalität zu vermitteln. Die Schönheit kam ebenso zum Ausdruck wie die mögliche Gefahr, die dieses Tier bedeuten konnte. Die erhobene Pranke versinnbildlichte sowohl die spielerische Anmut als auch das bedrohlich Lauernde der Raubkatze. Obwohl die Skulptur aus poliertem schwarzem Marmor bestand, sah Tara in ihrer Vorstellung die wahre Augenfarbe des Tigers. Goldbraun mussten seine Augen gewesen sein, lebhaft wie flackernde Kerzenflammen und durchdringend wie heiße Sonnenstrahlen.

Tara bemerkte zufrieden, dass sie im Augenblick die einzige Besucherin in diesem Raum war. Sie wollte gern allein sein mit dem geheimnisvollen Raubtier. Alle anderen Skulpturen im Ausstellungsraum waren im Vergleich zur Tigerplastik unbedeutend. Als wollte man die Einzigartigkeit des Tigers betonen, war sein Sockel in der Mitte des Raumes aufgestellt und mit samtbezogenen Kordeln umspannt worden.

Fasziniert ging Tara um die Skulptur herum. Ein schneller Blick auf ihre Armbanduhr verriet ihr, dass sie nur noch wenige Minuten Zeit hatte, wenn sie pünktlich zu ihrer Verabredung zum Lunch kommen wollte. Aber sie konnte sich nicht sofort von dem Anblick des Tieres losreißen. Seine kaum gebändigte Kraft, seine Ursprünglichkeit flößten ihr Ehrfurcht ein. Sie wusste nicht, warum, aber sie reagierte fast sinnlich auf dieses Kunstwerk.

Tara stand mit dem Rücken zum Eingang, als sie Schritte hörte und sich daraufhin rasch umwandte. Im Glaskasten, unter dem ein in Granit gehauener römischer Hauptmann ausgestellt war, spiegelte sich die Gestalt eines Mannes. Eindrucksvoll und mysteriös wie die antiken Skulpturen stand er im Eingang. Fast konnte man meinen, er wolle ihr den Weg versperren. Unwillkürlich verglich sie ihn mit dem Tiger. Der Mann verharrte ebenso stumm und unbeweglich wie das Raubtier und strahlte dabei die gleiche verhaltene Kraft aus.

Diese Kraft vermittelte Tara auch das unheimliche Gefühl einer Bedrohung für sich selbst. Der Mann besaß die geschmeidige, anmutige Haltung eines Raubtiers auf der Jagd. Wie der Tiger würde auch der Fremde geschickt sein bei der Verfolgung seiner Beute, bevor er sie mit tödlicher Präzision zur Strecke brachte.

Du bist verrückt! sagte sie sich. Doch obwohl sie wusste, wie unbegründet ihre Reaktion auf diesen Fremden war, bewegte sie sich mit äußerster Vorsicht, um dem Mann nicht den Rücken zuzukehren. Sie wollte die Skulptur umkreisen und dann einen genaueren Blick auf den Mann werfen. Ihre Fantasie war wirklich zu lebhaft. Selbstverständlich war dieser Fremde nur ein normaler Museumsbesucher.

Mit äußerlicher Gelassenheit schritt sie um die Skulptur. Doch die unerklärliche Spannung ließ nicht nach. Genauso wenig wie sich der hypnotische Bann löste, unter dem sie zu stehen schien. Sie wurde den Eindruck nicht los, dass die Anwesenheit des Fremden nicht zufällig war.

Tara tat so, als betrachte sie den Tiger, nahm jedoch die Skulptur gar nicht mehr wahr. Ihr Blick ruhte auf dem hoch gewachsenen Mann am Eingang. Die Hände in die Hüften gestützt, schien auch er in die Betrachtung der Skulptur versunken zu sein. Tara betrachtete den geheimnisvollen Mann näher. Sein kurzes, gepflegtes Haar war pechschwarz. Er trug schwarze Cordjeans und eine Lederjacke. Er war schlank, aber breitschultrig und muskulös. Deutlich zeichneten sich seine kräftigen Oberschenkel unter der eng anliegenden Jeans ab. So entspannt seine Haltung auch war, der Eindruck von Kraft und Vitalität herrschte vor. Tara fühlte sich von seiner eindrucksvollen Ausstrahlung in den Bann gezogen.

Schließlich sah sie in sein markantes Gesicht. Die feste Kinnpartie, die hohen Wangenknochen, der sinnliche Mund, die dunklen, geschwungenen Brauen und die lebhaften goldbraunen Augen faszinierten sie in einem Maße, dass sie sekundenlang regungslos in den Anblick versunken blieb.

Plötzlich wurde ihr bewusst, dass sie ihn unverhohlen anstarrte und ihm dies nicht verborgen geblieben war. Er sah sie an, und um seine Lippen spielte der Anflug eines Lächelns.

Errötend wandte Tara sich ab. Sie musste sich über sich wundern. Wegen dieses Mannes würde sie noch zu spät zum Lunch kommen. Sie fürchtete sich seltsamerweise, an dem Fremden vorbei den Raum zu verlassen.

Mach dich nicht lächerlich, dachte sie. Der Mann ist ein Museumsbesucher wie alle anderen auch. Er ist gewiss nicht gekommen, um dir aufzulauern. Die Vorstellung ist einfach albern!

Selbstverständlich war es bloß eine fixe Idee von ihr, aber diese Einsicht half Tara nicht, ihre Angst zu unterdrücken. Ihre Unsicherheit verstärkte sich, denn der Mann war jetzt näher getreten, um sich die Tigerskulptur aufmerksam zu besehen.

Ebenso fasziniert von dem Kunstwerk wie sie, hatte der Mann jetzt nur noch Augen für den Tiger. Und da er den Eingang frei gemacht hatte, hätte Tara den Raum jetzt unbehelligt verlassen können. Trotzdem schien etwas sie abzuhalten. Sie musste sich eingestehen, dass sie es bedauern würde, den Fremden nie mehr wieder zu sehen. Obwohl er einerseits die verwirrendsten, zwiespältigsten Gefühle in ihr auslöste, übte er andererseits eine große Anziehungskraft auf sie aus. Seine bloße Gegenwart genügte, abenteuerliche Fantasien in ihr zu wecken. Ihre Handflächen fühlten sich feucht an und ihre Kehle war wie ausgetrocknet.

Sie musste sich zusammenreißen, bevor ihre Aufregung auch für den Fremden offensichtlich wurde. Sie schlug den Kragen ihres Silberfuchsmantels höher, straffte die Schultern und ging entschlossen an ihm vorbei. Einen Augenblick später folgte er ihr.

Am Ausgang überließ er ihr höflich den Vortritt. Zu aufgeregt, um ihm zu danken, ging Tara wortlos vorbei und eilte hastig weiter. Sie musste sich wieder über ihr seltsames Verhalten wundern. Sie hätte dem Mann doch danken können, ohne in die Schüchternheit längst vergangener Teenagertage zurückzufallen! So befangen im Umgang mit Männern war sie seit langem nicht mehr gewesen.

Nun, es sollte ihr nicht allzu schwer fallen, sich wieder zu fangen. Schon jetzt, da sie aus seiner unmittelbaren Nähe entkommen war, konnte sie wieder freier atmen.

Erleichtert eilte sie aus dem Nebenflügel des Museums zum Hauptausgang. Alles ließ sich ganz leicht erklären. Wahrscheinlich hatte sie zu lange zurückgezogen gelebt und dabei den Umgang mit Männern dieses Formats verlernt. Aber jetzt würde sie aufhören zu fliehen. Es war höchste Zeit, wieder das Leben aufzunehmen, das sie früher geführt hatte.

Ein paar Tage in der Stadt hatten genügt, um sich wieder in ihrem Apartment einzuleben. Sie freute sich auf die Arbeit, sie war zum ersten Mal wieder ins Museum gegangen, und jetzt würde sie sich mit ihrer Freundin Ashley zum Lunch treffen.

Lächelnd stellte sie sich Ashleys Reaktion vor, wenn sie ihr von der Begegnung mit dem geheimnisvollen Mann erzählte. Ashley würde ihr mit ihrer schonungslosen Offenheit vorwerfen, sie litte an Verfolgungswahn. Und Tara musste ihr fast Recht geben, wenn sie sich daran erinnerte, dass sie sekundenlang Angst vor dem Mann gehabt hatte und sogar meinte, er lauere ihr auf!

In diesem Augenblick kam ein Taxi in Sicht, und Tara winkte es herbei. Entspannt ließ sie sich in den Sitz zurücksinken und sah nicht, dass der Mann aus dem Museum ihr unauffällig gefolgt war und hinter ihr die

Stufen herunterkam. Er merkte sich die Richtung, in die ihr Taxi verschwand, um gleich darauf in die Limousine zu steigen, die an der Ecke auf ihn wartete.

Rafael Tyler brauchte sich nicht zu beeilen. Als Tara dem Taxichauffeur zurief, wohin sie gefahren werden wollte, hatte Rafael deutlich gehört, dass ihr Ziel das „Plaza-Hotel" war. Ohne Hast gab er Sam, seinem Chauffeur, die Anweisung, dem Taxi zu folgen.

Der weißhaarige Fahrer schien sich nicht über den Befehl zu wundern, eine fremde Frau zu verfolgen. Geschickt fädelte er sich in den Verkehr ein.

Rafael lehnte sich zurück und schloss müde die Augen. In den letzten vier Wochen war er fast ununterbrochen auf Geschäftsreisen gewesen. Aber zum Ausruhen blieb ihm keine Zeit. Der Hinweis auf das Mädchen war zu wichtig, um ihn zu ignorieren. Wenn er über Tara Hill nichts herausfinden konnte, dann sah er keine weitere Möglichkeit, Licht in das Dunkel zu bringen.

„Elender Verkehr!" schimpfte der Chauffeur.

Rafael lachte. „Lass dich nicht aus der Ruhe bringen, Sam. Ich möchte ihr doch ohnehin ein wenig Vorsprung lassen."

„Und wenn wir sie verlieren?"

„Wir werden sie nicht verlieren. Sie ist sehr wahrscheinlich zum Lunch verabredet."

„Woher willst du das wissen?"

„Ich habe gehört, was sie zu dem Taxifahrer sagte. Sie will ins ‚Plaza'. Wir werden keine Schwierigkeiten haben, sie dort zu finden." Plötzlich erinnerte er sich an etwas. Er schob die Trennscheibe zum Fond der Limousine zurück und beugte sich nach hinten, um eine elegante Wildlederjacke vom Rücksitz zu nehmen.

Im Rückspiegel beobachtete Sam verstimmt seinen Arbeitgeber. „Rafael? Was hast du vor, mein Junge? Ich werde nicht mit dir in dieses Hotel …"

„Natürlich wirst du mich begleiten, Sam." Nachsichtig lächelnd sah er in Sams mürrisches Gesicht. „Sollte ich mich vielleicht allein ins Restaurant setzen? Das fiele doch auf. Ich muss schließlich mit jemandem verabredet sein."

Sam sagte undeutlich etwas. Der gestärkte weiße Hemdkragen, der ihn bisher nicht gestört hatte, wurde ihm plötzlich zu eng. „Wenn ich nicht schon seit Jahrzehnten für deine Familie arbeiten würde …"

Rafaels Lächeln schwand. Ernst unterbrach er seinen alten Angestellten. „Ich tue das alles nur für Jimmy, Sam. Nur für ihn bitte ich dich um diesen Gefallen."

Den Rest des Weges legten sie schweigend zurück. Endlich waren sie angekommen, und der Portier öffnete die rückwärtige Wagentür. Sam nahm eilig die Chauffeurmütze ab und tauschte sein dunkelblaues Jackett gegen die Lederjacke aus. Rafael war unterdessen ausgestiegen, um dem verwirrten Portier, der im Fond des Wagens vergebens nach Passagieren Ausschau gehalten hatte, ein großzügiges Trinkgeld in die Hand zu drücken. Bevor Sam und Rafael das Plaza betraten, sorgte Rafael dafür, dass die Limousine in der Nähe geparkt wurde.

Weil er wusste, dass sein Chauffeur ungern in Hotels ging, legte Rafael ihm die Hand auf die Schulter, um ihn mit sanfter Gewalt zum Eingang zu steuern. „Was für ein Pomp“, sagte Sam missbilligend, sobald er die Schaukästen mit den exquisiten Juwelen von Tiffany und Cartier erblickte.

„Sam, wir wollen doch hier nur zu Mittag essen“, meinte Rafael nachsichtig.

„Protzig!“ stieß Sam leise hervor.

„Okay, okay, aber es hat wenigstens Atmosphäre.“

„Das mag ja sein. Trotzdem fühle ich mich hier nicht wohl. Die Ober schauen mich jedes Mal an, als wüsste ich nicht, mit welcher Gabel man was isst.“

„Solange das Trinkgeld stimmt, kannst du hier auch mit den Fingern essen“, bemerkte Rafael trocken und blieb am Eingang zum Hotelrestaurant stehen. Sein Blick fiel sogleich auf Tara Hill in Begleitung einer jungen Frau, die ebenso anmutig und elegant war wie sie. Der Zufall wollte es, dass direkt hinter Tara ein Tisch frei war. Der Platz war ideal. Rafael würde sie genau im Blickfeld haben, während sie ihn nur sehen konnte, wenn sie sich umdrehte. Wahrscheinlich würde er sogar ihre Unterhaltung mit anhören können.

„John“, sagte er zu dem Oberkellner, der sie mit einem erfreuten Lächeln begrüßte, „mein Onkel ist zu Besuch hier. Er würde gern die Aussicht genießen.“

„Die Aussicht?“ wiederholte der Oberkellner verständnislos.

Rafael lächelte amüsiert. „Die Blonde und der Rotschopf dort drüben. Könnten wir vielleicht den Tisch direkt hinter den beiden haben?“

„Gewiss doch, Mr. Tyler, gewiss. Kommen Sie bitte, meine Herren.“

„Der Mann erinnert mich an einen Pinguin“, sagte Sam herablassend.

„Sam“, seufzte Rafael verzweifelt. „Im Frack sieht jeder Mann wie ein Pinguin aus.“ Er schob seinem „Onkel“ den Stuhl zurecht und setzte sich dann ihm gegenüber, was ihm Gelegenheit gab, Tara Hill einer eingehenden Betrachtung zu unterziehen. Zum Glück war sie so in ihre Unterhaltung mit ihrer Freundin vertieft, dass sie die beiden Männer nicht bemerkt hatte.

Vorhin, als sie ihren Silberfuchs trug, hatte Rafael nicht viel von ihrer Figur erkennen können. Selbst das Gesicht war zum Teil durch den hochgestellten Pelzkragen verdeckt gewesen. Doch jetzt, da sie in seiner Nähe saß, hatte er Gelegenheit, Taras Erscheinung ausgiebig zu bewundern.

Sie war wirklich sehr attraktiv. Ihre Schönheit hätten selbst Lumpen nicht verbergen können. Ihre anmutigen Bewegungen und ihre hinreißende Figur waren atemberaubend. Sie war groß und sehr schlank, besaß jedoch an genau den richtigen Stellen die vollkommensten Rundungen, die er sich vorstellen konnte. Ihre langen, schlanken Beine und die schmalen Fesseln waren zweifellos atemberaubend.

Genau so hinreißend wie ihre Figur war auch ihr Gesicht mit den hohen Wangenknochen und den ausdrucksvollen Augen. Sie waren silbergrau wie der Pelz, den sie getragen hatte, und wurden von langen, dunklen Wimpern beschattet, die auffallend mit ihrem schulterlangen goldblonden Haar kontrastierten.

Rafael nahm die Speisekarte zur Hand. Trotz Taras unleugbarer Schönheit glaubte er, sie objektiv einschätzen zu können. Tara interessierte ihn zur Zeit nicht als Frau. Er sah in ihr seine letzte Chance, die Spur aufzunehmen, die sich vor zwei Jahren im Dickicht der südamerikanischen Bürokratie verloren hatte. Dass sie schön war, hatte er gewusst – schließlich handelte es sich um Tara Hill. Bis vor zwei Jahren war sie eine Berühmtheit gewesen. Jeder Mann hätte sie damals auf Anhieb erkannt.

„Soll ich etwa die Drinks bestellen?“ fragte Sam plötzlich.

Rafael schaute auf. „Wie bitte? Du möchtest einen Drink?“ fragte er. Erst jetzt bemerkte er den jungen Ober, der geduldig wartend an ihrem Tisch stand.

„Wenn es nach mir ginge, würde ich eine ganze Flasche ‚Jack Daniels‘ austrinken“, meinte Sam missmutig.

Rafael lachte. „Zwei ‚Jack Daniels‘ on the rocks, bitte“, sagte er zu dem Ober.

„Sehr wohl, Sir“, erwiderte er. „Darf ich Ihnen unser Kalbsschnitzel empfehlen? Es ist ausgezeichnet heute.“ Damit ging er, um die Bestellung auszuführen.

„Haben die keine Hamburger hier?“ fragte Sam.

„Wir werden dir einen Hamburger besorgen“, versprach Rafael. „Du meine Güte, Sam“, meinte er und lachte über die finstere Miene und stocksteife Haltung seines Chauffeurs. „Kannst du dich nicht etwas lockerer geben? Man schaut ja schon zu unserem Tisch herüber. Unterhalten wir uns, und benimm dich einfach ganz natürlich.“

„Was soll ich sagen?“

„Irgendetwas.“

Sobald der Ober mit den Whiskys angekommen war, bestellte Rafael zwei Hamburger, woraufhin ihm der junge Mann höflich versicherte, dass er sie gewiss für die Herren beschaffen könne. Nachdem der Kellner sich mit den Speisekarten entfernt hatte, versuchte Rafael, etwas von der Unterhaltung am Nebentisch mitzubekommen. Zunächst verstand er nur hin und wieder ein Wort. Aber dann, als er sich vorbeugte und konzentriert hinhörte, hielt er überraschend den Atem an. Die beiden Frauen sprachen nämlich über ihn.

„Ich weiß nicht, Ashley", sagte Tara Hill nachdenklich. „Es war ganz komisch. Er betrachtete den Tiger – übrigens eine wundervolle Plastik –, und dabei wurde ich das Gefühl nicht los, dass er mich beobachtete." Sie lachte leise. „Wahrscheinlich fehlt mir der regelmäßige Kontakt zu Menschen. Da wird man wohl seltsam. Irgendwie glich er auch diesem Tiger."

„Die ursprüngliche Kraft der männlichen Kreatur, was?" fragte Ashley lachend.

„So etwas Ähnliches. Als ich dann endlich den Mut aufbrachte, an ihm vorbeizugehen, tat er aber völlig uninteressiert."

Wieder lachte Ashley amüsiert. „Die Geschichte gefällt mir. Woher willst du wissen, dass er nicht an dir interessiert war? Man hat dich eine der schönsten Frauen der Welt genannt, und da soll ein Mann kühl geblieben sein?"

„Das liegt doch schon Jahre zurück", erwiderte Tara. „Mit einem Tross von Designern, Schneidern und Visagisten kann jede Frau schön aussehen. Ashley, dieser

Mann hat mich nicht wegen meines Aussehens so angestarrt.“

„Hör auf zu fantasieren, Tara! Was könnte denn sonst der Grund gewesen sein?“

„Woher soll ich das wissen? Mir wäre wohler, wenn ich es wüsste. Ach, vielleicht bilde ich mir ja wirklich nur etwas ein.“

„Über eines jedenfalls bin ich froh“, meinte Ashley. „Er ist dir aufgefallen. Du siehst doch sonst durch die Männer hindurch wie durch Luft. Selbst wenn du mit ihnen sprichst, nimmst du sie nicht wahr.“

„Das stimmt nicht.“

„Also besteht doch noch Hoffnung? Wie schön, dass dein Interesse am anderen Geschlecht gerade jetzt zurückkehrt, bevor wir diese Reise unternehmen. Ich freue mich wahnsinnig darauf! Zwölf Stunden Arbeit, und der Rest wird Freizeit sein! Vielleicht lässt du dich sogar dazu herab, mit jemandem zu tanzen.“ Ganz plötzlich wurde sie ernst. „Nur eines macht mir Sorgen …“

„Was?“

„Oh, Tara! Was damals passierte, hat dein ganzes Leben verändert. Zwei Jahre hast du dich versteckt gehalten. Wenn wir doch nur nicht ausgerechnet nach Caracas fahren müssten. Bist du sicher, du willst noch einmal dorthin?“

Tara lächelte traurig. „Wenn es nach mir ginge, würde

ich nie wieder in diese Stadt zurückkehren. Aber ich kann nicht wählerisch sein. George Galliard ist wahrscheinlich der Einzige, der mir Arbeit gibt."

„Mach dich nicht lächerlich ..."

„Gib es doch zu, Ashley, ich war in diesen schrecklichen Skandal verwickelt. Keiner fragt nach Schuld oder Unschuld, wenn dein Name erst einmal in den Schlagzeilen stand. Vielleicht ist diese Reise sogar eine Art Therapie für mich. Wenn wir erst an Bord der ..."

In diesem Moment räusperte sich Sam laut und vernehmlich. „Rafael", sagte er. „Ich glaube, ich könnte noch einen ‚Jack Daniels' vertragen."

Rafael starrte ihn entgeistert an. „Das darf nicht wahr sein", stieß er leise hervor. „Jetzt ist mir das Wichtigste entgangen!"

„Du hast gesagt, ich soll mich mit dir unterhalten."

„Ja, Sam. Aber leise!"

„Die junge Generation", seufzte Sam. „Nie kann man es diesen Kindern recht machen."

Rafael ignorierte die Bemerkung. Mit siebenunddreißig Jahren war er alles andere als ein Kind, auch wenn Sam mit seinen sechsundsechzig Jahren in ihm immer noch den kleinen Jungen sah.

„Warum winkst du nicht den Ober herbei, wenn du noch einen Drink möchtest?" fragte er nachsichtig.

Sam, der offenbar beleidigt war, schob seinen Stuhl

zurück und machte Anstalten, vom Tisch aufzustehen. Sofort packte Rafael ihn bei der Lederjacke, um ihn auf den Stuhl zurückzuziehen.

„Warum hast du es denn so eilig, Sam?“ fragte er. Um Sam zu besänftigen, bedeutete er dem Ober, ihnen noch zwei Drinks zu bringen.

In diesem Augenblick bemerkte Tara die beiden Männer am Nebentisch. Zuerst fiel ihr nur der alte Mann auf, der sich sichtlich unwohl fühlte. Dann sah sie ihn – den Mann aus dem Museum. Den Fremden mit den goldbraunen Katzenaugen und dem nachtschwarzen Haar. Um nichts sagen zu müssen, nahm sie ihr Weinglas und trank es in einem Zug aus.

Rafael war ihr Blick nicht entgangen. Er sah auch ihren erschrockenen Gesichtsausdruck. Interessant! dachte er, gab sich jedoch nach außen hin sehr charmant, lächelte die beiden Damen gewinnend an und prostete ihnen zu.

„Das Beste an der Sache ist“, sagte Ashley fröhlich zwischen zwei Bissen Fruchtsalat, „dass wir alle Modelle, die wir vorführen, behalten dürfen. Kannst du dir das vorstellen? Diese Designs sind zum Teil unbezahlbar.“ Verständnislos sah sie in Taras entgeistertes Gesicht. „Was ist denn mit dir los? Du siehst ja aus wie jemand, dem ein Gespenst erschienen ist.“

„Der Mann“, sagte Tara. „Er sitzt hinter mir.“

„Welcher Mann?“

„Dreh dich jetzt bitte nicht um. Es ist der Mann aus dem Museum, von dem ich dir erzählt habe.“

Natürlich drehte sich Ashley sofort um.

„Ich habe dir doch gerade gesagt, du sollst dich nicht umdrehen!“

„Wie soll ich mir denn ein Urteil über ihn bilden, wenn ich ihn nicht anschauen darf?“ Sie betrachtete ihn noch immer ungeniert, und auch Tara konnte den Blick nicht von ihm wenden. Ashley pfiff leise durch die Zähne. „Umwerfend!“ sagte sie beeindruckt.

„Was hältst du von ihm?“ fragte Tara.

Ashley lachte. „Wäre ich mit ihm allein im Raum gewesen, ich hätte mir etwas Besseres einfallen lassen, als vor ihm davonzulaufen. Na, vielleicht hast du doch richtig gehandelt. Diese Sorte ist gefährlich. Er hat etwas Hypnotisches. Du musst wahrscheinlich eine halbe Million Bars durchsuchen, um so einen Mann zu finden. Nein, nicht einmal dann würdest du so einem Exemplar begegnen. Der geht nicht in Bars. Bei diesem musst du zugreifen, Tara! Er ist toll, einfach umwerfend.“

Verärgert schüttelte Tara den Kopf. „Ashley“, flüsterte sie eindringlich, „schon im Museum hatte ich das Gefühl, dass er mich beobachtet. Und jetzt ist er plötzlich hier. Findest du das nicht seltsam?“

„Er tut dasselbe wie wir, Tara. Er isst zu Mittag.“

„In New York gibt es Tausende von Restaurants. Wieso isst er ausgerechnet im Plaza zu Mittag?"

„Solche Zufälle gibt es eben."

„Entschuldigen Sie bitte, meine Damen."

Tara sah auf. Sie hatte nicht bemerkt, dass der Ober an ihrem Tisch stand. Auf einem silbernen Tablett brachte er ihnen Gläser und einen Eiskübel mit einer Flasche Wein, einem erlesenen Jahrgang, wie das Etikett verriet.

„Von dem Herrn am Nebentisch", informierte sie der Ober.

„Oh, das können wir auf keinen Fall annehmen!" wandte Tara ein.

„Aber sicher können war das", widersprach Ashley.

Es war jedoch zu spät zu protestieren. Der Ober hatte bereits begonnen, ihnen den Wein einzuschenken. Tara gab wohl oder übel nach.

„Sagen Sie bitte dem Herrn, dass wir uns bedanken", wies Ashley den Ober an, der sich gleich darauf mit einer Verbeugung entfernte.

Tara seufzte resigniert. „Wie kannst du nur!"

Ihre Freundin lachte schelmisch. „Du hast dich zu lange von der Welt abgesondert, Tara. Der Mann hat ein Auge auf dich geworfen. Aber wenn du kein Interesse an ihm hast, dann überlass ihn mir."

„Mit dem größten Vergnügen."

„Ich verstehe dich nicht, Tara", meinte Ashley. „Willst

du denn wirklich wegen einer unerfreulichen Episode ewig allein bleiben?“

„Unerfreulich!“

„Na gut, das ist vielleicht eine Untertreibung. Aber du kannst nicht alle Männer über einen Kamm scheren, nur weil du mit Morton Elliott Pech hattest. Ich habe von Anfang an den Verdacht gehabt, dass du den Job bei George nur angenommen hast, damit du noch einmal nach Caracas kannst. Du glaubst, dass du ihn vielleicht findest und …“

„Ich will ihn nicht finden!“ unterbrach Tara sie merklich erregt.

„Du bist ganz verbittert durch ihn geworden. Wenn du ihn noch einmal wiedersehen würdest …“

Tara ließ sie nicht ausreden. „Ashley, ich bin nicht verbittert. Morton hat mir nur jegliche Illusionen über die Männer geraubt.“

„Ich weiß. Du kannst dir nicht vorstellen, dass je ein Mann wieder für dich wichtig werden könnte. Nach deinen schlechten Erfahrungen willst du keine enge Bindung mehr. Keinen von all den reichen, attraktiven und charmanten Männern hast du einen Meter an dich herankommen lassen.“

„Ich will keinen …“ Bestürzt hielt Tara inne. Der Mann aus dem Museum war mit raubtierhaft geschmeidigen Bewegungen aufgestanden und an ihren Tisch gekommen. Seine Erscheinung in der dunklen Cordjeans, unter der sich muskulöse Oberschenkel abzeichneten, und der offenen Lederjacke, die sich über dem seidenen Hemd und dem kräftigen Oberkörper mit den breiten Schultern öffnete, übte auch jetzt wieder ihre beunruhigende Wirkung auf sie aus. Sein sonnengebräuntes markantes Gesicht war ihr jetzt ganz nah. Obwohl er sie nicht wirklich belästigte, konnte Tara eine gewisse Unruhe nicht unterdrücken.

„Entschuldigen Sie, meine Damen. Darf ich mich einen Moment zu Ihnen setzen?“

Tara nahm ihr Glas und trank es in einem Zug aus. Dabei musterte sie ihn, wie sie hoffte, abweisend. Der Wein hatte geholfen. Wenigstens hatte sie so weit ihre Fassung wiedergewonnen, dass sie eine höfliche Absage formulieren konnte. „Es tut mir Leid, aber wir unterhalten uns gerade über etwas sehr Persönliches …“

„Bitte, setzen Sie sich doch“, unterbrach Ashley sie.

„Vielen Dank.“ Obwohl er zuerst Ashley die Hand hinstreckte, ließ er Tara keinen Moment aus den Augen. „Rafael Tyler“, stellte er sich vor.

„Angenehm“, sagte Ashley und legte in dieses Wort ganz bewusst einen Anklang ihres Südstaaten-Akzents, von dem sie wusste, dass er aus ihrem Mund sehr charmant und sehr feminin klang. „Ich heiße Ashley Kane, und dies ist Tara Hill.“

Der Blick, mit dem er Tara ansah, war offen und aufrichtig. Trotzdem hatte sie wieder dieses Gefühl, dass er sie kannte, dass er sie schon einmal gesehen hatte, bevor sie sich heute im Museum begegnet waren.

„Ich hoffe, Sie betrachten mein Verhalten nicht als aufdringlich, aber ich sah keine andere Möglichkeit, Sie kennen zu lernen." Er wandte sich an Ashley. „Ich begegnete Miss Hill vorhin im Museum und jetzt hier im Restaurant, einen Tisch von meinem entfernt. Das kann doch nur eine Fügung des Schicksals sein."

„Es gibt schon sehr glückliche Zufälle im Leben", stimmte Ashley zu, womit sie sich unter dem Tisch einen Tritt ans Schienbein einhandelte. Leider verfehlte Taras deutlicher Tadel seine Wirkung völlig, denn Ashley schrie leise auf. „Aua!" beschwerte sie sich vorwurfsvoll.

„Finden Sie es richtig, Ihren Begleiter einfach sitzen zu lassen, um uns den Hof zu machen?" fragte Tara geradeheraus.

Lächelnd deutete er zum Nebentisch. „Mein Onkel hatte etwas zu erledigen. Er ist bereits gegangen."

Tara drehte sich um. Der alte Mann war wirklich nicht mehr da. Inzwischen räumte der Ober den Tisch ab. Sehnsüchtig sah Tara ihrem Salat nach, von dem sie kaum gegessen hatte. Die Begegnung mit dem Fremden hatte sie so aufgewühlt, dass sie keinen Appetit mehr verspürte. Jetzt, da er sogar mit an ihrem Tisch saß, hätte sie erst recht keinen Bissen hinunterbekommen. Unauffällig beobachtete sie ihn aus den Augenwinkeln. Er machte einen sehr guten Eindruck und sein Benehmen war zuvorkommend und liebenswürdig. Als sie sah, wie er sich angeregt mit Ashley unterhielt, schien er sogar recht sympathisch zu sein. Die Tylers besäßen eine ausgedehnte Reihe von Firmen, erklärte er, vor allem Schmuckgeschäfte. Deshalb sei er ständig unterwegs.

„Haben Sie schon immer im Familienbetrieb gearbeitet, Mr. Tyler?"

„Rafael", korrigierte er sie.

„Okay, Rafael. Die Frage interessiert mich aber trotzdem."

„Nein", erklärte er. „Ich arbeite erst seit zwei Jahren für unseren Konzern." Er wandte sich an Tara. „Warum trinken Sie nichts? Mögen Sie den Wein nicht?"

„Oh doch, der Wein ist ausgezeichnet", erwiderte sie und nahm ihr Glas. Sie ärgerte sich über ihre Reaktion. Konnte sie nicht auf eine höfliche Frage antworten, ohne gleich in Panik zu geraten? Unter dem Blick seiner goldbraunen Augen war ihr ganz heiß geworden. Auch das ärgerte und verwirrte sie.

Rafael unterhielt sich jetzt wieder mit Ashley. Sie sprachen über Kreuzfahrten. Tara glaubte, einen leichten Akzent herauszuhören. Er sprach nicht wie ein Amerikaner, eher wie ein Engländer.

Sie lehnte sich zurück. Ihr blieb nichts anderes übrig, als die beiden weiterhin zu beobachten. Sie schienen sich wirklich großartig zu verstehen und würden es wohl kaum bemerken, wenn sie sich heimlich davonmachte.

Der Wein, den sie auf nüchternen Magen getrunken hatte, zeigte seine Wirkung. Schon Morton hatte ihr oft genug gesagt, dass sie keinen Alkohol vertrug. Ihre Gedanken wanderten zu dem so attraktiven, charmanten und stets überlegenen Mann. Zu spät hatte sie gemerkt, wie verlogen und durchtrieben er war. Sie war viel zu jung und unschuldig gewesen, als sie ihn kennen lernte, und hatte zu wenig Lebenserfahrung besessen, um seine egoistischen Absichten zu durchschauen.

Bei Rafael Tyler überkam sie die Furcht, dass sie es wieder mit einem Mann zu tun hatte, der seine wahren Motive verbarg und der ihr Interesse vorspielte, wo keines existierte. Ist er etwa ein Reporter? dachte sie erschrocken. Aber nein, Reporter bestellen keine so teuren Weine. Und sie kleideten sich auch nicht mit der lässigen Eleganz dieses Rafael Tyler.

Wahrscheinlich war er nichts weiter als ein reicher Mann – wenn auch, wie sie zugeben musste, ein besonders gut aussehender, charmanter. Wenn sie nicht so übervorsichtig wäre, hätte sie sich in seiner Gesellschaft wohl fühlen können. Sie hatte wirklich kein Recht, unfreundlich zu ihm zu sein.

Tara war ein wenig schwindlig. Sie sollte lieber keinen Wein mehr trinken. Wenn sie doch nur etwas gegessen hätte! Sie begann sich unwohl zu fühlen. Es war nicht sehr angenehm, stumm dem Gespräch der beiden anderen zuzuhören, während einem der Magen knurrte. Vielleicht sollte sie sich mit einer höflichen Entschuldigung verabschieden?

Andererseits wollte sie sich vor Rafael Tyler nicht lächerlich machen. Was würde er von ihrem unhöflichen Benehmen halten? Womöglich legte er es auch noch als Angst vor ihm aus! Seufzend dachte sie an das unkomplizierte Leben in ihrem Bauernhaus. Wenn sie dort keine Gesellschaft wollte, brauchte sie niemanden um sich zu haben. Wie schön wäre es gewesen, noch ein wenig länger zu bleiben, sich ihrem Garten zu widmen und ihren Zeichnungen, im See zu schwimmen und Ausritte in die Wälder zu unternehmen.

Aber sie beklagte sich nicht wirklich. Als ihre Ersparnisse zu schwinden begannen, war sie dazu bereit gewesen, ins Berufsleben zurückzukehren. Sie hatte sich im Geheimen wohl schon längst nach ihrem früheren Leben gesehnt und wollte sich der Welt endlich wieder stellen.

Auf Grund ihrer schmerzlichen Erfahrungen hatte sie sich mit einem Schutzwall umgeben, der leicht als Härte missdeutet werden konnte. Sie hielt jetzt die Männer auf Abstand. Nur harmlose Freundschaften kamen für sie in Frage. Nach der Beziehung zu Morton hatte kein Mann mehr eine Rolle in ihrem Leben gespielt. Es hatte sicher auch schöne Augenblicke mit Morton gegeben, aber die schrecklichen Ereignisse am Schluss hatten die schönen Zeiten überschattet.

Sie lächelte traurig. Ob sie jemals wieder Vertrauen haben konnte? Ganz gewiss würde sie jedenfalls nicht mehr auf Schmeicheleien und Verführungskünste reagieren. Sie hatte sich verändert und sie war selbst schon fast der Meinung gewesen, dass ihre Gefühle erstarrt waren.

Bis sie heute Rafael Tyler begegnet war.

Sie konnte sich nicht erklären, warum sie so heftig auf diesen Mann reagierte. Obwohl sie ihn überhaupt nicht kannte, rief er so intensive Gefühle in ihr hervor, dass es ihr Angst machte. Nun, eine Lösung des Problems würde sich jetzt kaum finden lassen. Sie riss sich zusammen und hörte auf, ihren Gedanken nachzuhängen, um an dem Gespräch der beiden teilzunehmen.

„Leben Sie in New York, Mr. Tyler?" fragte Tara mit einem gewollt unbefangenen Lächeln.

Ashley und Rafael warfen einander einen Blick zu. „Sie ist wieder bei uns", bemerkte Rafael und zog amüsiert die Brauen hoch.

„Es ist der Wein", meinte Ashley in verschwörerischem Ton. „Und dass du es nicht wagst, mich noch einmal zu treten, Tara Hill", fügte sie warnend hinzu und erwiderte furchtlos das wütende Blitzen in Taras Augen.

„Sie verträgt wohl keinen Alkohol?" erkundigte sich Rafael vorsichtig.

„Überhaupt nicht", erwiderte Ashley.

„Warum erzählst du ihm nicht gleich meine ganze Lebensgeschichte?" bemerkte Tara gereizt.

Ashley mochte ihre Freundin aufrichtig gern. Wenn sie sich um diesen aufregenden Mann bemühte, der sich so auffällig für Tara interessierte, so nur, weil sie wusste, dass Tara die Initiative nicht ergreifen würde.

„Tara ist eigentlich ein Landkind", sagte sie zu Rafael. „Als der Vertreter von George Galliard sie bei der Schulabschlussfeier entdeckte, war sie gerade siebzehn Jahre alt. Man verpflanzte sie in die Stadt und verwandelte sie in eine atemberaubende Schönheit. Am liebsten läuft sie in alten Jeans herum. Selbst mit Heu im Haar sieht sie hinreißend aus."

„Das kann ich mir vorstellen", meinte Rafael.

Der Blick, mit dem er sie betrachtete, war beunruhigend. Tara erschien er wie eine Liebkosung. Sie hatte das Gefühl, der Raum finge an sich zu drehen. Lag es an dem Wein, dass ihr so heiß wurde? Trotz ihrer Verwirrung brachte sie ein Lächeln zu Stande. „Mr. Tyler", fing sie an, „es war mir ein Vergnügen, Sie kennen zu lernen. Aber wenn Sie mich jetzt entschuldigen wollen ..."

Sie versuchte aufzustehen, musste jedoch zu ihrer Bestürzung feststellen, dass sie dazu nicht mehr die Kraft besaß. Matt sank sie auf ihren Stuhl zurück.

Rafael und Ashley brachen in amüsiertes Gelächter aus. Rafael beugte sich zu ihr hinüber. Als Tara jedoch keinen Spott in seinem mitfühlenden Blick bemerkte, verging ihr Ärger wieder.

„Ich vertrage auch keinen Wein", sagte er leise. „Sie haben vorhin nicht viel gegessen, nicht wahr?"

„Ich …" Sie fand keine Worte. Ein fremder Mann, den sie vor gut zwei Stunden das erste Mal gesehen hatte, brachte sie so aus der Fassung, dass sie nun auch noch zu stottern anfing!

Rafael stand auf und kam um den Tisch herum. Neben ihrem Stuhl blieb er stehen, beugte sich zu ihr hinunter und flüsterte ihr ins Ohr: „Versuchen Sie es noch einmal. Ich werde Sie stützen. Wir gehen in ein anderes Restaurant und besorgen Ihnen etwas zu essen."

Sie wollte ablehnen, konnte jedoch außer der Tatsache, dass er ihr die Hand unter den Ellbogen gelegt hatte, nichts registrieren. Er half ihr behutsam beim Aufstehen. Seine Berührung ging ihr durch und durch, stürzte sie in einen Taumel von Empfindungen.

Dies war der offensichtliche Beweis, dass ihre Gefühle keineswegs abgestumpft waren. Seit Morton war Rafael der erste Mann, der sie mit einer leichten Berührung so erregte. Das Ausmaß seiner Macht über sie erschreckte Tara nachhaltig.

Aber es war zu spät. Er hatte ihr den Arm um die Taille gelegt und streichelte sacht, aber Besitz ergreifend ihren Rücken. Obwohl sie sich besser aus seinem überwältigenden Bann befreit hätte, brachte Tara nicht den Willen auf, sich von ihm zu lösen. Sie genoss zu sehr das Gefühl, von ihm gehalten zu werden.

Verschwunden waren ihre kühle Überlegenheit und ihr gesunder Menschenverstand. Rafael war der typische Verführer, dessen Charme und körperliche Anziehungskraft jede Frau um den Finger wickeln mussten. Sie hatte es eben am eigenen Leib gespürt.

Tara richtete sich widerwillig auf und löste sich aus seiner Umarmung. Sie durfte sich nicht mehr so leicht von einem Mann beeinflussen lassen. Dazu hatte sie zu viel durchgemacht. Das Leben hatte sie viel gelehrt. Sie brauchte keine weiteren Lektionen, um zu wissen, dass Misstrauen der beste Schutz gegen neuerliche Verletzungen war.

Sie hatte Grund zur Vorsicht, denn sie spürte deutlich, dass Rafael ein ganz bestimmtes Ziel verfolgte.

2. KAPITEL

„Ich finde es nicht richtig, mit ihm essen zu gehen“, sagte Tara zu Ashley. Beide sahen zu Rafael hinüber, der ihre Mäntel bei der Garderobenfrau abholte. „Oh je!“ rief Tara im nächsten Moment erschrocken aus. „Wir haben vergessen, unsere Rechnung zu bezahlen.“

„Rafael hat für uns bezahlt“, erklärte Ashley unbekümmert.

„Wie konntest du das zulassen?“

„Das ist doch nur eine Kleinigkeit.“

„Trotzdem ...“ Weil sie Ashleys Argument nichts entgegenzusetzen wusste, schwieg sie verunsichert. „Wir kennen ihn kaum“, wandte sie schließlich ein. „Er könnte womöglich ein Krimineller oder sonst etwas Schreckliches sein.“

„Du machst wohl Witze“, meinte Ashley lachend. „Stellst du dir so einen Kriminellen vor?“

„Nein, natürlich nicht.“ Tara sprach nicht weiter über das Thema, da in diesem Moment Rafael mit den Mänteln zurückkam. Sie sah, wie er sanft über ihren Silberfuchsmantel strich, und ihre Gedanken gingen in eine ganz andere Richtung. Wie würden sich diese langen, schlanken Finger auf ihrer nackten Haut anfühlen? Die bloße Vorstellung war beunruhigend. Tara errötete vor Verwirrung und bedankte sich verlegen, als er ihr in den Mantel half.

Ashley lächelte ihn freundlich an. „Sie sind doch ein anständiger Mensch, Mr. Tyler? Kein Wüstling oder Meuchelmörder?“

Er hob amüsiert die Brauen. „Ich versichere Ihnen, ich bin völlig harmlos.“

„Schade“, gab Ashley lachend zurück. „Tara könnte im Moment ganz gut etwas Abwechslung gebrauchen. Lässt sich da nichts machen, Mr. Tyler?“

„Ashley!“ rief Tara entsetzt. In Augenblicken wie diesen wünschte sie, Ashley besäße etwas mehr Taktgefühl. Was würde sie wohl als Nächstes sagen?

„Aber ich habe doch Recht!“ Mit einer anmutigen Kopfbewegung warf Ashley die Locken zurück. „Tara ist seit Jahren keinen gesellschaftlichen Umgang mehr gewöhnt. Sie ist erst vom Land in die Stadt gezogen.“

„Seit Jahren?“ wiederholte Rafael lächelnd, wobei er Ashleys gedehnten Südstaaten-Akzent nachahmte.

„Zwei Jahre, Mr. Tyler“, sagte Tara knapp. Der Blick, den sie dabei ihrer Freundin zuwarf, verhieß nichts Gutes. „Ich bin eine Einzelgängerin“, fügte sie hinzu. „Das einsame Leben auf dem Land gefällt mir.“

„Sie sind doch nicht etwa eine Frau, die vor ihrer mysteriösen Vergangenheit davonläuft?“

Tara war nicht sicher, ob er scherzte oder nicht. Sie

wurde ärgerlich. „Natürlich nicht. Ich bin ein normaler Durchschnittsmensch.“ Viele sahen in ihr das Luxusgeschöpf, geheimnisvoll und schön. Ihre Wünsche waren aber immer bescheiden gewesen. Nachdem sie der Armut entflohen war, der ihre Eltern und ihr kleiner Bruder zum Opfer fielen, erträumte sie sich ein Haus auf dem Land, einen Mann, der sie liebte, und viele Kinder. Ihr Erfolg als Model hatte sie aus der Armut herausgeführt, aber Glück hatte er ihr nicht gebracht. Privates Glück war ihr bislang versagt geblieben.

„Ich kenne ein chinesisches Restaurant auf der Columbus Avenue. Es ist nichts Besonderes, doch die Atmosphäre ist angenehm. Und es ist ziemlich voll – falls Ihnen das ein Gefühl der Sicherheit gibt, Miss Hill“, sagte Rafael und konnte sich dabei nur mit Mühe ein belustigtes Lächeln verkneifen.

„Das klingt gut“, bemerkte Ashley.

Rafael sah Tara unverwandt an. Das amüsierte Blitzen in seinen Augen ärgerte sie. Wollte er mit dieser Bemerkung ihre Besorgnis zerstreuen? Die angenehme Atmosphäre und die vielen Menschen sollten sie wohl in Sicherheit wiegen. Aber ihr Misstrauen gegen ihn erwachte wieder.

„Gehen wir?“

Na schön, sie würde auf seine Herausforderung eingehen, doch sie war auf der Hut. Sie würde ihm kein

Vertrauen schenken, bevor sie nicht sicher war, dass er es verdiente.

Rafael legte ihr die Hand auf den Arm, führte sie aus dem Restaurant und durch die Hotelhalle nach draußen. Es wurde bereits dunkel.

Anstatt ein Taxi anzuhalten, ging Rafael zu einer Limousine, die vor dem Hotel auf ihn wartete. Tara hatte nichts anderes erwartet. Galant half er ihr beim Einsteigen. Der luxuriöse Wagen war mit einer Bar, einem Telefon und einem Fernsehapparat ausgestattet. Außerdem enthielt er eine kleine Schreibtischplatte zum Herunterklappen. Tara war froh, dass Ashley auf der Fahrt zum Restaurant zwischen ihr und Rafael saß. Leider dauerte die Fahrt nicht lange. Nach wenigen Minuten hatten sie ihr Ziel erreicht.

Das Restaurant war tatsächlich brechend voll. Die Tische standen so eng, dass man sich gerade eben zwischen ihnen hindurchzwängen konnte. Die drei hatten sich kaum gesetzt, da servierte der Ober Tee. Rafael goss ihnen Tee ein und beobachtete lächelnd, wie Tara an dem heißen Getränk nippte. Und nachdem sie ihre Bestellung aufgegeben hatten, lief alles wieder genauso wie zuvor beim Mittagessen. Ashley und Rafael unterhielten sich und Tara schwieg.

Doch obwohl Rafael während des Essens nicht mit Tara sprach, spürte sie, dass er sie beobachtete. Abschätzend musterte er ihr Gesicht. Er schien über sie nachzudenken. Aber aus welchem Grund sollte er das tun? Sie kämpfte gegen ein Gefühl der Panik an. Rafaels Gegenwart stürzte sie in einen merkwürdigen Zwiespalt. Einerseits erregte sie seine körperliche Nähe so sehr, dass sie wünschte, ihn zu berühren, andererseits war etwas Geheimnisvolles an ihm, dem sie nicht traute.

Nach dem Essen erbot Rafael sich, Tara und Ashley nach Hause zu fahren. Tara ließ sich nur ungern darauf ein. Wenn er sie nach Hause brachte, wusste er, wo sie wohnte. Und aus irgendeinem Grund gefiel ihr dieser Gedanke nicht.

Doch Ashley stimmte bereits zu. „Vielen Dank", sagte sie begeistert.

Tara kämpfte gegen den Impuls an, einfach davonzulaufen. Sie zwang sich zur Ruhe. Es stimmte, dass sie Angst hatte, seiner Anziehungskraft zu erliegen, aber sie würde sich ja lächerlich machen, wenn sie das zugab und fortlief.

Sie fuhren zuerst bei Ashleys Apartmenthaus vor. Beim Aussteigen warf Ashley Tara einen Handkuss zu. „Bis morgen! Vergiss nicht, dass wir um ein Uhr Anprobe haben."

Rafael entschuldigte sich bei Tara und stieg ebenfalls aus, um Ashley zur Haustür zu begleiten. Mit klopfendem Herzen lehnte sich Tara zurück. Weil die getönte

Trennscheibe geschlossen war, konnte sie den Chauffeur der Limousine nicht sehen. Sie überlegte, wie oft Rafaels Fahrer wohl bei dessen nächtlichen Streifzügen dabei gewesen war. Und wie viele junge Damen sein Arbeitgeber wohl schon nach Hause gebracht hatte? Nervös verschränkte sie die Finger. Wie war sie nur wieder in diese unmögliche Lage geraten? Da saß sie auf dem Rücksitz einer luxuriösen Limousine und wartete auf einen Mann, den sie gar nicht kannte und dem sie misstraute. Warum hatte er überhaupt erst Ashley nach Hause gebracht?

Diese Frage erübrigte sich. Sie wusste, er hatte es von Anfang an darauf angelegt, mit ihr allein zu sein. Das Gefühl, dass sie sich in einer Falle befand, wurde immer stärker.

Sie stellte sich vor, wie er sich neben sie setzen und sie mit diesem geheimnisvollen Lächeln ansehen würde. Es bedurfte keiner Worte. Er würde sie in die Arme nehmen und ihren Protest im Keim ersticken. Seine Lippen würden fest und fordernd sein und sein Kuss wie Feuer. Sie würde seine Finger auf ihrer Haut spüren und sich wider jede Vernunft seinen Liebkosungen hingeben.

Nein! Fast hätte sie das Wort laut ausgerufen, so erschrocken war sie über diese Vision. Sie griff nach der Türklinke. Es war kindisch, dass sie als erwachsene Frau und nach all den Erfahrungen, die sie gemacht hatte, vor diesem Mann davonlaufen wollte. Aber war es nicht der einzige Ausweg?

Hastig öffnete sie die Tür. Rafael konnte schließlich jeden Augenblick zurückkommen, und Tara wollte nicht, dass er ihre unwürdige Flucht beobachtete. Sie wollte gerade den Fuß aufs Straßenpflaster setzen, da merkte sie, dass ihr Fluchtweg blockiert war. Rafael stand direkt vor ihrer geöffneten Tür und sah erstaunt auf sie herab.

„Hat es so lange gedauert?“ fragte er ruhig. „Das tut mir Leid.“

Tara fiel keine Antwort darauf ein. Und weil er bereits einstieg, blieb ihr nichts anderes übrig, als rüberzurutschen.

Lächelnd setzte er sich neben sie. „Wohin darf ich Sie bringen, Miss Hill?“ fragte er leise.

Sie nannte ihm ihre Adresse. Es war ärgerlich, aber er hatte anscheinend ihre Fluchtabsicht erkannt, denn er lächelte spöttisch.

Er schob die Trennscheibe ein Stückchen zurück, um seinem Fahrer die Adresse zu sagen. Gleich darauf fädelte sich die Limousine in den Verkehr ein. Entspannt lehnte er sich zurück, verschränkte die Arme vor der Brust und betrachtete sie mit diesem überlegenen belustigten Lächeln, das sie so nervös machte. Sie dachte an die Fantasievorstellung, der sie sich eben hingegeben hatte, und wurde verlegen. Die Vision war so stark, dass sie seine Arme um sich zu spüren glaubte und seinen Kuss auf den Lippen zu fühlen meinte.

Doch er berührte sie nicht. Er beugte sich nicht einmal zu ihr hinüber. Sie blieben an einer Ampel stehen. Als das Licht auf sein Gesicht fiel, bemerkte Tara, dass seine Augen eigentlich grün waren, mit winzigen goldenen Pünktchen um die Pupillen, die ihnen jenen faszinierenden goldbraunen Schimmer verliehen. Sie fuhren weiter und es wurde wieder dunkler im Wagen. Der Ausdruck seiner Augen schien sich zu verändern. Geheimnisvoll und weich wie die Dunkelheit wurde sein Blick. Tara erschien die Luft wie elektrisch aufgeladen und sie wandte den Blick ab, damit Rafael nicht sah, in welcher Erregung sie sich befand. So etwas war ihr noch nie passiert!

„Da sind wir", sagte Rafael unvermittelt, und Tara zuckte erschrocken zusammen. Er verzog die Mundwinkel, sagte jedoch nichts, sondern öffnete bloß die Tür und stieg aus, um ihr höflich die Hand hinzuhalten. Sie schluckte vor Nervosität, ließ sich aber von ihm beim Aussteigen helfen. Wie warm seine Hand war, wie kräftig der Druck seiner Finger.

Nebeneinander gingen sie zum Eingang von Taras Apartmenthaus. Obwohl der Nachtportier an der Tür stand, begleitete Rafael sie nach oben. Der verspiegelte und mit Teppichboden ausgelegte Aufzug kam ihr diesmal lächerlich klein vor. Mit jedem Stockwerk, das sie höher fuhren, wurde Tara unruhiger. Sie hatte sich noch nicht wieder unter Kontrolle. Ihre Hände zitterten, und sie atmete schnell und unregelmäßig.

Es überlief sie heiß. Noch war er nicht gegangen, noch konnte er sie in die Arme nehmen, an sich drücken und sie küssen …

Die Aufzugtüren öffneten sich. Hastig ging Tara durch den Flur zu ihrem Apartment voraus, unbeholfen suchte sie nach ihrem Schlüssel.

Rafael nahm ihr dann die Schlüssel aus der Hand und schloss die Wohnungstür auf. Jetzt passiert es, dachte sie. Er würde mit ihr hereinkommen, die Tür hinter sich zumachen und bleiben wollen. Das Schlimmste war: Tara wusste nicht, ob sie überhaupt etwas dagegen haben würde.

Rafael trat zurück. Sein Blick war die einzige Zärtlichkeit, die er sich gestattete. „Gute Nacht, Tara“, sagte er leise. Seine Stimme klang tiefer als bisher, rauer. Sie schien ein Versprechen zu bergen, das ebenso erregend war, wie es jede Berührung gewesen wäre.

„Gute Nacht“, erwiderte sie erstaunt.

Und dann hob er doch die Hand. Sacht berührte er ihre Wange und strich mit dem Handrücken über ihre weiche Haut. Dabei lächelte er sie an. Im nächsten Moment wandte er sich ab, um zielstrebig zum Aufzug zurückzugehen.

Tara stand regungslos da und sah ihm nach. Vor dem Aufzug drehte Rafael sich noch einmal nach ihr um. Sein Blick umfing ihren schlanken Körper, und Tara konnte erkennen, dass ihm gefiel, was er sah. Fragend schaute er ihr jetzt ins Gesicht. Es war offensichtlich, welche Frage unausgesprochen in der Luft hing: Erlaubte sie ihm, alle Konventionen zu brechen und zu ihr zurückzukommen, um sie in die Arme zu schließen? Es war ihm natürlich nicht entgangen, welche starken Gefühle er in ihr auslöste.

Ein Zittern lief durch ihren Körper. Sie wusste in diesem Moment nicht, wie sie reagieren sollte. Eigentlich müsste sie wütend werden angesichts seiner frechen Anmaßung. Aber sie konnte auch nicht das Verlangen leugnen, das sie in seine Arme trieb und dem sie kaum widerstehen konnte.

Doch da war etwas in seinem Blick, das sie verwirrte. Es kam ihr vor, als ob er sich dagegen wehrte, sie anziehend zu finden. Hatte er also doch tatsächlich nach ihr gesucht, jedoch nicht das gefunden, was er erwartete? Was bedeutete das? Was steckte hinter seinem Verhalten?

Sekundenlang zeigte sich ein Anflug von Zärtlichkeit in seinen Augen. „Tara, gehen Sie hinein.“

Sie trat einen Schritt zurück.

Er lächelte. „Und schließen Sie die Tür hinter sich gut zu."

Sie nickte, schloss die Tür und ging in ihre Wohnung. Es gab natürlich keinen Beweis, dass Rafael wirklich irgendwelche Pläne mit ihr hatte und sie nicht nur zufällig getroffen hatte, aber sie wurde das Gefühl trotzdem nicht los. Um sich zu entspannen, nahm sie eine heiße Dusche und ging anschließend mit einer Tasse Tee ins Bett, um sich noch einen Fernsehfilm im Spätprogramm anzusehen.

Leider beruhigten weder der Tee noch der Film ihre Nerven. Sie war innerlich so aufgewühlt, dass sie in dieser Nacht lange nicht einschlafen konnte. Es war ihr völlig klar, dass es nicht bei einer flüchtigen Begegnung mit Rafael Tyler bleiben würde. Und sie musste sich eingestehen, dass sie sich darüber freute.

Rafael ging in sein Arbeitszimmer, setzte sich hinter den Schreibtisch, legte die Beine auf die glänzende Tischplatte und verschränkte die Hände hinter dem Kopf. Nachdem er eine Weile nachdenklich an die Zimmerdecke geblickt hatte, beugte er sich vor, um aus der unteren Schreibtischschublade eine Flasche Whisky und ein Glas zu holen. Er goss sich einen Schuss Whisky ein und lehnte sich wieder zurück. Diesmal betrachtete er die Ölgemälde an den mit Holz getäfelten Wänden. In einem Zug leerte er sein Glas. Erst dann holte er den Aktenordner aus der obersten Schreibtischschublade.

Langsam schlug er ihn auf und legte ihn vor sich auf die Tischplatte. Tara Hill, die Frau, die so lange sein Denken beschäftigt hatte, war auf einem Hochglanz-Poster abgebildet. Sie mochte auf diesem Bild siebzehn oder achtzehn Jahre alt sein. Ihr Haar war länger und sehr glatt, sie trug kein Make-up, und in ihren Augen lag ein verträumter Ausdruck, der ihnen inzwischen fehlte.

Rafael blätterte die Fotos und Zeitungsausschnitte durch und betrachtete sie alle, bis er bei der letzten Aufnahme angelangt war, die vor zwei Jahren von ihr gemacht wurde. Sie hatte sich verändert. Der etwas kürzere, leicht gestufte Haarschnitt wirkte lässig-elegant und gab ihrem Gesicht eine sinnliche Note. In ihren großen silbergrauen Augen lag ein trauriger, fast entrückter Ausdruck, der verführerischer war als die romantische Unschuld, die auf den frühen Aufnahmen zum Ausdruck kam.

Rafael klappte den Ordner zu und lehnte sich wieder zurück. Unzählige Male hatte er die Fotos schon betrachtet, und nie hatten sie ihn berührt. Aber da hatte er Tara auch noch nicht gekannt. Sie war bisher lediglich ein Studienobjekt für ihn gewesen. Jetzt erwachten die abstrakten Aufnahmen plötzlich zum Leben.

Bis jetzt hatte er sich Tara rücksichtslos und kalt vorgestellt. Sie war ihm als eine Frau ohne Skrupel erschienen. Nun konnte er das nicht mehr glauben. Nicht, nachdem er in ihre schimmernden silbergrauen Augen geschaut und ihre seidige Haut berührt hatte.

Er runzelte die Stirn. Ihre Hand hatte er gehalten und die zarte Schönheit ihres Gesichts bewundert, mehr nicht. Einmal, als er leicht ihren Rücken streifte, bildete er sich ein, sie erschauern zu spüren. Diese Reaktion auf eine leichte Berührung konnte ein Versprechen für künftige Leidenschaft sein.

Er seufzte laut auf. War Jimmy denselben Empfindungen erlegen? Hatte auch er dieses überwältigende, unheimliche Verlangen gespürt? Hatte er Taras Verlockung nachgegeben und den Hunger nach ihr gestillt? Jimmy war jünger als er und leichter zu beeinflussen gewesen. Rafael hingegen kannte die Welt und war mit all ihren Kulturen in Berührung gekommen. Sie hatten ihn geprägt und ihm ein großes und umfassendes Wissen über die menschliche Natur vermittelt.

Heute Abend jedoch benahm er sich ebenso naiv und unerfahren wie Jimmy. Er hatte sich regelrecht danach verzehrt, Tara zu berühren. Es war sehr schwierig gewesen, sich zusammenzureißen und zu gehen. Hätte sie sich ihm hingegeben? Oder wäre er ihren Verführungskünsten erlegen?

Rafael presste die Hände an die Schläfen. Was war sie? Eine Lady oder eine elegante Verführerin? Aber obwohl es sonst nicht seine Art war, eine gute Gelegenheit zu einer Romanze auszulassen, hatte er richtig gehandelt. Sein Ziel war es schließlich vor allem, sie zum Sprechen zu bringen. Er durfte nicht riskieren, Tara durch unüberlegtes, voreiliges Handeln zu verschrecken. Er musste behutsam vorgehen und sich ihr Vertrauen verschaffen, damit sie ihm irgendwann von sich aus alles erzählte.

Als es plötzlich an seiner Tür klopfte, schrak Rafael zusammen. Schnell stand er auf, ging durchs Zimmer und öffnete. Vor ihm stand eine zierliche Frau mit auffallend blauen Augen. Obwohl ihr kastanienbraunes Haar mit silbernen Strähnen durchzogen war, hätte man sie höchstens auf vierzig geschätzt. Nicht sonst deutete auf ihre zweiundfünfzig Jahre.

„Myrna!" rief er überrascht. Er hatte nicht gewusst, dass seine Stiefmutter in der Stadt war.

Ihr Lächeln war etwas traurig. Sie ging an ihm vorbei ins Zimmer, wo sie sich ans Fenster stellte, um einen Moment mit abwesendem Blick in die Dunkelheit hinauszuschauen. Schließlich wandte sie sich zu Rafael um. „Entschuldige, dass ich dich einfach so überfalle. Ich hoffe, du hast nichts dagegen, wenn ich über Nacht hier bleibe. Als ich vorhin kam, warst du noch nicht zu Hause."

„Du weißt doch, dass du immer willkommen bist."

Etwas unsicher lächelte sie ihn an. „Du scheinst das wirklich aufrichtig zu meinen, Rafael. Es ist ein wahrer Segen, dass ich dich habe."

Gerührt und ein wenig beschämt erwiderte Rafael ihr Lächeln. „Übertreibst du da nicht ein bisschen, Myrna?" Er betrachtete sie näher und wurde ernst. „Was ist passiert? Ich sehe dir an, dass irgendetwas nicht stimmt."

Leider konnte man das über Myrnas ganzes Leben sagen, seit innerhalb eines Monats ihr Mann, Rafaels Vater, an einem Herzinfarkt gestorben und ihr Sohn unter mysteriösen Umständen verschwunden war. Seitdem war Myrna in Gefahr, in Depressionen zu verfallen. Sie hatte die beiden schweren Schicksalsschläge einfach nicht verkraftet.

„Ja, ich bin ein wenig durcheinander", murmelte sie. Dann wandte sie sich vom Fenster ab, wanderte unschlüssig durch den Raum, betrachtete die Ölgemälde an den Wänden und drehte sich dann mit nervösem Lachen zu Rafael um. „Ich hatte schreckliche Angst, dich zu stören oder womöglich in irgendetwas hineinzuplatzen. Du bist bestimmt wieder mit einer hinreißenden Schönheit ausgegangen."

Rafael lächelte sie an. Gegen seinen Schreibtisch gelehnt, die Arme vor der Brust verschränkt, zwinkerte er ihr zu. „Richtig", erwiderte er.

„Da habe ich aber Glück, dass ich dich allein antreffe.“

Rafael kam um den Schreibtisch herum. Liebevoll führte er seine Stiefmutter zu der weichen Ledercouch am anderen Ende des Raumes. „Ich glaube, du könntest einen Drink gebrauchen, Myrna. Wie wärs mit einem Gläschen Bourbon? Oder soll ich Maggie bitten, uns einen Tee zu bringen?“

„Nein, danke. Deine Haushälterin hat sich den ganzen Abend um mich kümmern müssen“, protestierte Myrna. „Ein Schluck Bourbon ist im Moment genau das Richtige. Ein Drink für Männer, nicht wahr?“

Rafael verzog das Gesicht. „Ich weiß nicht so recht. Er lässt sich jedenfalls gut schlucken.“ Er goss Whisky in zwei Gläser und setzte sich dann neben Myrna auf die Couch.

Sie leerte ihr Glas in einem Zug. „Ich habe ein Foto von ihr gesehen“, sagte sie unvermittelt. „Sie arbeitet wieder für Galliard. Du weißt, von wem ich spreche – von dem verschwundenen Mannequin.“

Rafael trank seinen Whisky aus. Langsam stellte er das Glas auf den Couchtisch zurück. „Ich weiß“, sagte er und schaute seine Stiefmutter mit offenem Blick an.

„Oh, Rafael!“ Erregt drückte sie seine Hand. Ihre Finger zitterten. „Ich weiß, dass du alles in deiner Macht Stehende unternommen hast. Du hast ihn überall gesucht und alle Möglichkeiten ausgeschöpft. Sogar deinen Beruf hast du aufgegeben. Aber ich muss es wissen! Ich muss wissen, was damals passiert ist. Wenn Jimmy …"

„Myrna, Myrna", sagte Rafael besänftigend und nahm ihre zitternden Finger zwischen seine Hände. „Ich werde es herausfinden, das verspreche ich dir."

„Ich verlange so viel von dir. Dabei bist du nicht einmal mein eigener Sohn." Dankbar lehnte sie sich an Rafaels Schulter.

Rafael schüttelte den Kopf. „Ich habe meinen Job aufgegeben, weil nach Vaters Tod schließlich irgendjemand den Konzern übernehmen musste. Es stimmt, dass ich das unstete Leben geliebt habe. Aber Vater wusste immer, ich würde zurückkommen, wenn ich gebraucht werde. Und Jimmy war mein Bruder, Myrna. Mein kleiner Bruder. Ich würde es mir nie verzeihen, wenn ich nicht alles täte, um ihn zu finden."

Rafael war fünfzehn, als sein Vater Myrna heiratete. Obwohl ihr Sohn Jimmy damals erst sieben war, hatten sich die beiden Jungen auf Anhieb verstanden. In den folgenden Jahren wurden sie enge Freunde und waren besser miteinander ausgekommen als so manches richtige Geschwisterpaar.

„Noch einen Schluck Whisky, Myrna", sagte Rafael, „und dann gehst du ins Bett. Du brauchst Schlaf."

Er goss ihr etwas Bourbon ein, ließ sie austrinken und brachte sie dann zur Tür. Liebevoll küsste er sie auf die Stirn. „Schlaf gut."

Sie schaute zu ihm auf. In ihren großen blauen Augen standen Tränen. „Du bist ein wundervoller Sohn, Rafael. Der beste, den man sich wünschen kann."

„Und du bist eine fabelhafte Stiefmutter."

Ihr Lächeln vertiefte sich. „Gute Nacht, Rafael. Mach dir keine Sorgen um mich. Es geht mir schon wieder besser. Ich weiß, dass ich dir vertrauen kann."

„Danke, Myrna. Du musst Geduld haben. Es wird vielleicht eine Weile dauern, und es nützt niemandem etwas, wenn du dich in der Zwischenzeit verrückt machst, nicht wahr?"

Sie nickte tapfer, lächelte ihm noch einmal zu und ging dann über den Flur zu der Suite, die in der Tylerschen Villa auf Long Island für sie bereitstand.

Leise schloss Rafael die Tür. Er knipste die Lichter in seinem Büro aus und ging durch die Verbindungstür in sein Schlafzimmer hinüber. Er machte kein Licht. Müde zog er sich aus. Vor den hohen Fenstern blieb er einen Augenblick stehen, um gedankenverloren auf den Garten hinunterzuschauen. Der Vollmond spiegelte sich im Wasserbecken des Springbrunnens und verwandelte die Fontäne in lauter glitzernde Diamanten. Der perfekte Hintergrund für ein Mannequin von Galliard, dachte

Rafael. Nein, nicht für irgendein Mannequin. Nur für Tara Hill.

Etwas Fließendes müsste sie tragen, etwas Durchsichtiges – Seidenchiffon zum Beispiel. Ein weich fallendes Gewand, das bei jedem Schritt ihre Hüften und Brüste umspielte. Die Farbe müsste irgendwo zwischen Blau und Silber liegen, so wie die Farbe ihrer Augen. Er sah direkt vor sich, wie sie auf den Springbrunnen zuging, und er meinte den Duft ihres Parfums wahrzunehmen, der sich mit dem zarten Geruch ihrer Haut vermischte.

Abrupt wandte er sich vom Fenster ab. Vollmond! dachte er, während er wütend die Bettdecke zurückschlug. Schon vor Jahrhunderten hatte der Mond die Menschen zu den aberwitzigsten Fantasien angeregt. Verärgert hieb er mit der Faust aufs Kopfkissen, legte sich ins Bett und versuchte einzuschlafen. Es gelang ihm nicht. Ihr Duft schien ihn tatsächlich zu umgeben, und ihr Bild wollte nicht aus seinem Gedächtnis weichen. Deutlich sah er sie vor sich. Unter dem durchsichtigen Gewand zeichneten sich ihre verführerischen Brüste ab. Er sah die dunklen Brustspitzen, die sich in Erwartung seiner Berührung aufgerichtet hatten. Ihre wiegenden Hüften, die schlanken Oberschenkel und ihre silbrig schimmernden Augen schienen ihn einzuladen, und er spürte ihre Finger auf seiner Wange und auf seiner Brust. Er hörte sogar ihre geflüsterten Liebesworte.

Stöhnend setzte er sich auf und presste beide Hände an die Schläfen. Er schloss die Augen und versuchte wieder klar zu werden. Es gelang ihm schließlich, ihr Bild zu verdrängen. An Jimmy dachte er, seinen gut aussehenden, unbeschwerten kleinen Bruder. Sensibel und höflich war er gewesen. Welch leichte Beute für eine schöne Frau. Eine Verführerin, die ihn benutzte und dabei alle weiblichen Tricks anwendete.

Hatte Tara Hills Schönheit Jimmy wirklich ins Verderben gestürzt?

Rafael legte sich wieder hin und starrte in die Dunkelheit. In ein Fantasiegebilde konnte man sich nicht verlieben. Und er hatte auch nicht die Absicht, das zu tun. Er würde die wahre Tara kennen lernen und so hinter ihr Geheimnis kommen. Er würde es ihr nicht leicht machen. Jetzt bekam sie es mit Rafael Tyler zu tun, und er würde alles unternehmen, um die ganze Geschichte aus ihr herauszubekommen. Jedes Mittel würde ihm recht sein, um sie zum Sprechen zu bringen.

Als Rafael diesmal die Augen schloss, schlief er zwar ein, doch seine Träume ließen ihn nicht zur Ruhe kommen. Tausend Stimmen flüsterten ihm tröstend zu, dass Tara trotz aller Tatsachen, die gegen sie sprachen, vielleicht doch unschuldig war. So unschuldig und schön wie der silberne Schimmer ihrer Augen.

3. KAPITEL

George Galliard war verärgert. Tara kam eine Viertelstunde zu spät zur Anprobe, und dass er Unpünktlichkeit bei seinen Mannequins nicht zuließ, machte er Tara sofort unmissverständlich klar.

„Entweder Sie arbeiten für mich oder Sie lassen es bleiben. Wollen Sie den Job? Okay – ich habe Dutzende von Mädchen, die liebend gern für Sie einspringen würden. Mädchen, die kaum ein Vierteljahrhundert alt sind, falls Sie wissen, was ich damit sagen will, ma petite."

Tara ließ die Drohung gelassen über sich ergehen. Im ersten Moment war George zwar wirklich wütend gewesen. Er hatte sogar vergessen, seinen französischen Akzent vorzutäuschen, und das hieß schon viel, denn George, obwohl in Brooklyn geboren, gab sich als französischer Designer aus, weil er meinte, dass die Amerikanerinnen französische Mode bevorzugten. George musste wohl richtig liegen mit dieser Überzeugung, da er inzwischen eine Spitzenposition unter den internationalen Modeschöpfern einnahm.

Tara wusste, dass George ihr nicht wirklich böse war. Sie kannten sich beide schon sehr lange und waren gute Freunde geworden, nachdem sie so viel miteinander durchgestanden hatten. Nur ihretwegen ließ er damals die Verhöre über sich ergehen. Sie hatte ihn in den Skandal mit hineingezogen, und trotzdem hielt er zu ihr. Er hatte ihr damals in größten Schwierigkeiten beigestanden und auch jetzt, da sie seit zwei Jahren nicht mehr im Gespräch war, stellte George sie wieder ein, als gäbe es keine jüngeren Konkurrentinnen.

„Es tut mir Leid", sagte sie und blickte zu Boden, damit er ihr Lächeln nicht sah.

Sein Toupet war ein klein wenig verrutscht, und Tara wollte ihn nicht merken lassen, dass sie es gesehen hatte. Sie würde ihn damit in große Verlegenheit bringen, denn George war stets eitel und verbarg seine Halbglatze vor allen. Er war ein mittelgroßer, drahtiger Mann mit perfekten Umgangsformen, die er jedoch nur dann an den Tag legte, wenn sie ihm gelegen kamen. Wenn er wollte, konnte er aber taktlos und verletzend sein. Diese Eigenschaften gewannen bei ihm jedoch nie die Oberhand. Tara erinnerte sich dankbar an seine Hilfsbereitschaft und Geduld, als George ihr den Weg zum hoch bezahlten Top-Model ebnete.

Trotz all seiner Fehler konnte George nie so charakterlos werden wie Morton. Der Gedanke an ihn weckte in Tara wieder das Gefühl der Unterlegenheit, das er immer in ihr hervorrief. Morton hatte ihr oft vor Augen gehalten, wie viel sie ihm verdankte. Er hatte ihr den College-Besuch ermöglicht und Tara somit erst in die

Lage versetzt, später ihren Eltern in deren letzten Lebensjahren ein wenig unter die Arme zu greifen. Es war ein großer Trost für Tara, dass sie wenigstens das Ende ihres Lebens erleichtern konnte. Selbst wenn die finanzielle Hilfe im Grunde zu spät gekommen war, um ihren Eltern und ihrem Bruder die Gesundheit wiederzugeben, so blieb zumindest Tara dieses Schicksal erspart.

Die Erinnerung an ihre Familie trieb Tara die Tränen in die Augen. Ihre Mutter war eine gütige, liebevolle Frau gewesen, deren Mut eine Zuflucht war in den schlimmsten Zeiten ihrer Kindheit. Taras Vater hatte sein ganzes Leben lang darunter gelitten, dass er seine Familie, trotz der harten Arbeit, die er tagtäglich leisten musste, nicht aus der Armut befreien konnte. Sie hätte so gerne früher geholfen.

George riss Tara aus ihren Erinnerungen. „Mon dieu, Tara! Gehen Sie endlich zu Madame Clouseau! Die Zeit läuft uns davon. In zehn Tagen reisen wir bereits ab, ma chérie."

Georges Ton klang schon wieder viel freundlicher. Tara wusste, dass er sie gern hatte. Er musste aber natürlich darauf achten, dass seine Models erstklassig und zuverlässig arbeiteten. Seine Verantwortung war groß und er hatte einen Ruf zu wahren. „Ich gehe ja schon, George. Und es tut mir aufrichtig Leid."

George betrachtete Tara etwas aufmerksamer als bisher. „Was ist mit Ihnen passiert? Sie sehen ja schrecklich mitgenommen aus."

Tara verzog das Gesicht. Sie hoffte, dass George wieder mal übertrieb. Sie hatte in dieser Nacht höchstens eine Stunde geschlafen, aber außer den dunklen Ringen unter den Augen sah sie eigentlich wie immer aus. Schuld daran war ihre gestrige Begegnung. Rafael Tyler hatte sie so aufgewühlt, dass sie sich die ganze Nacht unruhig im Bett hin und her geworfen und über ihr Leben nachgegrübelt hatte. Die Träume, die sie heimsuchten, handelten von der Liebe eines Mannes, der die Kraft und die Anmut eines Tigers besaß, aber zärtlich und weich wie eine Katze sein konnte.

„Ich habe schlecht geschlafen, George. Meine Wohnung ist mir noch ein wenig fremd. Schließlich bin ich erst seit einer Woche wieder in New York."

„Fremd!" widersprach George. „Sie haben diese Wohnung seit acht Jahren. Heute Nacht werden Sie die Tabletten nehmen, die ich Ihnen gebe. Dann können Sie bestimmt einschlafen."

„Ich nehme keine Schlaftabletten, George."

„Ohne Schlaf können Sie nicht arbeiten, Tara. Ich bestehe darauf. Ich kann kein Mannequin gebrauchen, das erschöpft und ausgemergelt ist und dann auch noch so aussieht."

„Okay, George", unterbrach Tara ihn gereizt. „Ich

werde schlafen, das verspreche ich Ihnen. Aber ich nehme keine Tabletten.“ Damit ließ sie ihn stehen und ging in die Ankleideräume hinüber. Wenigstens hatte er über der Sorge um ihr Aussehen ihr Zuspätkommen vergessen.

Bewaffnet mit Metermaß und Stecknadeln machte sich Madame Clouseau gerade an Cassandra Law zu schaffen, einer attraktiven jungen Frau mit schwarzblauem Haar. Tara war sicher, dass George sie besonders gern wieder eingestellt hatte, weil ihm eine Blondine gefehlt hatte. George, der einen ausgeprägten Farbsinn besaß, maß der Haarfarbe seiner Modelle große Bedeutung bei. Von den vier Mannequins, die er für die Reise ausgewählt hatte, stellte jedes einen anderen Typ dar. Da war Cassandra mit ihrem schwarzen Haar und den blauen Augen, Ashley mit ihren glänzenden roten Locken und grünen Augen, Mary Hurt, eine Brünette mit braunen Augen, und Tara mit ihrem hellblonden Haar und den silbrig schimmernden Augen. Interessante gegensätzliche Typen alle vier, ungewöhnlich und exquisit wie die Mode, die sie vorführten.

Cassandra stand in einem schulterfreien weißen Abendkleid auf dem Hocker, während Madame Clouseau das schimmernde Gewand absteckte, damit es sich noch enger um ihren Körper schmiegte. „Hast du dich mit George gestritten?“ fragte Cassandra mit einem besorgten Blick auf Tara. „Es ist doch alles okay?“

Tara nickte. „Sicher. Man darf Georges Temperamentsausbrüche nicht so ernst nehmen."

„Sie kommen reichlich spät", bemerkte Madame Clouseau streng und schob sich eine graue Haarsträhne hinters Ohr. „Ziehen Sie bitte das schwarze Abendkleid an. Und Sie, Cassandra, kleiden sich um. Wo steckt denn Ashley schon wieder?"

„Hier bin ich", erwiderte Ashley und erschien in einer orangefarbenen Kreation, die sich fürchterlich mit ihren roten Locken biss, auf der Bildfläche. „Ich sage Ihnen gleich, dass ich dieses Kleid nicht tragen werde." Ohne Madames Antwort abzuwarten, wandte sie sich an Tara. „Du bist spät dran. Das heißt doch nicht etwa, dass sich gestern Nacht etwas zwischen dir und Rafael abgespielt hat?"

„Es bedeutet lediglich, dass ich verschlafen habe", erwiderte Tara unschuldig.

„Sie werden das Kleid tragen! George hat es persönlich angeordnet!" rief Madame verärgert.

Ashley schloss die Augen und atmete einmal tief durch, bevor sie sich gefasst an Madame Clouseau wandte. „Ich werde dieses Kleid auf gar keinen Fall anziehen. Aber geben Sie sich keine Mühe. Ich werde selbst mit George sprechen." Auf dem Weg zur Tür drehte sie sich noch einmal zu Tara um. „Du musst mir später alles genau erzählen."

„Ich will es auch hören!“ rief Cassandra lachend.

„Kommen Sie sofort zurück!“ sagte Madame mit erhobener Stimme und klatschte dabei laut vernehmlich in die Hände.

„Sie hätten eine gute Kindergartenaufsicht abgegeben“, bemerkte Tara in unschuldigem Ton, während sie Cassandra zublinzelte. Keine achtete auf Madames beleidigte Miene, und leise lachend gingen Tara und Cassandra in die Umkleideräume. Dabei kamen sie an Mary vorbei, die gerade mit dem Absatz im Saum ihres verführerischen Morgenrocks hängen geblieben war und unterdrückt vor sich hinschimpfte.

So verging ein langer, anstrengender Tag. Tara probierte ein Kleid nach dem anderen an. Jedes Kleidungsstück musste, nachdem es von Madame auf die Figur abgesteckt worden war, George vorgeführt werden, der dann die passenden Handtaschen, Schuhe, Mäntel, Hüte und Strümpfe dazu auswählte. Es war ein langwieriges, anstrengendes Unterfangen, über das Ashley und Cassandra sich ungeduldig beschwerten, während Tara und Mary es klaglos über sich ergehen ließen. Ashley erzählte den Freundinnen eingehend von dem interessanten Mann, dem Tara im Museum begegnet war, und alle drei bestürmten Tara mit Fragen nach dem Ausgang des gestrigen Abends.

„Können wir nicht über etwas anderes sprechen?“

fragte Tara schließlich resigniert. „Ich sehe den Mann doch nie wieder.“

Sie war erleichtert, dass die anderen auf ihre Bitte eingingen und das Thema wechselten. Mary, die eigentlich Architektur studierte, fing an, von einem ihrer Professoren zu schwärmen, und bald vergaß Tara Rafael Tyler und ließ sich von der ausgelassenen Stimmung der anderen anstecken. Zu gern hätte sie Ashleys Vorschlag angenommen und wäre mit ihr, Cassandra und Mary in irgendein Restaurant zum Abendessen gegangen. Doch sie hatte nicht vergessen, was George ihr geraten hatte. Sie musste früh ins Bett gehen, um den versäumten Schlaf nachzuholen.

„Ich kann nicht mitkommen“, meinte sie bedauernd. „Es tut mir Leid, aber ich muss nach Hause gehen und mich hinlegen.“

Besorgt schaute Ashley sie an. „Fehlt dir auch nichts? Soll ich dich begleiten? Ich könnte dir etwas zu essen machen, während du duschst.“

„Danke, Ashley. Aber ich werde mir schon selbst etwas kochen. Geh du nur. Ich wünsche euch viel Spaß.“

Auf der Straße verabschiedeten sich alle voneinander. Tara überließ ihnen das erste freie Taxi, musste es aber gleich darauf wieder bereuen, denn es dauerte fast eine halbe Stunde, bis das nächste vorbeifuhr. Es war bereits sieben Uhr, als sie endlich zu Hause ankam.

Jetzt würde sie es sich gemütlich machen. Sie setzte den Teekessel auf, schob ein Tiefkühlgericht in den Ofen und ließ das Badewasser ein. Ein schönes heißes Bad am Ende eines anstrengenden Tages entspannte sie immer wunderbar. Bis ihr Essen warm war, wollte sie in der Wanne liegen.

Nachdem Tara ihren Tee ausgetrunken hatte, stellte sie die Tasse auf dem Fußboden ab und genoss mit geschlossenen Augen ihr Schaumbad.

Die wohlige Wärme des Wassers ließ Tara zufrieden aufseufzen. Schläfrig ließ sie ihre Gedanken wandern. Sie wollte nicht über die Vergangenheit nachdenken, aber die Erinnerungen drängten sich ihr auf. Es lag gewiss daran, dass sie nach Caracas zurückkehren würde. Sie konnte diese Stadt nicht vergessen. Genauso wenig wie sie Morton und Jimmy vergessen konnte.

Caracas. Damals war ihre Beziehung mit Morton in die Brüche gegangen. Als unerfahrenes siebzehnjähriges Mädchen hatte sie ihn kennen gelernt und sich in ihn verliebt. Erst Jahre später war ihre Liebe in Hass umgeschlagen.

Anfangs wurde sie von Mortons selbstbewusster Ausstrahlung und seinem guten Aussehen in den Bann gezogen. Sie verehrte ihn sogar, da er es gewesen war, der sie aus der Armut ihres Elternhauses herausholte und ihr zu Glanz und Ruhm verhalf. Er schien alles selbstlos und ohne irgendwelche Hintergedanken zu geben. Tara glaubte den Prinzen ihres Lebens gefunden zu haben.

Mortons Geduld war wohl kalkuliert gewesen. Taras Eltern hatten sie streng erzogen und ihr feste Moralvorstellungen vermittelt. Sie zögerte deswegen, seinen geduldigen Annäherungsversuchen nachzugeben. Es fiel ihr jedoch immer schwerer, seinem Charme zu widerstehen, und schon bald hatte Morton sein Ziel erreicht und sie lebten zusammen.

Die ersten Schwierigkeiten zeichneten sich kurz danach ab. Morton nahm Einfluss auf Taras Freundschaften, wachte eifersüchtig über ihre Kontakte zu anderen Männern und kontrollierte ihre Telefongespräche und ihre Aktivitäten am College. Ihre Begeisterung für ihn kühlte sich ab, und angesichts seiner immer häufigeren Wutausbrüche zog sie sich mehr und mehr von ihm zurück. Seinen Heiratsantrag lehnte Tara heftig ab. Sobald Morton sah, dass er auf Tara keine Anziehungskraft mehr ausübte, griff er zu einer Waffe. Er drohte Tara, ihre Karriere ebenso zu zerstören, wie er sie aufgebaut hatte, und sie ließ sich von ihm einschüchtern. Doch ihre Liebe war gestorben.

Bis sie ihm schließlich in Caracas davonlief. Während sie durch die Straßen wanderte und sich einer Führung durch die alte Kathedrale anschloss, wurde ihr klar, wie sehr sie Morton hasste. Keine Minute länger wollte sie mit ihm zusammenbleiben. Sie konnte es nicht mehr aushalten.

Am selben Nachmittag hatte sie Jimmy kennen gelernt. Er hatte sofort einen sympathischen Eindruck auf sie gemacht. Er lächelte sie so charmant an, und in seinem Blick lag so viel aufrichtige Bewunderung, dass sie sein Lächeln erwiderte. Zusammen liefen sie durch die Straßen und unterhielten sich angeregt in einem gemütlichen Restaurant. Dabei erfuhr Tara, dass er seinen Urlaub hier verbrachte. Da er sie als das berühmte Model Tara Hill erkannt hatte, musste sie ihm nichts von sich erzählen.

Während ihres Gesprächs wuchs Taras Vertrautheit zu diesem fremden jungen Mann so sehr, dass sie ihm von ihrem Problem mit Morton berichtete. Jimmy erkannte die Angst, die sie vor Morton und seinen Ausbrüchen hatte, und bot ihr sofort seine Hilfe an. Tara erinnerte sich, wie gerührt sie gewesen war, dass ein Fremder sich so sehr als Freund erwies.

In dieser Nacht hatte sie Morton eröffnet, dass sie ihn verlassen würde. Alle Bitten, alle Drohungen von seiner Seite waren erfolglos geblieben. Tara bemerkte erleichtert, dass er sie nicht mehr beeindruckte. Ihr Entschluss, ihn zu verlassen, war nur noch gefestigt worden.

Unwillkürlich ballte sie die Hände zu Fäusten. Morton war so überzeugt gewesen von ihrer sexuellen Abhängigkeit. Ihr Leben lang würde sie nicht vergessen, wie er sich ihr in jener Nacht aufgezwungen hatte. Ungläubig und außer sich vor Zorn hatte er schließlich einsehen müssen, dass sie es ernst meinte, dass sie ihn hasste und dass seine Macht über sie gebrochen war.

Er hatte verächtlich gelacht. „Sieh zu, dass du wieder Gefallen daran findest, Baby. Denn wenn wir nach Hause zurückkommen, wirst du mich heiraten. Und wenn du versuchen solltest, mir davonzulaufen, Tara – ich habe keine Skrupel, dich umzubringen. Hast du mich verstanden?“ Spielerisch hatte er ihr die Finger um den Hals gelegt. „Das ist keine leere Drohung. Ich bringe dich um. Ich habe dich heute mit diesem Jungen gesehen. Mir entgeht nichts, mein Engel!“ Wieder lachte er. „Vielleicht bringe ich auch ihn um. Unter Umständen sollte ich ihn lieber gleich aus dem Weg schaffen.“

„Glaubst du wirklich, dass du mich so halten kannst? Ich hasse dich, und ich lasse mich nicht länger von dir einschüchtern.“ Aber sie hatte doch Angst gehabt. Sie war den Tränen nahe gewesen, weil er sie so gedemütigt hatte und weil sie nicht einzuschätzen wusste, was ihm in seiner Wut alles zuzutrauen war.

„Du gehörst mir, Süße“, erwiderte er. „Und wenn du das Schlimmste vermeiden willst, dann lass die Finger von anderen Männern.“ Von seiner Macht überzeugt, ging er und ließ sie verängstigt und unglücklich zurück. In ihrer Verzweiflung hatte sie sofort Jimmy angerufen.

Sie wollte ihn warnen und ihm sagen, dass sie sich nicht erklären konnte, weswegen Morton ihr nachspioniert hatte. Mortons Eifersucht schien ins Krankhafte gestiegen zu sein. Jimmy blieb ruhig und schlug ihr vor, ihn bei der Glasbläserei zu treffen. Die Glasbläserei lag weit außerhalb der Stadt, oben in den Bergen, und Tara war erstaunt, dass Jimmy so einen abgelegenen Treffpunkt vorgesehen hatte. Ihr Vertrauen in Jimmy war groß, und so sollte ihr der Grund für die ungewöhnliche Ortswahl erst später klar werden.

Der Taxifahrer wunderte sich auch über das Ziel seines Fahrgastes und erklärte Tara, dass die Glasbläserei geschlossen sei. In ihrem gebrochenen Spanisch machte sie ihm klar, dass sie unbedingt ihren Freund dort treffen müsste. Der Mann war sogar so nett, mit ihr zusammen zu warten, bis Jimmy aus dem Schatten der Bäume auf sie zukam.

Tröstend nahm er sie in die Arme und versicherte ihr, sie könne mit ihm zusammen im Haus eines Freundes bleiben, das versteckt in den Bergen liege. Da keine Straße zu dem Haus führte, hatten sie sich ihren eigenen Pfad suchen müssen. Während Tara Jimmy in groben Zügen berichtete, was zwischen ihr und Morton vorgefallen war, beschlich sie ein ungutes Gefühl. Ihr wurde klar, dass sie Jimmy durch ihre Anwesenheit in große Gefahr brachte.

In diesem Moment fiel der erste Schuss. Sie befanden sich auf einer kleinen, mondbeschienenen Lichtung. Während Tara unbeherrscht aufschrie vor Schreck, schien Jimmy die Ruhe selbst. Geistesgegenwärtig riss er Tara zu Boden und legte sich blitzschnell daneben. Seltsamerweise zeigte sich nicht die geringste Überraschung in seinem Gesicht.

Mit einer Pistole in der Hand trat Morton unter den Bäumen hervor. Die Erinnerung an sein unverfrorenes Auftreten und sein arrogantes Lächeln nahm Tara selbst jetzt noch den Atem. Damals konnte sie nur wie gelähmt vor Angst auf dem nassen Waldboden liegen, während Morton erst sie, dann Jimmy angeschaut hatte. Er war nicht allein gewesen. Neben ihm stand eine schöne brünette Frau, die ihn offenbar gut kannte und an seinem gewalttätigen Auftreten keinerlei Anstoß zu nehmen schien.

In diesem Moment war Tara klar geworden, dass Morton sie nur benutzt hatte. Ihres Geldes wegen hatte er sie heiraten wollen, da ihr Einkommen inzwischen seine höchsten Erwartungen überstieg. An seine Liebe hatte sie schon lange nicht mehr geglaubt. Aber was beabsichtigte er mit dieser Schießerei?

Dann sagte er plötzlich zu Jimmy, dass er die Maske

zurückhaben wolle. Tara konnte sich bis heute nicht erklären, was das alles zu bedeuten hatte. Sie zuckte zusammen und schlug die Hände vors Gesicht, als erneut Schüsse durch die Nacht peitschten. Mortons Begleiterin schrie auf, und dann war das Geräusch von Polizeisirenen zu hören.

Jimmys Identität war nie geklärt worden, noch hatte man Morton Elliott finden können. Die brünette Frau war bei dem Schusswechsel ums Leben gekommen.

Die Polizei hatte Tara gesagt, dass man Morton schon lange des Kunstschmuggels verdächtigte. Natürlich blieb nicht aus, dass die Zeitungen die Geschichte aufgriffen und Tara als Geliebte und Komplizin eines Kriminellen hinstellten. Um der ganzen üblen Publicity zu entfliehen, hatte sie damals kurz entschlossen ihren Job aufgegeben und war danach für zwei Jahre aufs Land gezogen.

Tara öffnete langsam die Augen. Ihr Badewasser war fast kalt und das Abendessen wahrscheinlich angebrannt. Sie wollte nicht mehr an die schreckliche Geschichte zurückdenken. Ein erholsamer, traumloser Schlaf würde jetzt das Beste für sie sein.

Sie stieg aus der Badewanne, trocknete sich ab und ging in die Küche. Ein Glas Wein, das sie in einem Zug austrank, brachte wieder Wärme in ihre Glieder und entspannte sie. Langsam ging sie ins Schlafzimmer, um einen Morgenrock anzuziehen und sich das Haar zu bürsten. Sollte sie noch etwas essen? Sie war so müde, dass ihr jede Verzögerung missfiel, andererseits fühlte sie sich schwindlig von dem Wein auf nüchternen Magen. Ein paar Bissen würden also vielleicht etwas helfen und sie umso ruhiger schlafen lassen.

In diesem Moment klingelte es an der Wohnungstür. Unwillig richtete Tara sich auf. Wenn sie das Klingeln ignorierte, würde der Besucher, wer immer es sein mochte, schon wieder gehen. Doch sie hatte sich getäuscht. Dieser Besucher war hartnäckig. Immer wieder klingelte es, bis Tara zur Tür ging.

Normalerweise öffnete sie nie, ohne vorher durch den Spion zu schauen. Doch heute riss sie die Tür einfach auf – ein Fehler, wie Tara sofort erkannte, als sie sah, wer vor der Tür stand. Rafael Tyler. Er war wieder ganz in Schwarz: schwarze Hose, schwarze Weste, schwarzes Jackett. Dazu trug er ein weißes Hemd und eine rote Krawatte. Er sah aus, als sei er einem Magazin für Herrenmode entstiegen.

„Rafael!" Mehr konnte Tara nicht hervorbringen vor Überraschung.

„Ja. Und Sie sollten froh sein, dass ich es bin. Öffnen Sie immer Ihre Tür, ohne vorher zu fragen, wer draußen steht? Es hätte ja auch ein Einbrecher sein können."

Tara zwang sich zu ihrem hochmütigsten und arrogantesten Lächeln. „Vielleicht wäre das vorzuziehen gewesen“, sagte sie süffisant. „Ich kann Sie leider nicht hereinlassen.“

Er ignorierte ihre Worte und trat an ihr vorbei. „Fühlen Sie sich nicht wohl?“

„Es geht mir ausgezeichnet“, erwiderte Tara. „Aber Sie können trotzdem nicht hier bleiben.“

„Ich muss hier bleiben. Mein Abendessen kommt nämlich gleich.“

„Wie bitte?“

„Ich habe uns ein Abendessen bestellt: Diverse Hors d'oeuvres, Linguine mit Muschelsoße und zwei Steaks, halb durchgebraten. Es muss jeden Augenblick gebracht werden.“

„Tut mir Leid, aber Sie müssen Ihr Essen woanders einnehmen. Hier können Sie jedenfalls nicht bleiben.“

Rafael reagierte gelassen. Er benahm sich fast so, als sei er in ihrer Wohnung zu Hause. An die Tür gelehnt, beobachtete er sie mit belustigtem Gesichtsausdruck. „Sie wollen doch nicht, dass ich draußen auf dem Flur esse? Außerdem scheint Ihr Essen ungenießbar zu sein. Es riecht so angebrannt.“

„Was?“ fragte Tara erschrocken. Sie lief in die Küche, und ihr blieb nur noch übrig, den Ofen auszuschalten, die traurigen Überreste ihres Tiefkühlgerichts herauszunehmen und ins Spülbecken zu stellen.

Rafael war hinter sie getreten und schaute auf die unansehnliche Masse. „Das sollte Ihr Abendessen sein?“

„Es war ein gutes Essen“, erwiderte sie von oben herab. „Mannequins müssen auf ihre schlanke Linie achten, wussten Sie das nicht?“

Sie wollte sich ruhig, aber bestimmt an ihn wenden, um ihn hinauszukomplimentieren. Doch von dem Wein wurde ihr schwindlig, so dass sie sich direkt vor ihm am Türrahmen festhalten musste. Sekundenlang starrte sie bloß auf das teure schwarze Tuch seines Jacketts. Als sie dann langsam aufsah, trafen sich ihre Blicke, und unwillkürlich fing Tara an zu zittern. Da war wieder diese gefährliche Anziehungskraft, die Rafael Tyler immer auf sie ausübte, und die Atmosphäre schien sich plötzlich mit Erotik aufgeladen zu haben. Noch nie hatte Tara sich dermaßen zu einem Mann hingezogen gefühlt.

„Schlank?“ fragte er leise, während er die Hände an ihre Wangen legte und mit den Fingern langsam über ihr Haar strich. „Sie sind perfekt. Ohne Make-up sehen Sie noch viel besser aus, so weich und natürlich.“

„Ich …“ Verzweifelt suchte Tara am Türrahmen Halt. „Sie müssen jetzt wirklich gehen.“

Bevor er etwas erwidern konnte, klingelte es.

Rafael ging zur Tür und ließ zwei Männer in weißen Jacken ein, die das bestellte Abendessen auf einem

Servierwagen hereinrollten. Die hübsch angerichteten Köstlichkeiten waren wirklich appetitlich anzusehen. Tara schaute sprachlos zu. Als die Männer fertig waren, deuteten sie eine leichte Verbeugung an, wünschten Rafael und ihr einen guten Appetit und verschwanden.

Rafael holte zwei Stühle und deutete ihr mit einer einladenden Handbewegung an, sich zu setzen. „Kommen Sie, das Essen wird kalt. Oder wollten Sie die verkohlte Masse aus Ihrem Spülbecken essen?"

Misstrauisch schaute Tara ihn an. „Ich weiß überhaupt nicht, wer Sie sind und was Sie wollen! Warum sind Sie mir gefolgt?"

Gelassen erwiderte er ihren Blick. „Ich bin Rafael Tyler", entgegnete er. „Und ich bin Ihnen gefolgt, weil Sie mir gefallen. Ist das so schwer zu verstehen? Ich will aufrichtig zu Ihnen sein. Es ist mir klar, dass ich von Ihnen nicht so schnell erwarten kann, dass Sie meine Bedürfnisse teilen. Deshalb möchte ich Ihnen die Gelegenheit geben, mich kennen zu lernen. So lange werde ich Sie aus der Ferne verehren. Aber nur fürs Erste", fügte er leise hinzu und lächelte.

Erstaunt meinte Tara, Zärtlichkeit in seinem Blick wahrzunehmen. Er hatte eine hypnotische Wirkung auf sie, und sie musste sich anstrengen, um dieser Ausstrahlung zu widerstehen. Dies fiel ihr deswegen besonders schwer, weil sie immer noch entsetzlich müde war.

„Sie scheinen sich Ihrer Sache ja sehr sicher zu sein“, bemerkte sie.

„Was ich mir in den Kopf setze, das führe ich im Allgemeinen auch aus.“

„Wenn ich jetzt mit Ihnen zu Abend esse, werden Sie mich dann in Ruhe lassen und gehen?“

„Natürlich – wenn das Ihr Wunsch ist.“

„Ich muss schlafen“, erklärte sie.

Er hob die Brauen. „Hatten Sie gestern Nacht etwa Schwierigkeiten mit dem Einschlafen? Das kann doch nicht an mir gelegen haben, oder?“

„Bestimmt nicht“, gab sie gereizt zurück.

Er lächelte nur, schob ihr höflich den Stuhl zurecht und setzte sich dann ihr gegenüber an den Tisch. Während er ihr die Vorspeise servierte, schwärmte er von der fantastischen Küche des Restaurants, aus dem das Essen kam. Tara entspannte sich schließlich so sehr, dass sie ihm Fragen stellte, wobei sie erfuhr, dass er auf Long Island lebte, jedoch ein Apartment in Manhattan besaß. Er erzählte ihr von seinen vielen Reisen und dass er früher auf Frachtern gejobbt und so die ganze Welt gesehen hatte. Tara merkte nicht, dass er ihr immer wieder Wein nachschenkte, bis ihr plötzlich der Ellbogen vom Tisch rutschte und sie fast das Gleichgewicht verlor.

„Was ist los?“ fragte Rafael und sprang auf, um sie zu stützen.

Tara schaute ihn an. Überrascht schüttelte sie den Kopf. Rafaels Stimme drang wie aus weiter Ferne an ihr Ohr. Sie fühlte sich wunderbar leicht und schläfrig und außerdem sehr weich und anschmiegsam. Sie hatte keine Angst mehr vor Rafael. Im Lauf des Gesprächs hatte er alle Bedrohlichkeit verloren und erschien ihr nun nur noch als ein attraktiver, aufmerksamer Mann, den man wirklich sympathisch finden musste.

„Tara!“ Er klang verärgert und besorgt zugleich. „Haben Sie etwas eingenommen?“

Sie lächelte verträumt. Der weiche Stoff seines Jacketts fühlte sich angenehm an ihrer Wange an. Fasziniert betrachtete sie ihre blonden Haarsträhnen, die wie Goldfäden auf seinem dunklen Anzugstoff glänzten. „Ich habe Ihnen doch gesagt, dass ich schlafen muss.“

„Was haben Sie eingenommen?“

„Schreien Sie mich nicht so an.“

„Dann sagen Sie es mir endlich!“

„Es ist alles Ihre Schuld. George riet mir, nach Hause zu gehen und zu schlafen. Deshalb habe ich ein Glas Wein getrunken. Und dann haben Sie mir immer mehr Wein gegeben.“

Er hob sie hoch und trug sie ins Schlafzimmer. Tara dachte sich nichts dabei. Sie fand es völlig natürlich, an seiner breiten Brust zu liegen. Sie vertraute ihm in diesem Augenblick und fühlte sich wunderbar sicher in seinen Armen, so sicher und geborgen, dass sie ihn zutraulich anlächelte.

„Sie sollten längst im Bett liegen“, sagte er mit vorwurfsvollem Unterton.

„Wenn Sie nicht gekommen wären, würde ich das auch tun“, erwiderte sie.

Seine goldbraunen Augen blitzten. Tara fand sein Lächeln etwas verwirrend, gab sich aber jetzt nicht die Mühe, es zu deuten. „Ich werde Sie ins Bett bringen“, erklärte er.

„Hatten Sie das nicht ohnehin vor?“

„Nein. Ich habe vor, irgendwann mit Ihnen ins Bett zu gehen. Das ist ein großer Unterschied, wie Sie zu gegebener Zeit selbst feststellen werden.“

„Minderwertigkeitskomplexe scheinen Sie ja nicht zu haben.“

Lächelnd schlug er die Decke zurück und legte sie aufs Bett. Dann setzte er sich auf den Bettrand, um ihr Gesicht zu betrachten.

„Sie haben ungewöhnliche Augen“, bemerkte Tara schläfrig und berührte mit den Fingerspitzen vorsichtig seine Brauen. „Sie sind braun und grün, und die Iris ist mit einem bläulichen Ring eingefasst. Zusammengenommen ergeben all die Farben einen interessanten Goldton. Es sind richtige Tigeraugen.“

„Sie sind einfach nur braun“, erklärte er in trockenem Ton. Er nahm ihre Hand und küsste behutsam ihre Handfläche.

Sekundenlang hielt Tara den Atem an. Eine Flut von Empfindungen stürmte auf sie ein. Er sah ihr in die Augen, und sekundenlang, eine Zeit, die ihr wie eine Ewigkeit vorkam, sahen sich beide nur an. Und dann beugte er sich vor, um sie zu küssen.

Noch nie hatte ein Kuss sie dermaßen verzaubert. Er war zärtlich und doch von einer überwältigenden Leidenschaft. Ihr ganzer Körper schien wie im Fieber zu glühen. Tara fing an zu zittern, als seine Finger ihre Brüste umschlossen.

Das erste Mal seit langer Zeit fühlte sie wieder heißes Begehren für einen Mann. Und so sehr wie nach diesem hatte sie noch nach keinem verlangt. Die Berührung seiner Finger genügte, prickelnde Erregung in ihr zu wecken. Es machte Tara Vergnügen, seine kräftigen Schultern zu umfassen, und sie hätte so gern seine nackte Haut, seinen kräftigen Oberkörper gestreichelt. Sie wollte nicht aufhören.

Aber es durfte nicht sein! Sie traute ihm nicht, sie kannte ihn ja nicht. Wie hatte sie sich nur so vergessen können? Auf einmal bekam sie Angst.

Vielleicht hatte er ihre Angst gespürt, vielleicht war auch er ganz plötzlich zur Besinnung gekommen und hatte gefühlt, dass dies nicht der richtige Zeitpunkt war, denn er ließ sie los. Sein Blick war nicht entschuldigend, sondern eher nachdenklich. Rafael seufzte ein wenig bedauernd und betrachtete dann angespannt ihr Gesicht.

„Sie müssen jetzt schlafen", sagte er rau. „Wir sehen uns bald."

„Nein! Wir dürfen uns nicht wiedersehen."

Er schüttelte den Kopf. „Oh doch, Tara. Wir dürfen nicht bloß, wir müssen sogar." Damit drehte er sich um und verließ das Zimmer.

Tara hätte ihm gern getraut, aber sie glaubte seine Erklärung nicht, er sei ihr gefolgt, weil er sie schön fand. Irgendetwas anderes steckte dahinter, doch es war ihr ein Rätsel, was das sein könnte.

Rafael kannte sie. Er musste gewusst haben, wer sie war. Er hatte sie im Museum beobachtet und er war ihr absichtlich ins Plaza gefolgt. Tara ahnte, dass es besser für sie sein würde, wenn sie Rafael nicht wiedersah, aber würde sie es verhindern können? Er hatte ja angedeutet, dass er nicht aufgeben würde, und vielleicht würde sie ihn sogar vermissen, wenn er wirklich nicht wiederkäme.

„Oh nein!" stöhnte sie laut. Dieser Mann sollte keine Macht über sie bekommen.

4. KAPITEL

Als Tara am nächsten Tag aus dem Anprobezimmer kam, stand Rafael im Ausstellungsraum und unterhielt sich mit George. Bei seinem Anblick hielt sie erschrocken den Atem an und blieb stehen. Was hatte er heute vor?

Sie hatte inzwischen glücklicherweise genug Zeit gehabt, wieder vernünftig zu werden. Sie würde es sich nicht noch einmal erlauben, sich so gehen zu lassen wie gestern Abend. Leider hatte sie alles noch klar vor Augen. Sie konnte sich daran erinnern, dass Rafael sie getragen hatte. Sie erinnerte sich an seine kräftigen Arme und an sein Lächeln. Sie wusste sogar noch genau, wie sich sein Haar angefühlt hatte. Sie konnte sich an seinen Kuss erinnern und daran, dass er ihre Brüste liebkost hatte. Und vor allem erinnerte sie sich an die Empfindungen, die auf sie eingestürmt waren, an ihr unglaubliches Verlangen.

Es war ihr ein Rätsel, weswegen er gegangen war, da er doch gespürt haben musste, dass sie auch zu allem bereit gewesen war. Sie hätte bestimmt keinen Widerstand geleistet. In seinen Armen hatte sie vergessen, dass er ein Fremder für sie war. In ihrer Erregung hatte sie alle Vorsicht außer Acht gelassen und sogar das Misstrauen, das sie gewöhnlich allen Männern entgegenbrachte, verdrängt.

Heute früh hatte sie dann nüchtern über den Abend nachgedacht. Es durfte doch nicht so schwierig sein, sich ihm und seiner Anziehungskraft zu entziehen! Sie musste es nur wollen. Denn Rafael war sicher nicht zu trauen.

So attraktiv er auch auf sie wirkte, er hatte eine bestimmte Absicht, die ihn zu ihr gebracht hatte, und bevor sie nicht wusste, welche das war, wollte sie ihn nicht wiedersehen. Wenn er das nächste Mal vor ihrer Tür stand, würde sie nicht aufmachen. Es war ihr sehr einfach erschienen, nachdem sie den Entschluss erst einmal gefasst hatte.

Und jetzt stand er überraschend vor ihr, diesmal nicht in Schwarz. Er trug ein Glencheck-Jackett, eine graue Hose und ein dunkelblaues Seidenhemd. Die Hände in die Hosentaschen gesteckt, lehnte er lässig an der hellen Eichenbar am Ende des Raumes und hörte George zu, der eifrig auf ihn einredete.

„Ist er das?“ flüsterte Mary plötzlich hinter ihr.

Tara nickte zögernd. Sie hatte Ashley unvorsichtigerweise von Rafaels gestrigem Besuch erzählt, und seitdem bildete er das Gesprächsthema ihrer Kolleginnen. Sein Auftreten verursachte natürlich umso mehr Aufregung. Als jemand leise durch die Zähne pfiff, drehte Tara sich um. Cassandra stand neben Mary.

„Ist er nicht toll?“ murmelte sie bewundernd.

„Cassandra! Er muss nicht unbedingt mitbekommen, wie ihr seinetwegen so aus dem Häuschen geratet. Also halte deine Zunge im Zaum."

„Der Mann ist es wert, ein Risiko einzugehen", bemerkte Mary. „So einem Typ begegnet man nicht oft. Sieh zu, dass du dich nicht zu sehr in ihn verliebst."

„Es ist zu albern. Was müssen wir für einen Eindruck machen! Wir benehmen uns wie Schulmädchen."

„Recht hast du", erwiderte Ashley. „Und da ich das Vergnügen habe, den Mann zu kennen, sollte ich doch so höflich sein und ihn begrüßen."

Es hatte keinen Zweck, Ashley aufhalten zu wollen. Schon ging sie zielbewusst quer durch den Raum auf Rafael und George zu. Cassandra und sogar die zurückhaltende Mary folgten ihr.

Rafael gab sich äußerst liebenswürdig. Von ihrer sicheren Position im Durchgang zum Anprobezimmer aus beobachtete Tara ihn. Er gab Cassandra und Mary die Hand und wechselte ein paar höfliche Worte mit ihnen. Offenbar sah George in ihm einen wohlhabenden, einflussreichen Mann, den man unterhalten und beeindrucken musste, denn er ließ seinen ganzen Charme spielen, gab sich väterlich besorgt gegenüber seinen Mannequins, die einen so anstrengenden Tag hinter sich hatten, und bot ihnen sogar einen Drink an. Ob man sich nicht setzen wolle, fragte er, und wo denn Tara sei.

Rafael schien ihm gesagt zu haben, dass er hauptsächlich wegen Tara gekommen war, denn George ließ sich ausführlich darüber aus, wie viel seine Firma für Tara getan hatte und was im Gegenzug Tara Hill für Galliard Fashions bedeutete.

„Ashley, wo bleibt sie nur?“ erkundigte er sich zunehmend ungeduldig.

„Sie steht da hinten im Durchgang“, verriet Ashley und blinzelte Tara zu, während sie eines von den Lachsbrötchen nahm, die normalerweise für Georges reiche, verwöhnte Klienten reserviert waren.

Sofort blickte Rafael zu ihr hinüber. Dieser aufdringliche Kerl! dachte Tara. Er hatte sich wahrscheinlich überlegt, wie einfach es für sie war, ihm ihre Haustür nicht zu öffnen. Aber sie konnte ihm nicht verbieten, zu George zu kommen.

„Hallo“, sagte er und hob sein Glas.

Es blieb Tara nichts anderes übrig, als den sicheren Durchgang zu verlassen und zu den anderen hinauszugehen. Alle schwiegen gespannt, als sie und Rafael sich begrüßten. Nur George schien die Spannung zwischen ihnen zu entgehen.

„Tara, ma chérie! Was möchten Sie trinken? Ich habe einen exzellenten Bordeaux.“

„Vielen Dank, George, gern.“

George goss ihr ein Glas Wein ein. Dann wandte er

sich an Rafael. „Sie sagten, diese Dame, diese Bekannte von Ihnen, sei an einer Modenschau interessiert, Mr. Tyler? Ich kann Ihnen aber nur noch bis Freitag einen Termin geben. Danach ginge es dann erst wieder in zwei Wochen."

„Oh, damit hatte ich nicht gerechnet. Machen Sie Urlaub?" Während er mit George sprach, ließ er Tara nicht aus den Augen. Sein hintergründiges Lächeln, während er mit lässigen Bewegungen die Eiswürfel in seinem Glas schwenkte, schien sie an etwas erinnern zu wollen. Tara konnte sich schon denken, was das sollte. Man konnte ihm seine Selbstgefälligkeit nicht einmal verübeln, wenn man bedachte, dass er ihre Zurückhaltung mit einem einzigen Kuss durchbrochen hatte.

„Wir haben eine Modenschau in Caracas", antwortete Ashley für George.

„Ja", fuhr George begeistert fort, „für unsere südamerikanische Kundschaft. Ich sage Ihnen, niemand auf der Welt besitzt ein besseres Modebewusstsein als die Südamerikanerin."

„Tatsächlich?" bemerkte Rafael höflich.

Cassandra lachte. „Wir freuen uns alle darauf. Sieben Tage an Bord eines Vergnügungsdampfers! Und nur drei Vorführungen auf dem Schiff. Georges große Show findet in Caracas statt, und den Rest der Zeit haben wir frei."

„Interessant", murmelte Rafael.

George räusperte sich. „Nun, Mr. Tyler, soll ich Ihnen ein Termin für die Dame geben?"

Welche Dame? dachte Tara. Seltsamerweise war ihr der Gedanke, Rafael könnte verheiratet sein, unerträglich. Sie wies sich zurecht. Sie wollte doch nichts mehr mit ihm zu tun haben. Da konnte es ihr doch völlig egal sein, ob er verheiratet war oder nicht.

„Gern. Es wäre mir lieb, wenn es Freitag noch ginge."

„Gewiss doch, gewiss. Wie ist der Name der Dame?"

Rafael hob die Brauen. „Mrs. Tyler natürlich. Mrs. Myrna Tyler."

„Ihre Frau, Sir?"

„Meine Stiefmutter, Monsieur Galliard."

„Oh, natürlich, natürlich! Habe ich Recht, wenn ich annehme, dass Miss Hill die Modelle vorführen soll?"

„Nein." Erst jetzt schaute er George an. „Wenn es möglich ist, hätte ich gern Ashley als Model. Mir ist natürlich klar, dass sie gerade mit Reisevorbereitungen beschäftigt ist, aber …"

„Es macht mir nichts aus", versicherte Ashley.

Tara stand etwas fassungslos daneben.

„Wie wäre es Freitag gegen zwei Uhr? Würde Mrs. Tyler das passen?"

„Ausgezeichnet", erwiderte Rafael.

George lachte leise. „Seltsam, Mr. Tyler, aber es kam mir so vor, als fragten Sie vorhin nach Miss Hill."

„Oh ja. Sicher fragte ich nach Miss Hill. Ich wollte sie zum Essen einladen."

„Das ist ganz unmöglich. Ich kann nicht mit Ihnen essen gehen."

„Tara, meine Liebe", protestierte George sofort ungehalten.

Tara lag eine unhöfliche Erwiderung auf der Zunge. Sie war Georges Mannequin und nicht seine Sklavin. Der Befehlston, der ihm eigen war, mochte bei der Arbeit angebracht sein, aber nicht in Fragen ihres Privatlebens. „George", sagte sie gereizt, „Sie waren es doch, der darauf bestand, dass ich in den nächsten Tagen früh zu Bett gehe."

Er schaute sie so verdutzt an, dass Tara unwillkürlich lächeln musste. Sie ging triumphierend zur Bar, um ihr Glas abzustellen, und George folgte ihr. „Tara! Der Mann will Sie doch nur zum Dinner einladen und nicht zum Dessert verspeisen."

„Oh doch, genau das hat er vor", murmelte Tara. Sie spürte schon wieder Rafaels Blick auf sich. Seine goldbraunen Augen funkelten. „Wirklich, Mr. Tyler", sagte sie, während sie zu ihm zurückging, „ich kann nicht mitkommen. Ich muss morgen sehr früh zur Anprobe."

„Das stimmt doch gar nicht", unterbrach Cassandra

sie. Mit unschuldigem Blick schaute sie Tara an. „Madame kommt morgen später, hast du das etwa vergessen? Wir haben erst um zwölf Anprobe, nicht wahr, George?“

„Wie bitte? Oh, sicher.“

„Wie schön“, bemerkte Rafael zufrieden.

Plötzlich stand er neben ihr und nahm lächelnd ihre Hand. Tara schaute zu ihm auf, wusste aber nicht, was sie sagen sollte. Sobald er nur in ihrer Nähe war oder sie gar berührte, verlor sie ihre Gelassenheit. Es zog sie unwiderstehlich zu ihm hin. Nun, sie durfte nicht in Panik geraten. Schließlich war sie kein Teenager mehr. Sie würde schon dafür sorgen, dass er sie nicht in Versuchung führte.

Herausfordernd hob sie das Kinn und maß ihn abschätzend. „Okay, Mr. Tyler. Wenn Sie wirklich darauf bestehen.“

„Gute Nacht, Monsieur Galliard“, sagte Rafael, und in seiner Stimme schwang unmerklich Spott mit, als er Georges Namen betont französisch aussprach. Dann wandte er sich an die anderen, um sich freundlich von ihnen zu verabschieden und ihnen zu versichern, wie sehr es ihn gefreut habe, sie kennen zu lernen. „Ich bin sicher, dass kein Mann je von so viel Schönheit umgeben war“, bemerkte er charmant.

„Wie überaus galant“, meinte Tara, kaum dass sie auf der Straße waren.

Rafael lächelte amüsiert. „Eifersüchtig?"

„Nein." Tara schnaubte geringschätzig durch die Nase.

„Schade."

„Warum haben Sie nicht Ashley zum Essen eingeladen? Sie wäre bestimmt gern mitgegangen."

„Wir waren doch schon einmal zusammen essen."

Tara seufzte. „Aber Sie waren da nicht allein mit ihr essen."

„Dafür haben wir zwei ja schon allein miteinander gegessen."

Unwillkürlich musste sie daran denken, wie er sie anschließend ins Schlafzimmer getragen hatte.

„Außerdem dachte ich, Sie würden gern mit mir essen gehen." Lachend blieb er stehen, fasste sie bei den Händen und zog sie zu sich. Sie schaute zu ihm auf. Leute hasteten an ihnen vorbei, Autos hupten. Doch Tara nahm das alles nicht mehr wahr. Während sie ihm in die Augen sah, schien die Welt um sie herum zu versinken.

„Warum sind Sie mir gefolgt?" fragte sie.

„Das habe ich Ihnen doch gesagt. Sie wissen, wie Sie aussehen. Oder wollen Sie mir erzählen, dass es Ihnen noch nie passiert ist, dass ein Mann sich auf den ersten Blick in Sie verliebte?"

„Nein, Rafael, das ist mir tatsächlich noch nie passiert. Wie sollte es auch, wenn …"

„Sprechen Sie ruhig weiter.“

Sie schüttelte den Kopf und entzog ihm ihre Hände, um hastig weiterzugehen. Beinahe hätte sie ihm von Morton erzählt. Solange sie mit ihm zusammen gewesen war, hatte es nie jemand gewagt, sie anzulächeln oder sich ihr zu nähern. Die kaum unterdrückte Drohung, die von ihm ausging, hatte alle Männer von ihr fern gehalten.

Mit zwei Schritten hatte Rafael sie eingeholt. „Nicht so schnell“, sagte er, „wir müssen hier abbiegen.“

„Es hat keinen Zweck, wenn wir …“

„Fangen Sie nicht wieder damit an.“ Er nahm sie beim Ellbogen. „Hier entlang, Miss Hill. Heute Abend werden wir französisch essen.“

„Wollen Sie mir nicht zuhören!“

„Was ist denn jetzt schon wieder los?“

„Wenn Sie es genau wissen wollen, Mr. Tyler, ich komme mir vor wie eine Beute, der Sie aufgelauert haben. Und ich hatte von Anfang an das Gefühl, als wüssten Sie genau, wer ich bin. Unsere Begegnung war nicht zufällig.“ Es klang überspannt, was sie ihm sagte, aber Tara war froh, dass sie es endlich ausgesprochen hatte.

„Das ist doch nicht Ihr Ernst? Okay, ich weiß, wer Sie sind. Wundert Sie das, nachdem Sie in Dutzenden von Modezeitschriften und Anzeigen zu sehen waren? Ich war fasziniert von Ihnen, und ich bin es immer noch. Was ist daran außergewöhnlich? Weshalb sträuben Sie sich so? Hatten Sie nie Verabredungen mit Männern? Sind Sie nie ins Kino gegangen oder ins Theater? Haben Sie sich nie mit einem Verehrer zum Abendessen getroffen?"

Tara kam schlagartig die Erkenntnis, dass sie all das, wovon er gerade sprach, tatsächlich nie erlebt hatte. Sie hatte sich nie mit Männern getroffen. Bevor sie Morton kennen lernte, war sie nicht ausgegangen. Und mit ihm hatte es keine romantischen Rendezvous gegeben. Sie waren auch nie ins Kino gegangen oder unbeschwert lachend durch den Park spaziert. „Nein", sagte sie, „ich habe mich nie mit einem Verehrer getroffen."

Er drückte ihre Hand. „Dann wird es Zeit, dass Sie damit anfangen. Es wird Ihnen bestimmt sehr viel Spaß machen."

Tara wich seinem Blick aus. Sie wusste nicht, was sie tun sollte. Die Angst vor einer neuen Enttäuschung drängte sie dazu, kein Risiko mit Rafael einzugehen. Aber was würde er ihr schon tun können? Sie war auf der Hut vor seinem Charme und würde nicht auf ihn hereinfallen.

„Wir sind da", sagte Rafael und blieb vor einem Restaurant stehen. Er öffnete die Tür und legte Tara die Hand auf den Rücken, um sie hineinzuführen. Der Tisch, den der Oberkellner ihnen zuwies, stand in einer intimen kleinen Nische.

Rafael bestellte eine Flasche Wein und studierte dann die Speisekarte. Während er Tara erklärte, welche Gerichte besonders zu empfehlen waren, beobachtete sie ihn nachdenklich. War er so charmant und liebenswürdig, oder handelte es sich nur um eine Maske? Sie hätte ihm so gern vertraut. Seine Faszination bestand nicht nur in der körperlichen Anziehungskraft, die er auf sie ausübte. Sie sprach auf seine ganze Persönlichkeit an. Sie mochte sein Lächeln und den Charme, mit dem er George für sich eingenommen und ihre Freundinnen verzaubert hatte.

Er schaute von der Speisekarte auf, bemerkte ihren prüfenden Blick und fragte lächelnd: „Nun, bin ich für tauglich befunden worden?“

Tara errötete, ließ sich jedoch nicht einschüchtern und beschloss, den Stier bei den Hörnern zu packen. „Wenn Sie wissen, wer ich bin, müssen Sie doch auch etwas über meine Vergangenheit erfahren haben.“

„Oh ja, Ihre geheimnisvolle Vergangenheit.“

„Daran ist nichts geheimnisvoll“, sagte Tara bitter. „Dafür sorgte schon die Presse.“

„Sind Sie deshalb verschwunden?“

Tara zuckte die Schultern. „Nicht so sehr wegen der Presse.“ Sie zögerte weiterzusprechen und entschied sich dann doch dagegen. „Ich musste einfach Abstand gewinnen.“

Rafael legte die Speisekarte weg und lehnte sich zurück, um Tara lächelnd zu betrachten. „Wie alt sind Sie?“ fragte er und trank einen Schluck Wein. „Fünfundzwanzig?“

„Sechsundzwanzig.“

„Pardon.“ Er lachte. „Ist das nicht ein bisschen jung, um sich von der Welt abzuwenden?“

„Ich habe mich nicht von der Welt abgewandt, sondern bloß versucht, ein paar schlechte Erfahrungen zu verarbeiten.“

„Aha.“ Er nahm wieder die Speisekarte zur Hand. Um seine Mundwinkel spielte noch immer ein Lächeln.

„Amüsiere ich Sie?“ fragte Tara gereizt.

Da in diesem Moment der Kellner an ihren Tisch trat, wurde ihr Gespräch unterbrochen. Als Rafael sie fragte, ob er für sie bestellen solle, zuckte sie nur gleichgültig die Schultern. Es war ihr völlig egal, was sie aß.

Rafael bestellte auf Französisch. Tara ärgerte sich etwas, dass er die Sprache perfekt beherrschte. Dieser Mann schien in allem perfekt zu sein. Andererseits war dies vielleicht ein Grund, ihm zu vertrauen. Es würde Verlass auf ihn sein.

Nachdem der Kellner sich entfernt hatte, streckte Rafael den Arm aus, um seine Hand auf ihre zu legen. „Verzeihen Sie. Ich amüsiere mich selbstverständlich nicht über Sie. Ich glaube Ihnen, dass die Situation nicht leicht für Sie war. Aber Sie sind noch sehr jung. Es wäre ein Fehler, auf Grund einer einzigen Enttäuschung die ganze Welt zu verdammen. Haben Sie deshalb solche Angst vor mir? Wegen der Sache mit Morton Elliott?"

Tara schrak auf. Er schien alles über sie zu wissen. Sie stellte sich vor, wie er jeden Morgen mit der New York Times am Frühstückstisch saß und die Schlagzeilen las, bevor er sich dem Börsenbericht und dem Sportteil zuwandte. Wenn er über Morton Elliott Bescheid wusste, dann hatte er auch davon gelesen, dass man sie des Mordes verdächtigt und ihr Kunstschmuggel zur Last gelegt hatte. Ihr ganzes Leben hatte schwarz auf weiß vor ihm gelegen. Der Gedanke tat ihr weh. Irgendwie hatte sie das Gefühl, sich verteidigen zu müssen. Er sollte auf keinen Fall den Eindruck von ihr behalten, den die Zeitungen über sie vermittelt hatten.

„Es stimmt alles nicht!" sagte sie.

Rafael lehnte sich zurück und schaute sie wieder mit diesem mutwilligen Lächeln fast hypnotisch an. „Was stimmt alles nicht?"

Sie nahm ihr Glas und trank nervös einen Schluck Wein. „Ich hatte mit der ganzen Sache nichts zu tun."

Er beugte sich vor. Plötzlich war sein Gesichtsausdruck gespannt. „Erzählen Sie mir, was Sie meinen."

Tara holte tief Luft. „Es war alles furchtbar undurchsichtig. Ich hatte den Entschluss gefasst, mich von Morton zu trennen. Zufällig begegnete ich zu dem Zeitpunkt einem Freund. Er wollte sich mit mir treffen. Ich fuhr zum Treffpunkt, wo plötzlich Morton mit einer anderen Frau auftauchte. Er redete von irgendeiner Maske, die er haben wollte. Die beiden Männer fingen an zu schießen. Morton und Jimmy verschwanden, die Frau war tot, und ich verbrachte die Nacht auf der Polizeiwache."

Die Erinnerung setzte ihr dermaßen zu, dass Tara am ganzen Körper zitterte. Mortons Drohung fiel ihr wieder ein. Er hatte gesagt, er würde nicht aufgeben, bis er sie irgendwann gefunden hätte. Und jetzt fuhr sie nach Caracas. An den Ort des Geschehens, dorthin, wo Morton damals untergetaucht war.

Davon erzählte sie Rafael nichts. Erstaunt sah sie, dass sein Gesicht plötzlich so ernst und angespannt war, als hätten ihre Worte ihn persönlich berührt. Doch dann lehnte er sich zurück und wirkte wieder völlig gelöst. „Sie haben immer noch Angst", bemerkte er.

Tara wollte das Gespräch nicht mehr weiterverfolgen. Sie zuckte die Schultern. „Zum Glück liegt das jetzt alles hinter mir", meinte sie. „George war der Einzige, der zu mir gehalten hat. Er glaubte mir, dass ich nichts von dieser rätselhaften Maske wusste. Die Polizei wollte mir ja nicht einmal glauben, dass Jimmy existierte. Glauben Sie mir?"

Er hob die Hände. „Wenn Sie sagen, Sie sind unschuldig, dann glaube ich Ihnen das. Erzählen Sie bitte weiter. Ich möchte mehr hören."

Tara schüttelte heftig den Kopf. Das seltsame Gefühl, das sie in Gegenwart von Rafael empfand, gefiel ihr nicht. Eben noch hatte allein der Gedanke an Morton sie mit Angst und Schrecken erfüllt, und jetzt durchströmte sie eine beruhigende Wärme, und die Angst war auf einmal wie weggeblasen. Dieses Vertrauen, das sie in ihn setzte, und die Sicherheit, die sie in seiner Nähe zu genießen glaubte, konnten nur trügerische Einbildung sein.

Sie durfte nicht vergessen, dass sie Rafael überhaupt nicht kannte. So attraktiv sie ihn auch finden mochte, das durfte kein Grund sein, ihm absolutes Vertrauen entgegenzubringen. Diesen Entschluss musste sie ein für alle Mal treffen und auch dabei bleiben.

Und in Caracas konnte er ihr sowieso nicht helfen. Dorthin musste sie allein gehen. Sie war sich immer noch nicht im Klaren darüber, ob diese Reise nicht ein Fehler war. Andererseits war es auch die einzige Chance, doch noch irgendeine Antwort auf die Rätsel der Vergangenheit zu finden.

Jedenfalls waren ihre Probleme kein Gesprächsthema zwischen ihr und einem völlig Fremden, und deshalb wechselte sie abrupt das Thema. Sie nahm ihr Glas und schaute Rafael herausfordernd an. „Sagen Sie mir, wo haben Sie so gut Französisch sprechen gelernt?"

„Aber, Miss Hill, wo waren Sie bloß mit Ihren Gedanken, als ich mich neulich mit Ashley unterhielt? Nachdem ich mit dem College fertig war, ging ich zunächst zur Marine, und danach arbeitete ich eine Weile auf einem französischen Frachter."

„Ich erinnere mich, dass Sie sagten, Sie seien im Familienunternehmen beschäftigt."

„Ich habe erst kürzlich den Betrieb meines Vaters übernommen."

„Und was ist das für ein Geschäft?"

„Schifffahrt, Juwelen, Import/Export." Er zuckte die Schultern, als sei das Thema unwichtig.

Tara schien es, als weiche er absichtlich ihrer Frage aus. „Sprechen Sie noch andere Sprachen?" fragte sie.

„Spanisch", sagte er nach einigem Zögern. „Ein wenig Italienisch und etwas Deutsch."

„Sie sind ja sehr gebildet."

Er lachte. „Nicht gebildet, nur weit gereist. Es hat mich schon immer in ferne Länder gezogen."

„Und deshalb haben Sie sich für das Leben eines Abenteurers entschieden?"

„Nein, für das Leben eines Arbeiters. Ich habe auf meinen Weltreisen hart gearbeitet. Es war eine gute Erfahrung. Inzwischen ist meine Sehnsucht nach fernen Ländern weitgehend gestillt. Trotzdem reise ich immer noch sehr viel."

„Geschäftlich?“

„Geschäftlich und zum Vergnügen.“

„Sie sind mit einem silbernen Löffel im Mund zur Welt gekommen und haben sich unters arbeitende Volk gemischt. Das ist sicher außergewöhnlich.“

„Und Sie sind im Kohlenstaub großgeworden und haben sich aufgemacht, die Welt zu bezaubern. Sie kommen doch aus Pennsylvania, nicht wahr?“

„Sie sind ein aufmerksamer Zeitungsleser, scheint mir“, erwiderte sie in trockenem Ton.

„Erzählen Sie mir von dem Leben dort.“

Er fragte mit so ehrlichem Interesse, dass sie seiner Aufforderung nachkam und ihm ausführlich die Situation der Grubenarbeiter und ihrer Familien beschrieb. Sie schilderte ihm die müden, abgekämpften Gesichter der Männer und erzählte ihm von ihren Frauen, die vergeblich alles versuchten, um ihren Kindern ein besseres Leben zu verschaffen.

„Dass Menschen heutzutage noch unter solchen Bedingungen arbeiten müssen“, bemerkte Rafael nachdenklich.

„Ich weiß, es klingt unwahrscheinlich, aber es ist wahr“, sagte Tara leise. „Meine Eltern …“

„Ja?“ fragte er behutsam.

Sie senkte den Kopf. „Sie sind beide tot. Sie waren die gutherzigsten, liebsten Menschen auf dieser Erde.

Beide besaßen nie mehr als das Allernötigste, aber das bisschen, das sie hatten, teilten sie mit anderen. Meine Mutter schickte niemals jemanden weg, der sie um etwas bat. Unser Haus stand jedem offen. Mutter besaß nie ein schönes Kleid und konnte sich nicht ein einziges Mal einen Frisörbesuch leisten. Sie ging vielleicht zweimal in ihrem Leben mit meinem Vater ins Kino. Aber sie war die großartigste Frau, die ich je gekannt habe."

Rafael legte behutsam seine Hand auf ihre. „Das glaube ich Ihnen, Tara."

Sie schämte sich plötzlich, dass sie Rafael einen so intimen Einblick in ihre Vergangenheit gegeben hatte. Sie versuchte ihre Rührung zu verbergen und suchte verzweifelt nach einem neuen Gesprächsthema. „Sie erwähnten vorhin Ihre Stiefmutter", sagte sie schließlich. „Haben Sie sonst noch Familie?"

„Meine Mutter starb, als ich fünf Jahre alt war. Ich kann mich nur noch an ihr Lachen erinnern. Zehn Jahre später heiratete mein Vater noch einmal. Myrna, meine Stiefmutter, ist ein richtiger Schatz. Wir sind gute Freunde."

„Und Ihr Vater?"

Er antwortete nicht sofort. Gedankenverloren hob er sein Glas. „Mein Vater ist inzwischen auch gestorben."

„Das tut mir Leid. Ist das der Grund, weshalb Sie zurückkamen, um seine Firma zu übernehmen?"

„So ungefähr."

„Haben Sie Geschwister?“

Er zögerte. „Nur einen Stiefbruder. Er ist jünger als ich.“ Hier wechselte er plötzlich abrupt das Thema. „Haben Sie sich schon ein Dessert ausgesucht? Wollen Sie Kaffee oder vielleicht einen Likör?“

Beim Dessert kamen sie dann wieder auf die kleine Stadt in Pennsylvania zu sprechen, in der Tara aufgewachsen war.

„Sie haben Ihrer Heimatstadt eine Menge Geld gespendet“, bemerkte Rafael. „Mussten Sie deshalb ins Berufsleben zurückkehren?“

Es überraschte sie nicht mehr, dass er auch das wusste. Er schien ohnehin alles über sie zu wissen. „Ja“, sagte sie.

„Aber als Sie sich vor zwei Jahren zurückzogen, sind Sie nicht in Ihre Heimatstadt gegangen?“

„Nein, ich kaufte mir ein kleines gemütliches Haus in Michigan.“

„Warum?“

Sie trank einen Schluck Kaffee, um sich für die Antwort Zeit zu nehmen. „Weil mich dort niemand kannte. Es war ein ruhiges, friedliches Dorf. Ich habe sogar gelernt, wie man Gemüse anbaut.“

Er lächelte. „Es wird Zeit, nach Hause zu gehen“, bemerkte er und winkte den Ober heran, um zu bezahlen.

Kurz darauf verließen sie das Restaurant. Als Rafael

sie nach draußen führte, legte er wieder die Hand auf ihren Rücken, und trotz ihrer guten Vorsätze lehnte sie sich an seine Schulter. Der Abend mit ihm hatte ihr Spaß gemacht. Es war angenehm, mit ihm zusammen zu sein und sich auf seinen Arm zu stützen. Noch aufregender war es, dass er sie nachher küssen würde.

Tara wunderte sich über sich und ihre Unfähigkeit, sich zusammenzureißen. Noch vor kurzem hatte sie den Entschluss gefasst, ihn nie an sich herankommen zu lassen, und jetzt gingen ihre Gedanken verbotene Wege.

Er ließ sie einen Augenblick los, um ein Taxi anzuhalten. Auf der Fahrt zu ihrer Wohnung unterhielt er sich mit dem Taxifahrer, und vor ihrem Haus stieg er mit ihr aus, um sie durch die Lobby zum Aufzug und vom Aufzug zu ihrer Wohnungstür zu führen. Tara fühlte sich unbehaglich, als er ihr dort den Schlüssel aus der Hand nahm.

Aber er kam nicht mit in die Wohnung. Mit beiden Händen umfasste er sanft ihr Gesicht und sah ihr tief in die Augen. Sein Kuss war wie ein Hauch. „Sie sind schön“, flüsterte er. „Hinreißend.“

Tara fiel das Atmen schwer. Wenn er sie jetzt losließe, würde sie wahrscheinlich zu Boden gleiten, denn ihre Beine waren nicht mehr fähig, sie zu tragen. Aber auch jetzt vergaß Tara nicht ihren Verdacht gegen ihn. „Warum sind Sie mir gefolgt?“ fragte sie ihn noch einmal.

„Das habe ich Ihnen doch gesagt.“

„Ich glaube aber nicht, dass Sie mir die Wahrheit gesagt haben.“

Nun nahm Rafael sie in die Arme, mit einer Leidenschaft, die ihr zeigte, wie sehr er sie begehrte. „Wenn Sie immer noch nicht merken, wie groß mein Verlangen ist, Miss Hill, dann sind Sie eine schlechte Beobachterin“, flüsterte er zärtlich. „Sie sind schön.“ Es klang fast erstaunt, als er hinzufügte: „Ich glaube, ich bin auf dem besten Weg, mich in Sie zu verlieben. Habe ich eine Chance? Nein, Sie brauchen mir die Frage nicht jetzt zu beantworten. Sagen Sie es mir morgen Abend.“ Er ließ sie los und trat einen Schritt zurück. „Und nun gehen Sie hinein und schließen die Tür hinter sich ab.“

Lächelnd betrat Tara ihr Apartment. Er wollte sie morgen Abend wieder sehen. Er hatte weder gesagt, wo und wann, noch hatte sie zugestimmt. Trotzdem wusste sie, dass sie sich sehen würden.

5. KAPITEL

Rafael stand an seinem Schlafzimmerfenster und schaute geistesabwesend auf den Springbrunnen hinunter. Wieder war ihm, als erschiene plötzlich dort unten im Mondlicht Taras schimmernde Gestalt. Diese Vision sah er in letzter Zeit überall. Tara saß dann an seinem Esstisch und vor seinem Kamin, oder sie erschien im Garten, und dann wieder sah er ihre wundervolle Gestalt in der Küche und in seinem Schlafzimmer.

Als er ihr sagte, dass sie schön sei, war das die Wahrheit gewesen. Aber viel schlimmer war, dass auch seine andere Behauptung stimmte. Er begann sich tatsächlich in sie zu verlieben.

Du Idiot! dachte er. Heftig wandte er sich vom Fenster ab, legte sich aufs Bett und starrte an die Zimmerdecke. Wie sollte er je die Wahrheit erfahren, wenn er nicht kühl und sachlich blieb? Es konnte seinem Plan sehr schaden, wenn er sich in die Hauptzeugin verliebte, und er hatte nichts Eiligeres zu tun, als genau das zu machen! War es Jimmy ebenso ergangen? Weshalb war er verschwunden? War Tara daran schuld? In was hatte sie ihn hineingezogen?

Er erinnerte sich noch an Jimmys letzte Nachricht aus Caracas, eine Postkarte von der Glasbläserei. Er hätte alles unter Kontrolle, hatte er in seiner unleserlichen Handschrift hingekritzelt. Er sei der schönsten Frau der Welt begegnet und müsse noch eine Weile bleiben, um ihr aus der Patsche zu helfen.

Was hatte das zu bedeuten? War sie damals in eine Schmuggelaffäre verwickelt? Jimmy hatte sich mit Kunstschmuggel befasst. Er hatte sich darauf spezialisiert, verloren gegangene oder gestohlene Kunstgegenstände aufzuspüren. Hatte er Kontakt zu Tara gesucht, weil er etwas über sie wusste? Oder war er vielleicht Morton Elliott auf der Spur gewesen?

Da er keinen Schlaf finden konnte, stand Rafael schließlich seufzend auf, zog sich einen Bademantel über und trat auf den Balkon hinaus.

Wieder sah er dort unten im Mondschein eine Vision von Tara vor dem Springbrunnen. Aber das war immer noch besser als die Vorstellung, sie läge neben ihm im Bett. Heute Nacht hätte er sie verführen können. Warum hatte er die Situation nicht ausgenutzt? Warum hatte er sie nicht geliebt? Wenn ihm erst einmal ihr Vertrauen gehörte, war das Spiel schon halb gewonnen.

Doch wenn er in Taras Nähe kam, vergaß er alle seine Pläne. Er dachte nicht mehr an Jimmy und verlor sein Ziel völlig aus den Augen. Die Erinnerung an ihr trauriges Gesicht, als sie von ihren Eltern sprach, berührte ihn. In diesem zauberhaften, fließenden Kleid sah er sie vor sich, die silbergrauen Augen groß und unschuldig, das Gesicht umrahmt von blondem Haar, das wie gesponnenes Gold glänzte. Und als er sie in den Armen hielt, hatte er nur den einen Wunsch gehabt, sie zu beschützen und zu lieben.

Und wenn es nun ein perfekt beherrschter Trick von ihr war? Vielleicht reservierte sie diesen unschuldigen Blick absichtlich für idealistische Träumer wie seinen Bruder und für Idioten wie ihn selbst? Beide hatten sie ihr jedenfalls nicht widerstehen können.

Er müsste es wirklich besser wissen in seinem Alter! Die Polizei hatte sie verhaftet und die Presse hatte kein gutes Haar an ihr gelassen. Schließlich war sie sieben Jahre lang Morton Elliotts Schützling gewesen und hatte vier von diesen sieben Jahren mit ihm zusammengelebt. Wie konnte sie da unschuldig sein?

Rafael lehnte sich an die kühle Hauswand. Jimmy war verschwunden, auch Morton Elliott war wie vom Erdboden verschluckt. Waren beide auf diesem Berg gestorben? Er wollte nicht glauben, dass Jimmy tot war, bevor man ihm nicht seine Leiche zeigte. Aber gab es denn eine andere Erklärung für sein Verschwinden? Wenn er noch am Leben wäre, hätte er sich doch inzwischen bei ihnen gemeldet. Wenn er tot war, dann trug Tara Hill die Verantwortung dafür. Und er, Rafael, war drauf und dran, sich in sie zu verlieben.

Er stieß sich von der Wand ab, packte mit beiden Händen das schmiedeeiserne Balkongitter und blickte starr in die Nacht hinaus. Vielleicht war sie doch unschuldig. Vorhin hatte er ihr jedes Wort geglaubt und hätte ihr am liebsten versichert, dass er alles andere sei als ein Morton Elliott.

Aber warum fuhr sie jetzt, nachdem die Geschichte zwei Jahre zurücklag, wieder nach Caracas? Vielleicht war alles so geplant und die ganze Sache ein abgekartetes Spiel? Es bestand durchaus die Möglichkeit, dass Morton Elliott hinter Jimmy her gewesen war und Tara dazu benutzt hatte, Jimmy zu becircen. So hatte er Jimmy dann in die Falle gelockt und sich die Maske zurückgeholt. Danach verschwand er und überließ es Tara, mit der Polizei und der Presse fertig zu werden. Nach dem Skandal versteckte sie sich, bis Gras über die Sache gewachsen war, um jetzt endlich zu ihm zurückzukehren.

Aber vielleicht verhielt es sich ganz anders. Vielleicht war sie unschuldig. Er hoffte, wünschte es sich von ganzem Herzen. Rafael stöhnte auf. Unnütze Hoffnungen, die ihm den Blick für die Wahrheit verdunkelten, durften nicht sein. Er musste sich wirklich zusammenreißen. Es ging einfach nicht an, dass er sich wie ein Schuljunge Hals über Kopf verliebte. Heute Abend hätte er sie verführen können, aber aus Angst, er würde eine wichtige Beziehung damit zerstören, hatte er sich die Gelegenheit entgehen lassen. Sie hatte ihn verhext, mit ihren herrlichen Augen und ihrem schüchternen Lächeln. Er hatte für diese besondere Frau den richtigen Moment abwarten wollen. Als ob es in seinem Fall darauf ankam.

Seufzend ging er ins Schlafzimmer zurück. Es war inzwischen fünf Uhr morgens, und weil an Schlaf sowieso nicht zu denken war, nahm er eine heiße Dusche, zog sich an und ging nach unten. Zum Glück hatte der Zeitungsbote die Zeitung gerade gebracht, so dass er sich damit beschäftigen konnte. Alles war willkommen, was ihn von seinen eigenen Gedanken ablenken konnte.

Heute Abend würde er sie wiedersehen. Er hatte vor, sie bei George Galliard abzuholen, um sie zum Essen auszuführen und anschließend mit ihr ins Theater zu gehen. Und dann …

Langsam, sagte er sich, nur nichts überstürzen. Du musst in diesem Spiel der Überlegene bleiben. Schließlich bist du im Gegensatz zu Jimmy vorgewarnt. Er legte die Zeitung beiseite. Und wenn Tara doch unschuldig war? Dieser Gedanke beunruhigte ihn mehr, als er zugeben wollte. Sie würde ihm dann sicher nie vergeben. Vor allem, wenn sie erfuhr, warum er ihr gefolgt war. Aber es gab kein Zurück mehr. Er musste herausfinden, ob Jimmy lebte und Hilfe brauchte. Oder ob er tot war und jede Hilfe zu spät kam. Wenn sie aber mit der Sache nichts zu tun hatte?

„Ich weiß gar nicht, worüber du dir solche Gedanken machst“, sagte Mary zu Tara. „Du scheinst mit diesem Rafael Tyler doch einen echten Gentleman aufgetrieben zu haben. So etwas findet man heute kaum noch.“

„Mary hat Recht“, bemerkte Cassandra. „Männer glauben heutzutage alle, dass ein Essen in einem französischen Restaurant ihnen ein Anrecht darauf gibt, mit dir ins Bett zu gehen. Und wenn du Nein sagst, werden sie unangenehm.“

„Glaubst du immer noch, dass er hinter irgendetwas her ist?“ fragte Mary.

„Natürlich ist er hinter etwas her“, meinte Ashley. „Auf ihren Körper hat er es abgesehen. Was ist denn daran so ungewöhnlich?“

„Nichts“, erwiderte Mary, „abgesehen von der Tatsache, dass er den schon längst hätte haben können. Warum hat er also nicht zugegriffen?“

„Moment mal“, protestierte Tara. „So habe ich das nicht gemeint.“

„Du hast immerhin gesagt, dass du ihn magst und es dir schwer fiel, dich seinem Sex-Appeal zu entziehen.“

„Wovor hast du Angst?“ fragte Ashley. „Dass dir mit ihm dasselbe passieren könnte wie mit Morton? Du kannst nicht dein ganzes Leben mit dieser Angst verbringen, Tara. Außerdem ist Rafael offensichtlich ein ausgesprochener Gentleman."

„Er ist mehr als das", bemerkte daraufhin Mary hintergründig.

„Was willst du damit sagen?"

Lächelnd warf Mary das lange Haar zurück. „Während ihr eure Zeit mit Schwärmereien vertan habt, habe ich einfach ein paar Erkundigungen über den Mann eingezogen."

Mary genoss das verblüffte Schweigen, das daraufhin eintrat. Langsam ging sie zur Couch, um sich neben Ashley zu setzen und die erwartungsvolle Ungeduld ihrer Freundinnen auszukosten.

Tara stützte die Hände in die Hüften. „Na, sag schon! Was hast du herausgefunden?"

„Sein Name ist Rafael Tyler …"

„Mary!" unterbrach Ashley sie ungeduldig. „Das wissen wir doch längst."

„Wisst ihr denn auch, was das bedeutet?"

„Nein", sagte Tara.

„Nun …" Langsam lehnte Mary sich zurück, legte die Beine auf den Couchtisch und betrachtete interessiert ihre langen Fingernägel. „Auf dein Geld kann er es nicht abgesehen haben, Tara, denn er ist reich genug. Er hat eine der größten Reedereien der Welt geerbt und besitzt außerdem mindestens ein Dutzend der exklusivsten Juwelierläden nicht nur in den Vereinigten Staaten, sondern auch in der Karibik und in Südamerika. Sie heißen ‚Tyler und Tyler'. Nicht besonders originell, was? Ich nehme an, dass sich sein Vater das ausgedacht hat. Er kam aus Glasgow und war ein einfacher Matrose, der sich hier den amerikanischen Traum verwirklicht hat."

Tara hob die Brauen. „Das klingt so weit ganz gut. Sprich weiter. Du hast doch mehr auf Lager, das sehe ich dir an."

Mary lachte. „Okay. Jetzt kommt das Beste. Der Mann war noch nie verheiratet. Er gilt als einer der begehrtesten Junggesellen der Welt. Er könnte jede Frau haben, von der reichsten Erbin bis zur Prinzessin."

„Warum ist er dann an Tara interessiert?" fragte Ashley spontan.

„Danke für das Kompliment", bemerkte Tara trocken und blickte zu ihrer Freundin.

„Nun, du bist weder eine reiche Erbin noch eine Prinzessin."

„Er braucht doch kein Geld!" rief Cassandra. „Es muss Liebe sein! Ach, wie schön! Wie im Märchen. Liebe auf den ersten Blick."

Tara verzog den Mund. „Ist das alles, was du über ihn herausgefunden hast? Hast du keinen dunklen Punkt an ihm entdecken können?"

Mary schaute sie erstaunt an. „Nein. Wieso? Es gibt nur noch zu sagen, dass er die ganze Welt bereist hat. Sein Vater war wohl der Ansicht, dass ein junger Mann seinen Neigungen nachgeben sollte. Statt einen bequemen Posten im väterlichen Konzern einzunehmen, ging er zur Marine und arbeitete danach für eine Reihe ausländischer Reedereien. Oh ja! Er hat ganz nebenbei auch noch mitgeholfen, eine Reihe von Schmugglerringen auffliegen zu lassen."

Einen moment herrschte Stille. Dann ging Tara ein Licht auf und sie zuckte zusammen. „Das ist es also. Er hält mich für eine Schmugglerin!"

„So ein Unsinn!" meinte Cassandra lachend. „Dann hätte er dich doch nicht zum Essen ins teuerste französische Restaurant eingeladen."

„Mary, woher hast du all diese Informationen?"

„Ich habe einen Freund bei der Bank, wo Tyler einen Großteil seines Geldes liegen hat."

„Traust du ihm immer noch nicht?" fragte Ashley, während sie den Reißverschluss ihres Kleides schloss und zur Tür ging.

„Ich weiß es wirklich nicht", sagte Tara tief in ihre Gedanken versunken.

„Gib ihm eine Chance!" rief die romantische Cassandra enthusiastisch.

„Und triff deine Entscheidung schnell", flüsterte

Ashley, während sie von der Tür zurückwich. „Er ist nämlich schon wieder da draußen.“

„Wie bitte? Wo ist er?“

„Bei George im Ausstellungsraum.“

Wie auf Kommando liefen alle zur Tür. Und tatsächlich unterhielt sich Rafael gerade mit George, der sich angesichts von Rafaels Zahlungsfähigkeit natürlich wieder von seiner charmantesten Seite zeigte.

Rafael war auch heute ganz in Schwarz. Diesmal trug er einen Smoking mit Samtrevers, ein gestärktes weißes Hemd mit Biesen und eine dunkelrote Fliege.

Tara wich ins Ankleidezimmer zurück. Tief durchatmend lehnte sie sich an die Wand.

„Ich bin gespannt, wohin er dich heute entführt, Cinderella“, sagte Cassandra.

Tara schaute Mary an, von der sie noch am ehesten einen nüchternen Rat erwarten konnte. Aber diesmal war selbst Mary keine Hilfe.

„Du lieber Himmel, Tara, sei kein Dummkopf! Er ist wirklich einmalig!“ sagte sie aufgeregt.

„George kommt!“ flüsterte in diesem Augenblick Ashley von der Tür her. Sekunden später betrat George das Ankleidezimmer und eilte mit entzücktem Gesichtsausdruck auf Tara zu.

„Tyler will ins Theater gehen“, verkündete er strahlend. „Womöglich wird die Presse anwesend sein. Sie müssen eine Galliard-Kreation tragen, Tara. Ich denke, das schwarze Abendkleid mit den paillettenbesetzten Volants ist perfekt für den Anlass, von strenger Eleganz und dabei doch sexy."

Tara ärgerte sich etwas, obwohl es ihr klar war, dass George diese gute Gelegenheit nicht verpassen durfte. „Welches Stück werden wir sehen, George?" erkundigte sie sich.

„Stück? Oh, das neue Schauspiel von Edward Albee. Wie war doch gleich der Titel? Ach, wen interessiert das schon? Ein Galliard-Mannequin am Arm von Rafael Tyler. Da zählt nur, was Sie tragen, sonst nichts."

Tara täuschte ein Gähnen vor. „Ich glaube, ich muss ihm einen Korb geben, George. Ich bin in letzter Zeit so müde. Sogar Sie sagten kürzlich erst, dass ich schrecklich aussehe."

„Das ist doch absurd, ma chérie!" Er klang eine Spur irritiert. „Wirklich, Tara, wie kann man nur so undankbar sein? Den fehlenden Schlaf können Sie morgen nachholen. Sie sind ja mit Ihren Anproben fast fertig."

„Soll das heißen, dass Sie mir morgen freigeben?"

George kämpfte einen Augenblick mit sich. „Okay, okay", meinte er resigniert. „Ich gebe Ihnen einen Tag frei. Und jetzt ziehen Sie sich um."

Als er gegangen war, brachen alle vier in Gelächter aus. „Da siehst du, dieser faszinierende Mann verschafft dir sogar einen freien Tag! Was willst du noch mehr?" neckte Mary sie.

Ashley kniff Tara leicht in die Wange. „Geh und zieh das schwarze Abendkleid an, ma chérie. Und lass dir Zeit. Ich werde unterdessen George und deinem Tiger-Mann Gesellschaft leisten. Vielleicht spendiert George wieder einen Schluck von seinem wunderbaren alten Scotch."

„Ein Gläschen Whisky könnte ich auch vertragen", meinte Mary.

„Kinder, Kinder", sagte Cassandra lachend. „Bei dem Gehalt, das George uns zahlt, können wir uns doch unseren eigenen Whisky leisten."

„Aber es macht viel mehr Spaß, Georges Whisky wegzutrinken, vor allem in Gesellschaft des attraktiven Tiger-Mannes. Wenn Tara ihm den Laufpass gibt, werde ich zur Stelle sein, um den armen Mann zu trösten." Ashley zwinkerte Tara zu. „Los, mach dich schön, Kindchen."

Lachend ging Tara zu der langen Kleiderstange, auf der die Galliard-Kreationen hingen. Das schwarze Abendkleid war wirklich hinreißend in seiner raffinierten schlichten Eleganz. Und es kontrastierte wunderbar mit ihrer Haarfarbe und ihren Augen. Der Gedanke, dass die Presse auf sie aufmerksam werden könnte, war ihr zwar unangenehm, andererseits freute sie sich sehr auf den Abend, ganz zu schweigen von dem gewonnenen freien Tag. Sie würde sich heute eine unbeschwerte schöne Zeit machen und aufhören, überall eine Falle zu wittern.

Minuten später betrat Tara den Ausstellungsraum. Die Szenerie war wie beim letzten Mal: George ganz der joviale Herrscher mit seinen drei Models und seinem erlauchten Besucher an der Bar. Sie waren in ein angeregtes Gespräch vertieft. Nur Rafael schwieg. Der Blick, mit dem er sie ansah, nahm ihr den Atem.

Wie gebannt blieb sie stehen und schaute ihm in die Augen. Wenn Tara bisher nur darüber hatte reden hören, dass die Welt um einen versinken konnte, so erlebte sie es jetzt am eigenen Leibe. Sie vergaß George und ihre Kolleginnen. Es existierten nur noch sie beide und die aufregende Spannung, die zwischen ihnen bestand. Es war wie das Erwachen aus einem Traum, als Ashley rief: „George, das ist aber wirklich eine erstaunliche Kreation."

„Eine erstaunliche Frau", verbesserte Rafael sie. Erst jetzt kam er auf Tara zu und streckte ihr die Hand hin. Ein herrliches Gefühl durchfuhr Tara, sobald ihre Finger sich berührten. „Wie schön Sie sind", flüsterte er. Sein Blick wanderte von ihren Augen über ihre nackten Schultern zum Ansatz ihrer Brüste. Das lange Kleid mit dem großzügigen Dekolletee schmiegte sich um ihre

Hüften, Volants umspielten ihre Fesseln und ein hoher Seitenschlitz enthüllte einen ihrer Oberschenkel.

In diesem Augenblick, da sie sich stumm ansahen, umfing Tara ein Zauber, der die ganze Nacht nicht mehr weichen sollte. Außer Rafael nahm sie nur noch wenig wahr. All ihre Sinne waren auf ihn ausgerichtet. Sie sah in seine Augen, roch den Duft seines Rasierwassers und spürte die Vitalität, die von ihm ausging und auf sie übergriff. Sie kam sich vor wie Aschenputtel auf dem Ball.

In diesem wahrhaft märchenhaften Augenblick erschien Tara alles so klar. Es gab kein Misstrauen mehr Rafael gegenüber und sie erkannte ganz selbstverständlich, dass er der Mann war, den sie lieben konnte.

„Wollen wir gehen?" fragte er leise.

Tara nickte nur. Auf Georges Worte achtete sie nicht mehr, und sie hätte sogar ihren Silberfuchsmantel vergessen, wenn Ashley nicht noch rechtzeitig daran gedacht hätte. Tara bedankte sich abwesend.

Draußen auf der Straße wartete Rafaels Limousine auf sie. Er half ihr beim Einsteigen. „Ist Ihnen kalt?" fragte er und schlug den Kragen ihres Mantels hoch. Sie schüttelte den Kopf.

Er lehnte sich zurück. Im Zwielicht der Dämmerung konnte sie deutlich seine wie gemeißelten Gesichtszüge sehen. Noch immer hielt der Zauber an, und beide saßen nebeneinander und fanden keine Worte.

Er berührte ihre Wange. „Wollen Sie wirklich ins Theater gehen?"

„Ich gehe schrecklich gern ins Theater."

„Das glaube ich Ihnen. Aber ich meinte, wollen Sie jetzt ins Theater gehen?"

Sie wusste, was er meinte. Und als sie den Kopf schüttelte, war sie sich darüber im Klaren, was das für den weiteren Abend bedeutete.

Rafael beobachtete sie einen Moment. Eine innere Stimme sagte ihr, dass sie ihre Gefühle ignorieren oder sich zumindest gegen sie wehren sollte. Es wäre so einfach, sich aus dieser Falle zu befreien. Sie musste ihm lediglich sagen, dass sie nichts lieber tun würde, als mit ihm ins Theater zu gehen. Selbstverständlich hätte er ihren Wunsch erfüllt. Anschließend hätte er sie in ein Restaurant geführt, und an der Haustür hätte er sich später mit einem harmlosen Gute-Nacht-Kuss von ihr verabschiedet.

Warum also sagte sie nichts?

Rafael schob die Trennscheibe ein wenig zurück und sprach leise mit dem Chauffeur, bevor er sich wieder entspannt zurücklehnte.

Die Limousine hielt vor einem Apartmenthaus an, das fast ebenso bekannt war wie die Rockefeller Plaza. Tara war zu aufgewühlt, um sich an den Namen des Hauses zu erinnern, da sie in diesem Augenblick sowieso nicht in der Lage war, ihre Gedanken zu sammeln. Rafael half ihr beim Aussteigen und führte sie zum Eingang, wo der Portier sie respektvoll begrüßte. Tara lächelte etwas gezwungen, bevor sie die Eingangshalle betraten. Bewundernd sah Tara sich um. Marmor und Eiche dominierten. Das strenge Dekor wurde durch riesige grüne Farne aufgelockert.

Im Aufzug griff Rafael sanft nach Taras Hand. Bis sie in Rafaels Stockwerk ankamen, sprachen sie kein Wort. Tara war wie betäubt und ließ sich willenlos über einen breiten Flur führen, der in hohe Doppeltüren mündete. Rafael ließ ihre Hand auch dann nicht los, als er die Türen aufschloss und das Licht anknipste.

Tara war beeindruckt. Sie befanden sich in einem Penthouse hoch oben über der Stadt. Zwei Wände des riesigen Raumes waren völlig verglast und gaben einen atemberaubenden Blick auf die Stadt und den Central Park frei. Sogar die Sterne konnte man von hier oben besser sehen.

Das Penthouse war sehr modern eingerichtet. Ein dicker, beigefarbener Teppichboden, weiche Ledercouches und ein offener Kamin gaben dem Wohnzimmer eine luxuriöse Note. Eine Tür führte auf die Terrasse hinaus, wo man dem Himmel noch näher zu sein schien.

Tara merkte nicht, dass ihr der Pelz von der Schulter rutschte. Umso mehr fiel es Rafael auf. Hingerissen beobachtete er sie. Ihre zarte Schönheit war so überirdisch, dass er sich unwillkürlich fragte, ob ihm nicht wieder seine nächtliche Vision erschienen war. Ihr goldenes Haar bildete einen faszinierenden Kontrast zu dem nachtschwarzen Abendkleid. Eine Schulter nackt, über der anderen den Pelz, bot Tara das Bild einer sehr verführerischen Frau.

Rafael schluckte. Worin bestand die Faszination, die sie ausübte? Ihre Ausstrahlung beruhte nicht bloß auf ihrem fabelhaften Aussehen. War es der silberne Schimmer ihrer Augen oder das Timbre ihrer Stimme? Schon allein die Tatsache, dass das berühmte, wunderschöne Fotomodel Tara Hill in seinem Wohnzimmer stand, in einem Kleid, das einem den Atem nahm, hätte genügt, um jeden Mann in Aufregung zu versetzen.

Aber es war nicht allein diese makellose Schönheit, die Rafael verzauberte. Es war etwas, das ihr Wesen ausstrahlte und sich nur schwer beschreiben ließ. Er trat hinter sie und nahm ihr den Mantel ab. „Gefällt es Ihnen?"

„Es ist wirklich atemberaubend."

Er legte ihren Mantel über einen Stuhl und ging in die Küche, die ganz in Weiß und Chrom gehalten war. „Wollen Sie ein Glas Wein?" rief er, während er den Kühlschrank öffnete.

Sie zögerte einen Moment. „Ja, bitte", sagte sie dann. „Kann ich einen Moment auf die Terrasse gehen?"

„Natürlich. Ich komme gleich nach."

Es war kühl draußen. Tara rieb sich fröstelnd die Arme, vergaß jedoch die Kälte über dem herrlichen Panorama, das sich ihr bot.

Rafael trat hinter sie und reichte ihr ein schmales hohes Weinglas. Tara nahm es ihm ab und war froh, dass sie ihre Hände mit etwas beschäftigen konnte. Hastig trank sie ein paar Schlucke.

Und dann spürte sie seine Hand auf ihrer nackten Schulter, als er ihren Körper mit leichtem Druck an sich zog. Seine Finger streichelten ihren Nacken und sein warmer Atem streifte ihre Schulter.

Erregende, prickelnde Schauer liefen ihr über den Rücken. Sie hatte das Gefühl, dahinzuschmelzen. Schon diese zarten Berührungen erweckten in ihr ein überwältigendes Verlangen. Das erste Mal seit zwei Jahren hielt es Tara wieder für möglich, sich einem Mann hinzugeben. Die schreckliche letzte Nacht mit Morton schien jeden Funken von Leidenschaft in ihr abgetötet zu haben, aber bei Rafael glaubte Tara wieder lieben zu können.

Plötzlich bekam sie Angst bei der Erkenntnis, dass ein Fremder für sie schon nach kurzer Zeit so wichtig zu werden begann.

„Ich habe uns Dinner bestellt", sagte er leise. Über ihre Schulter deutete er in den Sternenhimmel hinauf.

„Sehen Sie dort den Großen Bären? Dort drüben sind Perseus und Cassandra.“

„Kennen Sie alle Sternbilder?“

„Die meisten. Jeder, der viel auf See ist, kennt sich mit den Sternen aus. Auf einem Schiff mitten im Ozean sind sie Ihre einzigen Begleiter. Unter so einem Sternenhimmel auf hoher See kommt man sich sehr klein und unbedeutend vor.“

„Ich kann mir nicht vorstellen, dass Sie sich jemals klein und unbedeutend vorkommen.“

„Jeder Mensch hat Momente, in denen er sich unbedeutend findet.“

Rafael dachte nach. Während er den frischen Duft ihres Haars einatmete, überlegte er, dass jetzt eigentlich der Moment gekommen sei, ihr Fragen zu stellen. Aber er brachte es nicht fertig, die verzauberte Atmosphäre, die sie umgab, zu zerstören. Er spürte, dass er in Gefahr stand, etwas Einzigartiges zu verlieren, wenn er die Situation ausnutzte, um Tara auszuhorchen.

Es klingelte an der Haustür und Rafael verließ mit einer Entschuldigung die Terrasse, um zu öffnen. Durch die hohe Fensterfront sah Tara zwei Männer mit silbernen Tabletts in der Tür stehen. Sie wandte sich ab und versuchte ihre aufgewühlten Gefühle wieder in den Griff zu bekommen. Etwas später kam Rafael zu ihr zurück, um sie an den gedeckten Esstisch zu führen. Nachdem er ihr Wein eingeschenkt hatte, nahm er die Deckel von den Wärmeplatten.

„Sie würden einen guten Ober abgeben." Tara hoffte mit dieser scherzhaften Bemerkung die Spannung zwischen ihnen zu überspielen.

„Ich kann auch fantastisch kochen", erwiderte Rafael postwendend.

„Tatsächlich?"

Er lachte. „Eines Tages dürfen Sie meine Kochkünste selbst beurteilen." Er setzte sich und hob sein Glas, um mit ihr anzustoßen.

Plötzlich konnte Tara ihre innere Aufruhr nicht mehr verbergen. Ihre Hände zitterten so sehr, dass sie kaum ihr Weinglas halten konnte. Mit ihrem blassen Gesicht wirkte sie auf Rafael besonders zerbrechlich.

Sofort sprang er auf, um sich neben ihren Stuhl zu knien und ihr das Glas aus der Hand zu nehmen. Besorgt umfasste er ihre zitternden Finger. Die Berührung genügte, um den Funken überspringen zu lassen.

Er sah ihr in die Augen. „Sie haben Angst vor mir", flüsterte er. „Soll ich Sie nach Hause bringen?"

„Nein!" Einen Augenblick betrachtete sie seine langen, kräftigen Finger, und dieser Anblick schien sie etwas zu beruhigen, obwohl ihr Atem immer noch schnell ging. „Bitte, seien Sie geduldig mit mir."

Es waren diese leise ausgesprochene Bitte, der flehende Blick, der sie begleitete und ihre offensichtliche Aufregung, die sein Herz im Sturm eroberten. Nicht ihre Schönheit oder ihre fantastische Figur betörten ihn, sondern das Vertrauen, das sie ihm in diesem Moment entgegenbrachte.

Er zog ihre Hände an seine Lippen, küsste zärtlich ihre Handflächen. Dann sah er ihr tief in die Augen. „Immer", versprach er.

6. KAPITEL

Tara merkte kaum, dass Rafael sie auf den Arm nahm und mit ihr das Esszimmer verließ. Sie schloss die Augen, während er sie durch den Flur und einige Stufen hochtrug. Als er stehen blieb, bevor er sie aufs Bett legte, öffnete sie die Augen und sah Rafael, der sich über sie beugte, und über sich die Sterne durch ein riesiges Oberlicht über dem Bett, das geradewegs in den Himmel zu führen schien.

Die warnende Stimme ihrer Vernunft wurde immer leiser und Taras Angst schwand. Ihre Gefühle hatten über den Verstand gesiegt. Dieser Moment war unausweichlich gewesen. Es hatte so kommen müssen, denn von Beginn ihrer Bekanntschaft an war die erregende Faszination zwischen ihnen nicht zu leugnen gewesen.

Sie spürte seine Hand auf ihrer Wange und schluckte. Endlich war der Augenblick gekommen, den sie im Grunde herbeigesehnt hatte. Die Tatsache, dass Rafael ein fast Fremder für sie war, spielte jetzt keine Rolle mehr. Ihr Instinkt sagte ihr, dass sie Rafael vertrauen konnte. Er würde Rücksicht auf sie nehmen, und ihre Angst machte ihrem steigenden Verlangen nach ihm Platz. Ein Blick in seine Augen zeigte Tara, dass Rafael sie ebenso sehr begehrte. Sanft streichelte er ihr über die Wange. Diese Geste erhöhte Taras Verlangen und erfüllte sie mit ungeahnter Zärtlichkeit.

Langsam beugte er sich über sie. Die Berührung seiner Lippen war zunächst behutsam. Doch dann verstärkte sich der Druck seiner Lippen, sein Kuss wurde fordernder und die sinnlichen Liebkosungen seiner Zunge zu einem Versprechen. Seine plötzliche Leidenschaft riss Tara mit. Alle Bedenken waren vergessen. Das Feuer, das in ihm brannte, griff auf sie über und ließ ihr Verlangen hell auflodern.

Dies war endlich keine Vision mehr, sondern die herrliche Wirklichkeit. Sein Kuss löste die wundervollsten Empfindungen in Tara aus, und sie war zutiefst überrascht, wie heftig sie reagierte. Sie schlang die Finger in sein dichtes dunkles Haar und ihr Körper vibrierte vor Leidenschaft.

Rafael gab ihren Mund frei und stand auf, um sich hastig auszuziehen. Im Mondlicht sah sie seine fließenden Bewegungen. Wieder erinnerte er sie in seiner kraftvollen Anmut an den Tiger. Tara blieb in Rafaels Anblick versunken, während er sich auszog, und nahm begierig die Vollkommenheit seines wunderbaren Körpers in sich auf. Sie bewunderte seine breiten Schultern und die langen Beine. Seine Brust war mit dunklen Haaren bedeckt.

Unwillkürlich fing sie an, vor Erregung zu zittern.

Selbst die Erinnerung an das furchtbare Erlebnis mit Morton vor zwei Jahren konnte nicht diesen herrlichen Augenblick überschatten.

Sie hatte gedacht, dass sie nie wieder einen Mann lieben könnte, doch ihre Reaktion auf Rafael zeigte ihr, wie sehr sie sich getäuscht hatte.

Rafael konnte sich nicht erinnern, jemals beim Anblick einer Frau so gebannt gewesen zu sein. Aber er war auch noch nie einer Frau von solch übernatürlicher Schönheit begegnet. Niemand hatte Augen wie sie, Augen wie silbern schimmernde Sterne. Glänzend wie gesponnenes Gold breitete sich ihr Haar auf dem Kissen aus. Ihr ebenmäßiges Gesicht war wie aus feinstem Porzellan. Ihre Schönheit war geradezu Ehrfurcht erregend. Fast andächtig betrachtete er sie und es erschien ihm wie ein Traum, dass sie hier und jetzt tatsächlich in seinem Bett lag.

Er riss sich von ihrem Anblick los und ging ans Fußende des Bettes, um ihr die Abendsandaletten auszuziehen. Als seine Finger ihre Fesseln berührten, klopfte Taras Herz heftig. Er musste ihre Erregung gespürt haben, denn er kam zu ihr, um sie erneut zu küssen. Dabei richtete er sie ein wenig auf und zog langsam den Reißverschluss ihres Abendkleides auf.

Als er ihr schulterfreies Abendkleid abgestreift hatte, kam darunter eine nicht minder erregende Kreation zum

Vorschein. Ein trägerloser Bodystocking aus durchsichtiger schwarzer Seide und hauchzarter Spitze. Rafael konnte der Versuchung nicht widerstehen, sich über sie zu beugen und ihre von der Spitze kaum verhüllten Brustspitzen in den Mund zu nehmen. Als er fühlte, wie sie sich in seinem Mund aufrichteten, stöhnte er auf. Es fiel ihm schwer, seine Erregung zu kontrollieren. Bevor er seinem Verlangen ganz nachgab, wollte er zunächst noch den Anblick ihres aufregenden Körpers genießen.

Geschickt streifte er ihr das Seidengebilde ab. Alles, was er sich in seiner Fantasie ausgemalt hatte, erwies sich in Wirklichkeit als noch schöner.

Der schlanke Hals, die festen Brüste, die schmale Taille, die sanft geschwungenen Hüften und die langen Beine waren die Erfüllung seiner Träume. Es gab keinen Makel an diesem wundervollen Körper. Taras Haut besaß den matten Glanz von teurem Porzellan, der mit dem goldenen Haar, den rosigen Lippen, diesen unglaublich silbern schimmernden Augen wunderbar harmonierte. Unschuldig und verletzbar wirkte sie und in ihrem Blick lag unsagbares Vertrauen.

Hatte Jimmy dasselbe gefühlt wie er? War sein Bruder diesem unschuldigen Blick erlegen, damals, vor zwei Jahren? Hatte er sich auch in diese einzigartigen Augen verliebt?

Rafael runzelte die Stirn. Jetzt war eigentlich der Augenblick gekommen, den er so sorgfältig geplant und auf den er kühl berechnend hingearbeitet hatte. Er besaß jetzt ihr Vertrauen und hatte die Intimität zwischen ihnen hergestellt, die notwendig war, um die Wahrheit von ihr zu erfahren.

Aber es gelang ihm nicht, ihr gegenüber unbewegt zu bleiben. Außerdem war er nicht mehr in der Lage, an ihr zu zweifeln. Er glaubte an sie und an die Aufrichtigkeit und Unschuld, die sie ausstrahlte.

Er hatte ihr Zärtlichkeit und Geduld versprochen, doch er gab ihr bereits viel mehr. Auch wenn er sich dagegen zu wehren versuchte, hatte er sich längst in sie verliebt. Er verwünschte sich wegen seiner Schwäche, aber er konnte nichts dagegen unternehmen.

Rafael legte sich neben Tara und zog sie in seine Arme. Wieder küsste er sie und nahm mit seiner Zunge die Vereinigung ihrer Körper vorweg. Und ungestüm berührte er ihre Schultern, ihre Brüste und ihren langen, schlanken Hals. Er spürte, wie sie seinen Kuss erwiderte, fühlte ihre Zunge in seinem Mund und den sanften Druck ihrer Lippen. Er öffnete die Augen und sah sie voller Verlangen an. Behutsam streichelte er ihre Wangen.

Sie senkte den Blick. „Ich sollte nicht hier sein", flüsterte sie außer Atem. Es lag kein Protest, sondern eher Verwunderung in ihrer Stimme.

„Es konnte nicht anders kommen“, erwiderte er leise. Zärtlich küsste er ihren Brustansatz, dann die weiche Rundung und zum Schluss die rosa Brustspitze.

Mit beiden Händen hielt sie seinen Kopf fest. „Schon im Museum hatte es sich entschieden“, flüsterte sie. Dieser Moment schien ihr bereits Lichtjahre entfernt.

„Ja“, sagte er rau und drängte sich an sie, so dass sie sein hartes, heißes Begehren spürte. „Schon im ersten Augenblick, als ich dich sah.“

„Du bist mir wirklich aufgelauert, oder nicht?“

„Ich habe dich bewundernd betrachtet.“

„Ich dich auch. Du hattest dieselbe wilde Schönheit wie der Tiger.“

Er lag neben ihr, spielte mit ihren goldenen Haarsträhnen und schaute ihr tief in die Augen.

„Und wie ein Tiger lauerst du deiner Beute auf“, flüsterte sie und interessierte sich im Grunde gar nicht mehr für seine Antwort, so sehr glühte sie vor Verlangen, und so sehr war ihr ganzes Sein nur noch auf seinen männlichen Körper konzentriert. Alles andere war nun nebensächlich und verschwand hinter dem Nebel ihrer Leidenschaft.

Er sah sie überrascht an und lächelte dann plötzlich traurig. „Nein, Tara“, sagte er, „ich bin deine Beute. Der Jäger ist der Gejagte.“ Seine Lippen berührten ihr Ohr, spielerisch knabberte er an ihrem Ohrläppchen. „Wie habe ich nur ohne dich leben können?“ flüsterte er fast ehrfürchtig.

Spontan schlang Tara die Arme um ihn. Wie hatte sie je an Rafael zweifeln können? Jetzt vertraute sie ihm und glaubte seinen Worten. Was sie in diesem Moment teilten, war die einzige Wirklichkeit, die zählte. Mochte später kommen, was wollte: Der Zauber des Augenblicks gehörte ihnen, und ihre Gefühle waren echt.

Als sein Kuss leidenschaftlicher wurde, stöhnte sie auf. Fordernd zog er sie an sich. Tara vermochte nicht länger still zu liegen. Heftig bog sie sich ihm entgegen, umarmte ihn und küsste mit fieberhafter Leidenschaft seine Schultern und seine Brust. Sie strich mit der Zunge über seine glatte Haut, während ihre Hände seinen Rücken erforschten und tiefer glitten. Er genoss ihre Berührungen, bis die Spannung zwischen ihnen unerträglich wurde und er laut aufstöhnte. Erregt griff er nach ihren Schultern und sah ihr in die Augen, als er sich in einer schnellen Bewegung zwischen ihre Schenkel schob. Einen Augenblick verharrte er über ihr und betrachtete ihr Gesicht, ihre schönen Züge, die von einem inneren Leuchten verklärt wurden.

Und dann schrie sie leise auf, klammerte sich an ihn und drängte sich ihm noch mehr entgegen, um ihn mit sinnlichen Bewegungen aufzufordern, sie zu nehmen.

Er kam zu ihr, und sie hatte das Gefühl zu vergehen.

Als sie ihn völlig in sich aufnahm, überraschte sie seine behutsame Zärtlichkeit. Sie schlang die Arme um ihn und barg ihr Gesicht an seinem Hals. Die Heftigkeit ihrer Leidenschaft machte sie etwas verlegen.

Rafael hielt sie fest, streichelte ihr Haar und flüsterte ihr Liebesworte ins Ohr, bis er die Kontrolle verlor, weil ihre Bewegungen immer heftiger wurden und sie fast verzweifelt dem Moment entgegenfieberte, nach dem sie sich so sehnte.

Es war wunderbar, ein Teil von ihr zu sein, und er hätte ewig in ihr bleiben wollen. Er versuchte den Moment hinauszuzögern, doch der Höhepunkt überkam ihn wie eine gewaltige Flutwelle, schlug über ihm zusammen und riss ihn mit sich. Auch Tara wurde davon ergriffen, so dass sie sich gemeinsam der grenzenlosen Ekstase überließen.

Danach blieben sie eng umschlungen liegen und mochten sich lange nicht voneinander lösen. Sie bewegten sich nicht, bis ihre Körper abgekühlt waren und ihr wilder Herzschlag nachgelassen hatte. Das wundervolle Gefühl des Einsseins erfüllte sie noch immer.

Irgendwann berührte Rafael ihr Haar. „Es musste so kommen", flüsterte er zärtlich.

„Ich weiß."

„Tut es dir Leid?"

Sie richtete sich ein wenig auf. In ihren Augen spiegelte sich noch immer Leidenschaft. „Nein, Rafael. Diese Nacht werde ich nie bereuen."

Er stützte sich auf den Ellbogen und zog sie an seine Brust zurück. „Das klingt ja so, als sollte es bei dieser einen Nacht bleiben. Ich soll doch jetzt nicht etwa aufstehen und dich nach Hause bringen?"

„Ich kann schon allein nach Hause fahren."

„Auf gar keinen Fall", erklärte er knapp und beugte sich über sie. „Erzähl mir nicht, dass du gehen musst. Du hast morgen frei. Außerdem würde ich dich gar nicht gehen lassen. Wunder geschehen nur einmal im Leben, und ich möchte dieses Wunder festhalten. Ich will morgen früh neben dir aufwachen und mich vergewissern, dass diese Nacht nicht nur ein Traum war. Und dann werde ich dich bei Tageslicht lieben."

Im ersten Augenblick dachte er, sie würde protestieren. Doch dann erhellte ein sinnliches, betörendes Lächeln ihr Gesicht, und Rafael fühlte, wie sein Pulsschlag sich schon wieder beschleunigte. Langsam streckte sie die Arme nach ihm aus, legte sie ihm um den Nacken und bog sich ihm entgegen, wobei sie verführerisch mit den Brüsten seinen Oberkörper streifte. „Du willst bis morgen früh warten?" fragte sie in unschuldigem Ton.

„Oh nein, keinesfalls!" Er lächelte und beugte sich hinunter, um hungrig die weichen Hügel zu küssen, mit denen sie ihn eben bis aufs Äußerste gereizt hatte.

Sie reagierte darauf mit einem Stöhnen, das seine Lust wieder erweckte und ihn in ein Meer leidenschaftlicher Gefühle tauchte.

Als sie aufwachten, waren nicht mehr die funkelnden Sterne über ihnen, sondern ein strahlend blauer, wolkenloser Himmel.

Während Tara hinaufschaute, beobachtete Rafael sie. Er wagte sich nicht zu bewegen. Seine erste Reaktion eben beim Aufwachen war ungläubiges Staunen gewesen. Erstaunen darüber, dass sie neben ihm im Bett lag, blond und schön und unschuldig. Obwohl sie sich ihm in der Nacht mit rückhaltloser Leidenschaft hingegeben hatte, wirkte sie wie ein junges Mädchen.

Unschuldig. Dieses Wort erinnerte ihn wieder an seine Sorgen.

Er schloss die Augen und fragte sich, ob die Situation bei Tageslicht betrachtet anders aussehen würde. Vielleicht hatte die Verzauberung der letzten Nacht seine Zweifel nur verdrängt, und das Misstrauen stellte sich jetzt bei Tag wieder ein.

Rafael schüttelte den Kopf. Auch bei Tageslicht und mit klarem Kopf war er noch genauso verliebt wie gestern Nacht. Vorwürfe nützten auch nichts, denn es war allgemein bekannt, dass kein Verliebter für Vernunftgründe zugänglich war. Er musste seine Liebe akzeptieren und sie zu schützen suchen. Jetzt wollte er Tara auf keinen Fall verlieren und musste also behutsam vorgehen. Von Jimmy konnte er ihr nichts erzählen. Es war besser, zuerst alles sanft für diese Enthüllung vorzubereiten, denn er wollte Tara nicht erschrecken. Außerdem musste er sich selbst Gewissheit über ihre Rolle in dieser Geschichte verschaffen. Nun hatte er einen Grund mehr, sie zu beobachten und mit ihr zusammen zu sein. Denn falls sie unschuldig war, drohte ihr vielleicht Gefahr, wenn sie an den Ort des Geschehens zurückkehrte. Und vor dieser Gefahr, worin sie auch bestehen mochte, musste er sie schützen.

Sie schaute immer noch in den Himmel. Woran dachte sie? An die Konsequenzen dieser Nacht? Bereute sie es, mit ihm geschlafen zu haben? Überlegte sie, wie sie der Situation entkommen konnte? Womöglich fragte sie sich verzweifelt, warum sie mit ihm nach Hause gegangen war.

Vorsichtig berührte er ihre Wange. Sofort schaute sie ihn an und zu seiner großen Erleichterung lächelte sie. Weich und scheu, aber glücklich. In ihren Zügen spiegelte sich das gleiche Erstaunen über dieses Glück, das auch er eben empfunden hatte, als er neben ihr aufgewacht war.

„Du bereust nichts?“ flüsterte er.

„Oh nein“, erwiderte sie.

Er küsste sie auf ihre Nasenspitze.

„George wird wütend sein“, meinte sie. „Keine Fotos von seinem eleganten Abendkleid in der Presse.“

„Irgendwann wird er seine Fotos bekommen“, beruhigte er sie.

„Oh!“ sagte sie plötzlich und warf einen Blick auf ihre Armbanduhr. „Es ist fast zwölf ...“

„Du hast heute frei“, erinnerte er sie.

„Richtig“, meinte sie lachend und sank erleichtert in die Kissen zurück. Im nächsten Augenblick schien ihr etwas eingefallen zu sein, denn sie richtete sich abrupt auf. Die Bettdecke rutschte hinunter und Rafael atmete tief ein beim Anblick des schönsten Busens, den er je gesehen hatte. „Du hast eine Verabredung um zwei, erinnerst du dich? Du wolltest mit deiner Stiefmutter zu George gehen.“

„Willst du uns den Tag verderben?“ fragte er lachend und rückte näher. „Myrna ist eine erwachsene Frau. Sie kann sehr gut allein in die Stadt fahren.“

„Solltest du sie nicht wenigstens anrufen?“

„Ich hatte nie vor, sie zu George zu begleiten.“

„Oh.“ Sie schaute ihn einen Moment prüfend an. „Komisch. Und du hast ausdrücklich verlangt, dass Ashley die Kleider vorführt.“

„Was ist daran komisch? Ich wollte mit dir zusammen sein.“

„Du hast die ganze Sache also geplant?“

„Ich hatte einen Theaterbesuch geplant.“

„Und danach?“

„Die Entscheidung hätte natürlich in jedem Fall bei dir gelegen.“

Tara fragte sich, ob sie ihm glauben sollte. Aber sein leidenschaftlicher Blick schickte ihr Schauer über den Rücken, und sie hörte auf, sich über eine Sache den Kopf zu zerbrechen, die sie beunruhigte und die ihr nicht die schönen Momente mit Rafael verderben sollte. Sie verdrängte alles andere und sah ihm in die Augen.

Er nahm ihre Hände und zog Tara in die Kissen zurück. Während er sie leidenschaftlich küsste, schob er ungeduldig die Bettdecke zurück, damit er sich an sie drängen konnte. So heftig war seine Leidenschaft, dass Tara auf der Stelle von ihr mitgerissen wurde. Heftige Erregung erfasste sie, und als er ihren Körper berührte, stockte ihr der Atem.

Es war ihr unmöglich, sich seiner energiegeladenen Vitalität zu entziehen. Sie liebte die Intensität seiner männlichen Ausstrahlung, die das Weibliche in ihr erweckte. Keine Empfindung ließ sich mit der vergleichen, die sein warmer Körper in ihr hervorrief.

Alle Zweifel, die sekundenlang auftauchten, wurden gleich darauf wieder verdrängt. In Rafaels Nähe zählte nichts außer ihrer Leidenschaft.

Heute gehörte sie ihm. Heute wollte sie den Zauber nicht zerstören. Sie nahm sich vor, morgen vernünftiger zu sein. Morgen würde sie versuchen, von ihren Gefühlen und von dem verzehrenden Verlangen, das er in ihr geweckt hatte, Abstand zu gewinnen.

Mehr noch als das körperliche Entzücken überwältigten Tara die zärtlichsten Gefühle für Rafael. Ihre Hingabe in dieser herrlichen Nacht war nicht nur körperlich gewesen. Tara liebte seine ganze Persönlichkeit, sein Lächeln und seine Stimme, und sie war glücklich, wenn er ihre Hand hielt und sie mit seinen goldenen Tigeraugen ansah.

Ihr Körper brannte vor Verlangen. Es erschien ihr als Wunder, dass sie noch zu solchen Empfindungen fähig war. Am liebsten hätte sie für immer so neben ihm gelegen. Wie schön musste es sein, morgens an seiner Seite aufzuwachen, sein Lachen zu hören, seine Liebe zu spüren und zu wissen, dass sie zusammengehörten. Sie wünschte sich schon jetzt nichts sehnlicher, als sein Leben mit ihm zu teilen.

Rafael hatte sich etwas aufgerichtet, um sie zu betrachten. Während er ihr zärtliche Liebesworte zuflüsterte, wurde der Rhythmus seiner Bewegungen intensiver, bis sie aufschrie und ein Zittern durch ihren Körper lief. Zusammen erreichten sie den Höhepunkt und blieben danach eng umschlungen, erschöpft und glücklich liegen. Tara wagte nicht, Rafael anzuschauen. Zärtlich schmiegte sie das Gesicht an seine Brust.

Noch wollte sie nicht in die Realität zurück. Sie versuchte den Traum festzuhalten und das Zusammensein mit Rafael so lange wie möglich auszukosten. Der Gedanke an später machte sie unglücklich. Sie würde ihm aus dem Weg gehen müssen, denn wie sollte sie ertragen, dass er ihre Beziehung nur als flüchtige Affäre ansah? Sie wollte ihn entweder ganz haben oder gar nicht.

Er zog sie auf sich. Seine goldenen Augen funkelten. Sie musste lächeln, als sie den triumphierenden Ausdruck in seinem Gesicht sah, den männlichen Stolz.

„Ich liebe dich", erklärte er ernsthaft.

Skeptisch lächelte sie ihn an. „Wirklich?"

„Ja."

Sie legte den Kopf auf seine Brust. Plötzlich bekam sie wildes Herzklopfen bei der Vorstellung, dass es vielleicht die Wahrheit sein könnte.

Rafael hatte nicht zu viel versprochen. Er war wirklich ein guter Koch. Er hatte fantastische Omelette mit Krabben und kreolischer Sauce gemacht, die sie als spätes Frühstück im Bett aßen. Während sie im Bademantel auf dem Bett saßen, kam Tara plötzlich ein beunruhigender Gedanke. Wie viele Frauen mochte Rafael schon in diesem Bett verführt haben? Bei seiner leidenschaftlichen Natur spielte Sex bestimmt eine wichtige Rolle für ihn.

Eifersucht durchfuhr Tara wie ein scharfer, stechender Schmerz. Um ihn nicht anschauen zu müssen, starrte sie auf ihren Teller. Trotzdem bemerkte Rafael ihren Stimmungswandel. Behutsam berührte er ihr Kinn und hob es hoch, damit sie ihm in die Augen sehen musste.

„Was ist los?"

Tara zuckte die Schultern und lachte etwas verlegen. Sie kam sich albern vor, dass sie ausgerechnet nach so einer herrlichen Liebesnacht Eifersucht empfand. „Ich habe mich gerade gefragt, wie viele Frauen schon mit dir in diesem Bett waren."

Er versuchte nicht, ihr etwas vorzumachen. Er schien einen Augenblick zu überlegen und sagte schließlich: „Wir haben beide unsere Vergangenheit."

Weil sie darauf nichts zu erwidern wusste, blickte sie wieder auf ihren Teller hinunter. Erneut fasste er sie zärtlich unters Kinn, damit sie ihn ansah.

„Mit Vergangenheit meine ich zum Beispiel Morton Elliott. Du liebst doch diesen Mann hoffentlich nicht mehr, oder?"

Seine Stimme war überraschend schroff. „Nein", erwiderte sie knapp. Sie hielt es nicht für nötig, weitere Erklärungen zu diesem Thema abzugeben. Der Gedanke, dass sie Morton noch lieben könnte, war absurd.

Noch immer schaute Rafael sie fragend an, als ob er in ihrem Blick irgendetwas suchte. Plötzlich war die Atmosphäre zwischen ihnen gespannt, und er ließ ihr Kinn los. Dann sagte er seufzend: „Ich glaube, du solltest mich heiraten."

Verblüfft schaute sie ihn an und lachte.

„Was ist daran so komisch?" fragte er.

„Fragst du eigentlich jede Unbekannte, ob sie dich heiraten will?"

Verführerisch lächelte er sie an. „Unbekannte?" So wie er sie ansah, war eindeutig, worauf er anspielte.

Tara errötete. „Nun, wir kennen uns doch wirklich kaum", sagte sie und richtete sich auf, um ihrer Erklärung mehr Nachdruck zu verleihen.

Doch würdevolle Haltung nützte nichts, weil Rafael in den tiefen Ausschnitt ihres Bademantels griff und spielerisch ihre nackte Brust berührte. „Ich kenne dich sehr gut."

Mit einer heftigen Bewegung zog sie den Bademantel vor der Brust zusammen. Dabei wäre ihr fast der Teller von den Knien gerutscht. „Ach, du weißt doch, was ich meine, Rafael. Es ist mein Ernst."

„Meiner auch."

Tara schüttelte resigniert den Kopf. Sie wusste in diesem Moment nicht, ob sie lachen oder protestieren sollte. Es war sinnlos, die Diskussion fortzusetzen.

Rafael nahm die Teller und stellte sie beiseite. Liebevoll schloss er Tara in die Arme.

„Ich sollte jetzt nach Hause gehen", wandte sie nervös ein.

„Nein."

„Aber …"

„Heute bleibst du noch da. Bis morgen früh gehörst du mir. Morgen bringe ich dich dann nach Hause."

„Lass uns nichts überstürzen, Rafael."

„Du hast gesagt, wir kennen uns nicht. Ich will dir nur die Möglichkeit geben, mich besser kennen zu lernen." Er nahm ihre Hand und legte sie an seine Brust. „Fühlst du mein Herz? Das ist alles, was du kennen musst." Seine Stimme, die anfangs noch scherzhaft geklungen hatte, war ernst geworden. „Wirklich, ich sollte dich einfach entführen und heiraten, damit du mich nie wieder verlassen kannst."

„Ich muss nächste Woche verreisen."

„Das macht nichts. Dein williger Bräutigam wird dir überallhin folgen."

Sie lächelte über seine Worte, die sie so gern ernst genommen hätte. Der seltsam bestimmte Ausdruck in seiner Stimme machte sie jedoch stutzig. Bevor sie weiter darüber nachdenken konnte, zog er sie vom Bett hoch.

„Komm mit. Wir werden zusammen duschen. Auch das gehört zum Kennenlernen."

Lachend folgte Tara Rafael ins Bad, das ebenso elegant eingerichtet war wie die übrige Wohnung. Die Duschkabine war mit beigefarbenem Marmor gekachelt und mit zwei gegenüberliegenden, in die Wände eingelassenen Sitzbänken ausgestattet. Während Rafael das Wasser aufdrehte und sie unter den Strahl schob, überlegte Tara, wie wunderbar sich sein Geschmack mit ihrem ergänzte. Sie mochte Antiquitäten, schwärmte jedoch auch für den klassisch-modernen Stil, der in seinem Penthouse vorherrschte.

Und dann ließ sie das Nachdenken sein, denn Rafael strich über ihren Körper, liebkoste ihre Brüste und ihre Hüften und glitt mit der Hand zwischen ihre Schenkel. Lachend versuchte sie ihm auszuweichen, übermütig schnappte sie sich ein Stück Seife, um ihn mit den gleichen Zärtlichkeiten zu reizen. Während sie mit verführerischen Bewegungen seine Brust und seinen Bauch einseifte, hob sie den Kopf und beobachtete seine Miene.

Fasziniert sah sie, wie das Verlangen seine Gesichtszüge veränderte, wie seine Augen immer dunkler wurden. Sie hörte, wie er scharf einatmete, um gleich darauf selbst nach Luft zu ringen, als er sie hochhob und auf eine der Bänke setzte. Er kniete sich vor sie, liebkoste mit der Zungenspitze ihren Nabel und drängte sich zwischen ihre Beine.

Tara schrie leise auf. Die Gefühle, die er in ihr weckte,

waren unbeschreiblich. Leidenschaftlich vergrub sie beide Hände in seinem Haar und flüsterte unzusammenhängende Worte. Vergebens flehte sie ihn an, aufzuhören, weil die Gefühle einfach zu intensiv waren, weil sie glaubte, es kaum noch aushalten zu können, und weil sie Angst hatte, vor Lust zu vergehen.

Aber er hörte nicht auf. Er hielt erst inne, als ihr tatsächlich vor Lust fast die Sinne schwanden und sie zitternd den Höhepunkt erreichte.

Er lächelte wieder sein triumphierendes Lächeln, hob sie hoch und trug sie, tropfnass wie sie war, in sein Bett. Erst jetzt nahm er sie. Matt vor Erschöpfung vermochte Tara nur die Arme um ihn zu legen und sich seinen Bewegungen hinzugeben. Sie war überrascht, dass Rafael sie noch ein weiteres Mal auf den Gipfel der Leidenschaft hinauftrug.

Als sie etwas später in seinen Armen ruhte, glühte ihr ganzer Körper von seinen Zärtlichkeiten. Und sie wusste, dass sie sich unsterblich verliebt hatte.

In diesem traumhaften Zustand zwischen Schlafen und Wachen fiel ihr ein, was sie vorhin an Rafaels scherzhaft vorgebrachtem Heiratsantrag gestört hatte. Als sie ihre Geschäftsreise erwähnte, hatte er gesagt, er würde ihr folgen. Natürlich war das sehr nett, und ein Mann in seiner Position konnte sich vielleicht wirklich die Zeit nehmen, um bei ihr zu sein. Aber viel eher musste man doch annehmen, dass er in seiner Firma unentbehrlich war und sie bitten würde, hier zu bleiben.

Andererseits, vielleicht würde er gar nicht mitkommen wollen, sondern betrachtete diese Reise als Prüfung für seine Gefühle? Wenn er sie wirklich liebte, würde er für sie da sein, wenn sie zurückkam.

Tara schloss müde die Augen. Auch sie brauchte Abstand, denn in Rafaels Gegenwart vermochte sie keinen klaren Gedanken zu fassen. Die Erinnerung allein an die Leidenschaft von eben genügte, um sie aus der Ruhe zu bringen.

Als hätte er ihre Gedanken lesen können, streichelte er in diesem Moment mit der Handfläche über ihre Schulter.

Sie hatte ihm versprochen, noch eine Nacht bei ihm zu bleiben, und bereute es in diesem Augenblick auch nicht. Morgen würde sie noch genug Zeit zum Nachdenken haben. Morgen würde sie vernünftig und hoffentlich stark genug sein, um den Entschluss zu fassen, Rafael bis zu ihrer Rückkehr aus Caracas nicht mehr zu sehen.

Aber im Moment … Was die Zukunft auch bringen mochte, den Zauber des Augenblicks konnte sie sich nicht versagen.

7. KAPITEL

„Lächeln, meine Damen, lächeln Sie!“ George, dem selbst das Lächeln bereits auf dem Gesicht gefror, sprach den Befehl leise aus, bevor er sich dem nächsten Reporter zuwandte, um erneut seinen ganzen Charme spielen zu lassen. Er redete mit solcher Begeisterung von seinen „Mädchen“, dass man fast vergessen konnte, dass es hier weniger um sie als um die Kreationen ging, die sie trugen. Wer ihn hörte, musste ihn für einen äußerst bescheidenen Mann halten, dessen Modegenie den jungen Frauen mit seinen Schöpfungen zu ihrer Schönheit verholfen hatte.

Tara lächelte gehorsam. Unzählige Kameras klickten und die Blitzlichter blendeten sie. Das Schiff hatte von der Brücke abgelegt und war dabei, den Hafen zu verlassen. Konfetti wirbelte durch die Luft, Luftballons stiegen in den Himmel und es herrschte überall Gedränge und Geschäftigkeit. Die Kasinos waren noch nicht geöffnet, aber die Kellner boten freie Drinks an, und sämtliche Passagiere schienen sich auf dem Lido-Deck versammelt zu haben, um die erste Modenschau von George mitzuerleben.

Zunächst wurden die Cocktailkleider vorgeführt. Ashley trug ein fließendes grünes Gewand, Cassandras

Kleid war ein Traum aus blassgelbem Taft. Mary war in Schwarz-Weiß, und Tara trat in einer silbernen Seidenkreation mit Orchideen auf. Während George über die Kleider sprach, bat er jeweils eine von ihnen vor, um dann die Stoffe zu beschreiben und die Vorzüge seiner Kreationen hervorzuheben. Danach beantwortete er die Fragen der Reporter.

„Es ist schon erstaunlich, dass ein Mann sich dermaßen ausführlich über Stoffe auslassen kann", sagte Ashley leise zu Tara.

Tara lachte. „George ist eben sehr wortgewandt."

Sie war bester Stimmung. Es war kurz nach vier, und noch immer strahlte die Sonne vom blauen Himmel. Sie hatten den Vormittag in San Juan verbracht, und jetzt, wo das Schiff den Hafen verließ, strich eine angenehme Seebrise über ihre Haut. Tara liebte Kreuzfahrten. Das Schiff war fantastisch und seine Mannschaft bestens geschultes Personal. Sie würde sich sogar erholen können. Die Reise würde sie amüsieren und trotz der Arbeit Spaß machen.

Hoffentlich hielt sich ihre gute Laune auch im Laufe der Fahrt. Tara fürchtete, dass ihre Nervosität zunehmen könnte, je näher sie ihrem Reiseziel kamen. Schließlich fuhr sie nach Caracas, dem Ort, der in ihr unangenehme Erinnerungen wachrufen würde.

Sie bemühte sich, ihr professionelles Lächeln beizubehalten. Warum sollte sie sich eigentlich Sorgen machen? Morton war vor zwei Jahren verschwunden. Gewiss hatte er nicht so lange darauf gewartet, dass sie wieder auftauchte. Er hatte sie sowieso nie geliebt, sondern war nur auf seinen finanziellen Vorteil bedacht gewesen. Wahrscheinlich hatte er sich inzwischen nach Brasilien oder Argentinien abgesetzt. Unter Umständen war er sogar nach Europa gegangen.

Außerdem würde sie nie allein sein, so dass Morton ihr gar nichts anhaben konnte, selbst wenn sie sich begegnen sollten.

Aber Morton war nicht der Einzige, der verschwunden war. Auch Jimmy war nicht wieder aufgetaucht. Vor allem seinetwegen musste sie nach Caracas zurückfahren. Denn schließlich hatte sie ihn, wenn auch unwissentlich, zu ihm geführt.

Sie schüttelte den Kopf. Nein, sie wollte jetzt nicht darüber nachdenken. Aber wenn sie nicht über Morton oder Jimmy nachgrübelte, dachte sie an Rafael, und das trug auch nicht zu ihrer inneren Ruhe bei.

Diese Kreuzfahrt wäre herrlich gewesen, wenn sie mit ihm zusammen an der Reling hätte stehen können, von seinen Armen zärtlich umschlungen. Wie schön wären die Nächte gewesen, wenn sie sich vor dem Hintergrund des Sternenhimmels geküsst hätten.

In den letzten Tagen vor ihrer Abreise war sie ihm

aus dem Weg gegangen. Sorgfältig hatte sie ihn gemieden, wenn er sie von der Arbeit abholen wollte, und war durch die Hintertür entkommen. Wenn er an ihrer Haustür klingelte, hatte sie nicht aufgemacht. Nur am Telefon traute sie sich, ihm zu sagen, dass sie Angst vor den Gefühlen hätte, die sich zwischen ihnen entwickelten, und dass sie eine Zeit lang abwarten wolle. Lachend versicherte er ihr, dass sie sich bestimmt auf dem Schiff wiedersehen würden. Fast bedauernd erklärte sie ihm, die Kreuzfahrt sei seit vielen Monaten völlig ausgebucht.

Daraufhin schwieg er eine Weile. Zu gern hätte sie sein Gesicht gesehen, um zu erraten, was in diesem Moment in ihm vorging. „Tara?“ sagte er schließlich leise. „Du sollst wissen, dass meine Gefühle für dich aufrichtig sind. Ich liebe dich.“

„Ich liebe dich auch. Ich bin bloß unsicher.“ Sie holte tief Luft, bevor sie hastig hinzufügte: „Und du weißt auch, warum. Es ist zu schnell mit uns gegangen. Ich habe keine Zeit gehabt, mich zurechtzufinden.“

„Tara, pass bitte auf dich auf“, erwiderte er. „Ich möchte wirklich gern bei dir sein.“

„Rafael, selbst wenn es eine Möglichkeit gäbe, noch eine Kabine auf dem Schiff zu bekommen, wäre es mir nicht recht, wenn du mitkämst.“

„Weil du noch etwas in Caracas zu erledigen hast?“ fragte er leise.

Sie war sich nicht ganz sicher gewesen, aber ihr schien, als habe seine Stimme verärgert geklungen. „Ich sagte dir doch eben, weshalb“, erwiderte sie.

„Vielleicht machst du dir umsonst Gedanken“, entgegnete er und hängte abrupt auf. Er hatte ihr nicht einmal versprochen, sie nach ihrer Rückkehr anzurufen.

Voller Panik telefonierte sie sofort mit der Reederei, um sich zu erkundigen, ob er vielleicht doch eine Kabine bekommen hatte. Nein, er sei nicht als Passagier gebucht, lautete die Auskunft. Und es sei ohnehin seit Monaten keine Kabine mehr auf dem Schiff zu haben.

Sie war also allein. Nein, das konnte man nicht sagen, denn George war ja bei ihr und Ashley und Madame Clouseau, Cassandra und Mary sowie fünf weitere Angestellte, die ununterbrochen geschäftig um George herumrannten.

Als die Passagiere laut Beifall klatschten, schrak Tara jäh aus ihren Gedanken auf. Ashley stieß sie an. „Was stehst du noch hier herum? Komm! Wir sind frei! Jetzt fängt der gemütliche Teil an. Pina Coladas auf dem Sonnendeck, Wind, Sand und Sonne …“

„Sand kann ich hier beim besten Willen nicht entdecken“, unterbrach Tara sie.

„Aber schon bald werden wir uns an weißen Sandstränden aalen.“

Während Tara der Freundin durch den Gesellschaftsraum folgte, hörte sie plötzlich, wie einer der Reporter George eine Frage zurief, die sie erstarren ließ.

„Ich sehe, dass Tara Hill wieder für Ihr Haus arbeitet, Monsieur Galliard. Ist denn Miss Hills Unschuld damals einwandfrei erwiesen worden?"

„Selbstverständlich", antwortete George.

Der gute George, dachte Tara. Sie war es plötzlich leid, ständig zu bangen, ob die Presse ihren Fall vergessen hatte oder nicht. Kurz entschlossen ging sie auf den Reporter zu.

Ashley versuchte sie zurückzuhalten, aber Tara stand bereits neben George und hakte sich freundschaftlich bei ihm unter. „Sie sind Sandy Martin aus Los Angeles, nicht wahr?" fragte sie den Reporter mit ihrem charmantesten Lächeln. „Ich erinnerte mich gleich an Sie. Ja, Mr. Martin, wie Sie eigentlich wissen sollten, wurde das Verfahren gegen mich eingestellt."

„Und was ist mit der Frau, die erschossen wurde? Behaupten Sie noch immer, Sie hätten sie nicht gekannt?"

„Da es die Wahrheit ist, behaupte ich es selbstverständlich immer noch."

„Und der Mann, dessen Identität nie geklärt werden konnte? Bestehen Sie wirklich nach wie vor darauf, dass er existiert?"

Tara lachte geringschätzig. „Aber, Mr. Martin, offensichtlich waren doch auch Sie der Meinung, dass jemand existierte. Schließlich zeigten Sie den Mann auf Dutzenden von Fotos – wenn auch nur von hinten."

Die Umstehenden fingen laut an zu lachen. Der Reporter war rot geworden vor Ärger. Tara hatte ihn mit ihrer spöttischen Bemerkung gründlich aus der Fassung gebracht. Wenigstens einmal war er um eine Antwort verlegen, und triumphierend wandte Tara sich ab.

„Entschuldigen Sie mich bitte", sagte sie achtlos über die Schulter und eilte hinter den anderen Mädchen her, die ein paar Schritte weiter auf sie warteten. Lächelnd machten die Passagiere ihnen Platz, als sie gemeinsam den Gesellschaftsraum verließen.

„Bravo", sagte Mary.

„Ich hoffe inständig, dadurch habe ich ihn endgültig abgeschüttelt."

Ashley lachte. „Nein. Es wird dir nie gelingen, die Presse abzuschütteln. Aber du hast dich tapfer geschlagen, Kindchen."

„Vergessen wir den ekelhaften Kerl lieber", meinte Cassandra. „Mich interessiert viel mehr der große, dunkle Offizier da drüben. Die Uniform steht ihm fabelhaft. Kommt, wir ziehen uns um und gehen dann an Deck zurück."

„In zwei Stunden macht endlich das Kasino auf", bemerkte Mary.

„Ihr mit euren Spielautomaten", seufzte Ashley.

„Wir treffen uns auf jeden Fall in zehn Minuten in der Halle, okay?"

Galliards Truppe hatte fast alle Kabinen auf dem Hauptdeck belegt – ein perfektes Arrangement für die Mädchen, da sie so nicht ständig Treppen hinauf- und hinunterrennen mussten. Die zwei Swimmingpools und die beiden Gesellschaftsräume lagen so in unmittelbarer Nähe, und das Kasino und zwei Speisesäle befanden sich direkt unter ihnen.

Ashley und Tara waren zusammen untergebracht, Mary und Cassandra teilten sich eine Kabine. Tara war begeistert von der luxuriösen Ausstattung. Zwischen den beiden Betten stand eine Ankleidekommode, und eine Wand des Raumes wurde von einem geräumigen Schrank eingenommen. Das Badezimmer war außergewöhnlich groß und ebenfalls mit allem denkbarem Luxus ausgestattet.

„Fantastisch!" rief Ashley, nachdem sie alles inspiziert hatte. „Stell dir nur vor, Tara, wir brauchen bloß den Hörer dieses niedlichen kleinen Telefons abzuheben, und ein liebenswürdiger Steward wird uns auf einem Silbertablett alles bringen, was unser Herz begehrt. Wir werden im Bett frühstücken! Ist das nicht alles wunderbar?"

Tara, die gerade ihren weißen Strandanzug aus dem Koffer nahm, lächelte. Wie ihre übrige Garderobe war auch der Strandanzug eine Kreation von Galliard. Alle vier Mädchen würden sich auf dieser Reise ausschließlich in Galliard-Mode zeigen. Tara zog ihre Schuhe, das Kleid und die Strümpfe aus und schlüpfte in den Strandanzug. Dann setzte sie sich aufs Bett.

„Ashley", sagte sie. „Du hast doch eine Perle von Haushälterin in New York. Sie würde dir jederzeit Frühstück ans Bett bringen."

„Oh, das ist nicht dasselbe!" Prüfend schaute Ashley ihre Freundin an. „Ich merke dir an, dass du diese Reise nicht uneingeschränkt genießt, weil du mit deinen Gedanken ständig bei diesem Rafael Tyler bist. Du trägst zwar dein perfektes Galliard-Lächeln zur Schau, aber darunter ..." Sie machte eine dramatische Pause und ging zu dem kleinen Bullauge, um den Vorhang beiseite zu ziehen und hinauszuschauen. „Darunter bist du todunglücklich. Wahrscheinlich wünschst du mich zum Teufel und sehnst dir deinen dunklen, mysteriösen, aufregenden Herzensbrecher herbei."

„Ashley, übertreib nicht."

„Dann sag mir, dass ich Unrecht habe."

„Jawohl, du hast Unrecht." Es war nicht unbedingt eine Lüge, denn Taras Gefühle waren zwiespältig. Einerseits wollte sie die ganze Geschichte nüchtern und mit äußerster Vorsicht angehen, andererseits vermisste sie Rafael schon jetzt jeden Augenblick unsäglich.

Bei Ashleys Worten hatte sie Herzklopfen bekommen. Ein sehnsuchtsvolles Gefühl durchfuhr sie und der Atem stockte ihr, wenn sie nur an Rafael dachte.

Ashley ließ sich nichts vormachen. „Du hast uns erzählt, es sei die schönste Nacht deines Lebens gewesen", meinte sie lächelnd. „Du hättest dir nie träumen lassen, dass zwei Menschen so vertraut miteinander sein könnten."

Tara errötete. „Ich hätte doch lieber den Mund halten sollen."

„Das hast du doch praktisch. Du hast mir so gut wie gar nichts erzählt. Und außerdem bist du eine Lügnerin. Du sagst, er fehlt dir nicht, dabei wäre dir nichts lieber, als wenn er jetzt hier hereinkäme."

„Ashley, ich will nicht abstreiten, dass er mir gefällt. Aber ich brauche jetzt etwas Distanz. Und das ist die Wahrheit." Ihr fiel ein, wie sie das Thema wechseln könnte. „Ist dir eigentlich inzwischen eingefallen, wieso dir seine Stiefmutter so bekannt vorkam?" Ashley hatte ihr erzählt, dass sie die attraktive, charmante, aber sehr stille Mrs. Tyler irgendwoher kannte.

Ashley schüttelte den Kopf. „Ich bin nicht dahinter gekommen. Vielleicht erinnerte sie mich bloß an eine Schauspielerin. Ich habe gar nicht mit ihr gesprochen. Für die Unterhaltung hat George gesorgt. Ich habe nur die Kleider vorgeführt."

Tara verschränkte die Hände hinter dem Kopf und schaute zur Decke. „Wenn ich nur wüsste …"

„Was willst du wissen?"

„Wo der Haken an der Sache ist."

„Du meine Güte!" rief Ashley aus und warf ihre rote Haarmähne über die Schulter. „Sei froh, dass du so einen Mann gefunden hast."

„Ashley, du kannst mir glauben, dass ich nicht absichtlich so misstrauisch bin, aber ich bin jetzt vorsichtig, ich lasse mich nie wieder benutzen."

„Hör endlich auf damit. Du kannst Morton nicht mit Rafael vergleichen. Und jetzt komm, lass uns gehen."

Tara beendete das Gespräch nur zu gern. Die beiden Mädchen verließen ihre Kabine, um sich mit den anderen zu treffen.

Leider verlief der Nachmittag völlig anders, als Tara es sich vorgestellt hatte. Mary kam nicht dazu, die Spielautomaten auszuprobieren, und ebenso wenig hatte Tara Zeit, sich im Liegestuhl zu entspannen. Denn sie waren fast ununterbrochen von Passagieren umringt, die sie mit Fragen bestürmten. Immer wieder mussten sie über ihr Leben Auskunft geben, über Modefragen, über George, über Make-up, darüber, was sie aßen und wie sie sich fit hielten.

Die Leute waren alle sehr freundlich, so dass es Tara nichts ausmachte, sich mit ihnen zu unterhalten. Niemand fragte sie nach ihrer Vergangenheit und niemand beschuldigte sie des Mordes. Aber sie hatte sich zu früh gefreut, denn schon bald tauchte wieder der aufdringliche Reporter auf.

„Es erscheint mir seltsam, Miss Hill, dass Sie jetzt, zwei Jahre später, noch einmal diese Reise unternehmen. Was versprechen Sie sich davon, an den Ort des Geschehens zurückzukehren?“

Er war blond und sommersprossig und sah aus wie der freundliche nette Junge von nebenan. Nur dass er alles andere als nett und freundlich war. Tara lächelte ihn mit betonter Freundlichkeit treuherzig an. „Nichts, Mr. Martin.“

„Einige Leute glauben, dass Sie nach Caracas zurückkehren, um Ihren Liebhaber zu suchen, Miss Hill.“

Tara spürte, wie ihr Lächeln erstarrte. Sie war in diesem Augenblick dankbar, dass sie bei George gelernt hatte, in jeder Situation ihr Lächeln zu bewahren. „Die Beziehung zwischen Morton und mir war schon lange vor diesem Zwischenfall beendet“, entgegnete sie kühl.

„Tatsächlich? Glauben Sie nicht, dass er sich vielleicht mit Ihnen nach Südamerika absetzen will? Sind Sie sicher, Sie haben keinen Kontakt mit ihm gehabt, Miss Hill?“

„Was für eine dumme Frage, Mr. Martin.“

Er wollte mehr sagen, sicherlich eine weitere verletzende Frage stellen, als einer der Offiziere neben ihn trat, um ihm etwas zuzuflüstern. Der Reporter wirkte überrascht. „Entschuldigen Sie", murmelte er aufgeregt und entfernte sich eilig.

Erleichtert schaute Tara ihm nach. „Ich möchte wissen, was der Offizier zu ihm gesagt hat. Wenn man ihn immer damit los wird, würde es sich wirklich lohnen, es zu erfahren."

„Vielleicht hat er ihm eine andere Story angeboten", bemerkte Mary spöttisch.

„Welche Story könnte besser sein als Taras?" fragte Ashley. „Verbotene Liebe und Mord, das ist doch der klassische Aufreißer."

„Oh, Ashley! Was täte ich ohne dein bemerkenswertes Taktgefühl."

„Mach dir nichts draus, Tara", meinte Cassandra. „Lasst uns lieber von hier verschwinden, solange wir noch Gelegenheit dazu haben. In anderthalb Stunden müssen wir zur Cocktail-Party des Kapitäns."

Als Tara in ein Handtuch gewickelt aus dem Bad kam, sah sie, wie Ashley die Tür neben dem hohen Ankleidespiegel inspizierte.

„Was machst du da?" fragte sie erstaunt.

„Ich möchte wissen, wohin diese Tür führt."

Tara schüttelte lächelnd den Kopf. „Zur nächsten

Suite natürlich. Ich bin sicher, sie ist abgeschlossen. Wahrscheinlich sind alle Kabinen durch Türen miteinander verbunden. Und solange die Kabinen belegt sind, sind die Türen verschlossen."

Ashley grinste sie verschwörerisch an. „Diese Tür ist nicht verschlossen."

„Dann muss es sich um ein Versehen handeln", meinte Tara, während sie sich das Haar trocken frottierte. „Ich werde es dem Steward mitteilen." Sie zuckte die Schultern. „Vielleicht wohnt in dieser Kabine jemand von unserer Mannschaft. Unter Umständen hat man deshalb die Tür offen gelassen."

„Nein", sagte Ashley. „Wir sind sozusagen das Schlusslicht."

„Dann müssen wir Bescheid sagen."

Ashleys Hand lag immer noch auf dem Türknauf.

„Was hast du vor?" fragte Tara.

„Nun, offene Türen muss man aufmachen."

„Wieso weißt du überhaupt, dass sie nicht verschlossen ist? Du bist in die Privatsphäre anderer Leute eingedrungen."

„Und woher willst du wissen, dass nicht auch bei uns jemand eingedrungen ist?"

„Ashley!"

„Bist du denn nicht neugierig?"

„Nein." Sie beobachtete kopfschüttelnd ihre Freundin, die noch immer den Türknauf in der Hand hielt. „Du willst es wirklich tun!“

„Sei doch kein Spielverderber.“

„Was versprichst du dir davon? Bestenfalls sehen wir ein paar Koffer. Vielleicht hält sich auch jemand in der Kabine auf und verpasst uns ein blaues Auge. Was wir in dem Fall verdient hätten. Geh jetzt ins Bad und dusch dich.“

„Ich muss wissen, was dahinter ist.“ Im nächsten Moment stieß Ashley entschlossen die Tür auf. „Die Kabine ist leer“, flüsterte sie. „Niemand wird uns ein blaues Auge verpassen.“ Sie fing an zu kichern. „Kannst du dir vorstellen, wir würden Georges Kreationen mit einem blauen Auge vorführen? Wahrscheinlich würden blau umschattete Augen zum Hit der Saison werden.“

„Komm jetzt zurück!“ befahl Tara.

Doch Ashley hörte nicht auf sie. Tara folgte ihr schließlich widerwillig. „Ich möchte wissen, für wen dieser Willkommensgruß bestimmt ist“, meinte Ashley neugierig und deutete auf das Obstarrangement und den Champagner.

Zwar hatte in allen Kabinen zur Begrüßung eine Schale mit Obst und eine Flasche Sekt gestanden, und alle Kabinen waren ziemlich luxuriös eingerichtet, aber im Vergleich zu dieser Suite verblasste jede andere. Der Champagner war ein Dom Perignon, und die Obstschale bestand aus einer Zusammenstellung exotischer Früchte, deren Namen Tara nicht einmal kannte. Außer den Früchten standen da eine Käseplatte, verschiedene Patés und Kaviar. Der Teppichboden war dick und flauschig, und über dem breiten Doppelbett lag eine weiche royalblaue Tagesdecke, die farblich auf die bodenlangen Vorhänge abgestimmt war.

„Bei uns hängen nur winzige Vorhänge vor den Bullaugen", meinte Ashley. „Ich möchte wissen, wer hier wohnt. Oh, schau! Da stehen Koffer. Lass uns nachsehen, was auf den Anhängern steht."

„Nein", protestierte Tara halbherzig, ging jedoch mit, da jetzt auch sie die Neugier gepackt hatte.

Sie hatten die Koffer noch nicht erreicht, da hörten sie, wie ein Schlüssel ins Türschloss gesteckt wurde. Mit einem leisen Aufschrei packte Ashley Tara beim Arm. Eilig hasteten sie zur Verbindungstür. In ihrer Panik vergaß Ashley jedoch, dass die Tür von dieser Kabine aus nach innen aufging und stieß stattdessen heftig dagegen.

„Schnell!" zischte Tara. „Mach doch die Tür auf, Ashley!"

„Ich versuche es ja."

„Da kommt jemand."

„Ich weiß."

„Man wird uns erwischen."

„Irgendwie werden wir uns schon herausreden."

„Wie denn? Du bist angezogen, aber ich bin nur in ein Handtuch gewickelt. Ich werde dich umbringen, Ashley, ich schwöre es dir. Falls wir nicht vorher von dem Bewohner dieser Kabine erschossen werden."

„Du nimmst die Sache viel zu ernst, Tara."

„Ashley! Ich bin sozusagen nackt!"

In diesem Moment räusperte sich jemand hinter ihnen. Schuldbewusst drehten sie sich um. An der Wand lehnte Rafael Tyler und beobachtete die beiden Frauen mit amüsiertem Blick.

„Ich finde dich ganz besonders reizvoll in diesem Aufzug, Tara", bemerkte er lachend. „Was meinen Sie, Ashley? George Galliard wäre natürlich entsetzt, aber Tara trägt dieses Handtuch so gekonnt, als sei es eine von Georges neuesten Schöpfungen."

„Oh", sagte Ashley nur. Sie war so erleichtert, dass sie nervös kicherte.

Tara hingegen fand die Situation gar nicht komisch. Sie war völlig durcheinander über sein unerwartetes Auftauchen. „Was hast du hier zu suchen?" fuhr sie ihn mit aggressivem Unterton an.

„Die Frage sollte ich euch stellen. Schließlich, meine Damen, ist dies meine Kabine."

„Oh ja, natürlich, es tut uns Leid …", fing Ashley an, aber Tara unterbrach sie.

„Wieso bist du auf diesem Schiff?" fragte sie Rafael. „Ich habe dir doch verboten, mich zu begleiten."

Er hob die Brauen. „Verboten? Dies ist eine Kreuzfahrt, an der jeder teilnehmen kann. Das Schiff ist nicht dein Privateigentum."

„Wissen Sie, Rafael, die Tür war nicht abgeschlossen", erklärte Ashley, wobei sie ihn hinreißend anlächelte. „Wir waren einfach gespannt, was sich hinter dieser Tür verbirgt. Das werden Sie doch verstehen, nicht wahr? Wird nicht behauptet, Frauen seien neugierig?"

„Ich will dich aber nicht sehen", sagte Tara.

Er hob die Hand. „Dies ist meine Kabine."

Ashley schaute von einem zum anderen. „Ich glaube, ich sollte mich jetzt zurückziehen."

„Du bleibst!" befahl Tara.

„Ashley, ich würde jetzt gern mit Tara allein sprechen", sagte Rafael Tyler.

„Du kannst mich doch nicht ernsthaft hier mit ihm allein lassen, wo ich mit nichts als einem Handtuch bekleidet bin!"

„Tara, bitte", meinte Ashley seufzend. „Zieh mich nicht in diese Geschichte hinein. Schließlich hat Rafael dich in sehr viel weniger als einem Handtuch gesehen. Also, ich geh jetzt lieber."

Heftig rüttelte sie an der Tür, die noch immer nicht nachgeben wollte. Schließlich ging Rafael auf die beiden zu. Krampfhaft hielt Tara ihr Handtuch vor der Brust zusammen und wich einen Schritt zurück, während Ashley mit zerknirschtem Lächeln beiseite trat.

Rafael drehte den Türknauf, und die Tür öffnete sich geräuschlos.

„Na endlich!“ Hastig verschwand Ashley in ihrer Kabine.

Tara versuchte ihr zu folgen, doch Rafael versperrte ihr den Weg und schloss die Tür wieder. „Lass mich hier heraus, Rafael“, sagte sie so ruhig, wie ihr das in diesem Moment möglich war.

Es fiel Tara nicht leicht, Rafael gegenüber gleichgültig zu bleiben, bei der Sehnsucht, die er in ihr auslöste. Aber die Liebe machte ihr Angst, so wie auch er ihr Angst machte.

„Tara …“, fing er an.

Doch sie unterbrach ihn. „Ich will nicht darüber sprechen. Ich sagte dir, dass ich Abstand brauche und Zeit zum Nachdenken. Und trotzdem bist du hier. Du hast Recht, wenn es dir gelungen ist, noch eine Kabine zu bekommen, kann ich dich nicht davon abhalten, diese Kreuzfahrt mitzumachen. Aber ich kann dir aus dem Weg gehen, und das werde ich auch tun. Wenn du mich jetzt bitte vorbeilassen würdest …“

„Tara!“ sagte er gereizt. „Ich bin hier, weil ich dich liebe und unsäglich vermisse.“

„Wenn deine Liebe aufrichtig wäre, hättest du meinen Wunsch respektiert und mir Zeit zum Nachdenken gelassen."

„Hör mir einen Augenblick …"

„Lass mich gehen! Bitte!" Ihre Stimme klang verzweifelt. Sie wollte nicht nachgeben und sie durfte es auch nicht, denn wenn er sie berührte, würde sie wieder allen Widerstand aufgeben.

Wortlos öffnete er die Tür. Tara wollte an ihm vorbeieilen, wagte jedoch nicht, sich von der Stelle zu rühren, solange Rafael noch so dicht an der Tür stand, dass sie ihn zwangsläufig berühren musste, wenn sie vorbeiwollte. Und ehe sie das Risiko einging, wartete sie lieber, dass er beiseite trat.

„Tara", sagte er leise, „ich bin hier, weil ich mir Sorgen um dich mache. Es gefällt mir nicht, dass du diese Reise unternimmst. Aber wenn du sie schon machst, dann nicht allein. Ich werde ein Auge auf dich haben. Und wenn du Zeit zum Nachdenken brauchst, halte ich mich an deinen Wunsch, allerdings erst, wenn wir von dieser Reise zurückgekehrt sind."

Er wollte ein Auge auf sie haben? Dann musste er annehmen, dass sie etwas zu befürchten hatte. Etwas, das mit der Vergangenheit zu tun hatte. Sie wollte ihm so gern glauben. Vor allem wollte sie jedoch herausfinden, welches Wissen er vor ihr verbarg. Es bestand kein

Zweifel daran, dass er ihr etwas verschwieg. Es musste schließlich einen Grund dafür geben, dass auch er der Auffassung war, die Reise sei gefährlich für sie.

„Ich werde mich darum kümmern, dass die Verbindungstür abgeschlossen wird“, erklärte sie steif.

„Das brauchst du nicht. Ich werde selbstverständlich dafür sorgen.“

„Danke, aber ich will die Sache lieber selbst in die Hand nehmen.“

Die Tür schloss sich hinter ihr und sie hörte, wie von der anderen Seite der Riegel vorgeschoben wurde. Sie konnte kaum den Impuls unterdrücken, noch einmal am Türknauf zu drehen. Wieso ließ sich die Tür von seiner Kabine aus abschließen?

Hastig suchte sie das Seidenkleid aus ihrer Garderobe, das sie an diesem Abend tragen sollte. Sie war gerade dabei, es sich über den Kopf zu ziehen, als Ashley aus dem Bad kam.

„Du siehst aus wie drei Tage Regenwetter“, bemerkte sie erstaunt.

„Ich hätte diese Reise so gern ohne Komplikationen genossen“, erwiderte Tara gereizt.

„Wie hat er es bloß geschafft, die Kabine noch zu bekommen?“

„Das weiß der Himmel. Irgendwie scheint er immer alles zu erreichen, was er sich in den Kopf gesetzt hat.“

„Er ist eben sagenhaft reich.“

Tara erwiderte nichts darauf. Während sie ihre Seidenstrümpfe anzog, schaute sie immer wieder misstrauisch zu der Verbindungstür hinüber.

Ashley setzte sich neben sie aufs Bett. „Tara, ich verstehe dich nicht“, fing sie an. „Rafael ist doch toll, und du bist in ihn verliebt. So einen Mann findest du nur einmal im Leben, wenn du Glück hast.“

„Das ist ja gerade das Problem.“

„Du bist unmöglich!“ stöhnte Ashley. „Willst du ihn etwa laufen lassen?“

„Er verbirgt etwas vor mir, Ashley. Er sagt mir nicht die Wahrheit. Ich will einfach nicht noch einmal enttäuscht werden.“

„Ich wette, dass ich irgendwann allein auf dieser Seite der Tür nächtigen werde“, meinte Ashley augenzwinkernd.

Tara reagierte auf diese Bemerkung mit einem finsteren Blick, der Ashley jedoch nicht beeindruckte.

„Und noch etwas möchte ich wetten. Es war bestimmt Rafael, der vorhin den aufdringlichen Reporter zurückpfeifen ließ.“

Ein Schauer lief Tara über den Rücken. Ashley hatte Recht, davon war Tara überzeugt.

8. KAPITEL

Die Cocktail-Party erwies sich als zwanglose, fröhliche Angelegenheit, bei der sich alle zu amüsieren schienen, bis auf Tara. Der Kapitän war ein charmanter, gut aussehender Italiener, der Zahlmeister ein ebenso charmanter, gut aussehender Holländer, und die übrigen Mannschaftsmitglieder waren ebenfalls nett und zuvorkommend. Die Stimmung unter den Passagieren war großartig und niemand belästigte Tara mit Fragen. Dafür wurde sie von Tanzpartnern bedrängt.

Unter normalen Umständen hätte auch Tara der Abend Spaß gemacht. Doch Rafaels Anwesenheit verdarb ihr die Freude. So sehr sie sich vorgenommen hatte, ihn zu ignorieren, es wollte ihr nicht gelingen. Sie war verärgert, dass er sie so aus der Fassung brachte. Er hatte kaum den Saal betreten, da stürzte sie wieder in ein Chaos von Gefühlen. Sie hatte schreckliche Sehnsucht nach ihm. Ständig musste sie daran denken, wie sie in seinen Armen gelegen hatte. Sie musste sich zusammennehmen, damit man ihr ihre Gefühle nicht anmerkte.

Auf keinen Fall durfte sie zu ihm hinsehen, doch auch das half nichts. Schon das Wissen, dass er sich in diesem Raum aufhielt, genügte, ihre Ruhe zu zerstören.

Die Reaktion der Passagiere auf ihn ließ nicht auf sich warten. Neugierige Blicke folgten ihm. Er war ja auch eine der auffallendsten Persönlichkeiten im Saal.

Der Chefsteward, mit dem Tara gerade tanzte, sagte etwas zu ihr. Aus ihren Gedanken gerissen stolperte sie und trat ihm auf den Fuß. Verlegen entschuldigte sie sich bei dem Mann, der ihr galant versicherte, sie dürfe ihm jederzeit auf die Füße treten.

Sie tanzte mit dem Steward, bis der charmante holländische Zahlmeister ihn ablöste. Aber während sie sich mit ihm unterhielt, drehten sich ihre Gedanken um Rafael und sie konnte der Versuchung nicht widerstehen, in seine Richtung zu schauen.

Er tanzte mit Ashley, die sich in seinen Armen sehr zu unterhalten schien. Eifersucht durchfuhr Tara. Ashley war eine bezaubernde, exotisch wirkende Frau, sprühend vor Vitalität, warm und weiblich. Jeder Mann musste sie ihr, Tara, vorziehen.

Sie wandte den Blick ab, um dem Zahlmeister ein verführerisches Lächeln zu schenken. Dabei kam sie sich ziemlich töricht vor. Wollte sie Rafael eifersüchtig machen, wo weder er noch Ashley irgendetwas getan hatten, um ihre Gefühle zu verletzen? Die beiden tanzten doch bloß und amüsierten sich.

Auch dem Zahlmeister trat sie auf den Fuß. Ihre Tanzpartner mussten sie für einen schrecklichen Tolpatsch halten. Falls sich die Besatzungsmitglieder nach der Party über sie unterhielten, würden sie sich bestimmt über ihre Tanzkünste amüsieren.

Nach der Cocktail-Party gingen sie alle ein Deck tiefer zum Dinner. Während George schon wieder über die nächste Modenschau sprach, nippte Tara an ihrem Wein. Es gelang ihr nicht, sich zu entspannen. Seit sie Rafael am Tisch des Kapitäns entdeckt hatte, schmeckte ihr nicht einmal mehr das Essen.

Nach dem Dinner beschlossen Taras Freundinnen, ihr Glück im Kasino zu versuchen. Tara hatte keine Lust, sie zu begleiten, also zog sie sich mit einer Entschuldigung in ihre Kabine zurück. Doch nicht einmal im Bett fiel die Nervosität von ihr ab. Ständig musste sie daran denken, dass irgendwann in dieser Nacht Rafael nur wenige Meter von ihr entfernt schlafen würde.

Als Ashley wenig später in die Kabine kam, stellte Tara sich schlafend. Leider fiel Ashley auf den Trick nicht herein. Sie kniete sich auf Taras Bettrand und fragte: „Träumst du?“

„Nein, ich versuche zu schlafen.“

„Das stimmt ja gar nicht. Du grübelst über die Tatsache nach, dass er hinter dieser Tür in seinem Bett liegt.“

Tara ging auf diese Bemerkung nicht ein. „Du scheinst ja vorhin deinen Spaß mit ihm gehabt zu haben“, meinte sie spitz.

„Oh ja, er ist ein fabelhafter Tänzer. Und er ist mir nicht böse."

„Warum sollte er auch?"

„Nun, immerhin bin ich unerlaubterweise in seine Kabine eingedrungen. Aber wahrscheinlich hat er mich gar nicht gesehen. Er hatte ja nur Augen für dich. Kein Wunder, bei deinem Aufzug. Er ist dir übrigens auch überhaupt nicht böse."

„Dazu hat er auch keinen Grund. Ich bin diejenige, die ihm böse sein muss."

„Weil er an dieser Kreuzfahrt teilnimmt? Das ist wirklich verrückt."

„Nein, das ist es nicht."

„Dir ist nicht zu helfen. Da leidest du in deiner schmalen Koje still vor dich hin, wo nebenan ein breites Bett auf dich wartet und ein feuriger Liebhaber, der nur den Wunsch hat, dich in seine starken Arme zu schließen."

„Ashley, du hast offenbar zu viele kitschige Fernsehserien gesehen."

„Okay, Tara. Leide weiter. Ich hoffe nur, dass du nicht im Schlaf redest. Das könnte nämlich zu erotisch für meine unschuldigen Ohren werden."

„Bist du sicher, dass du heute Abend genug Geld verspielt hast? Willst du nicht doch noch eine Weile ins Kasino gehen?"

„Es macht mir mehr Spaß, dich zu ärgern", erwiderte Ashley lachend.

Tara drehte sich beleidigt auf die Seite. „Ich will jetzt schlafen!"

„Ich wünsche dir süße Träume."

Als Tara am nächsten Morgen aufwachte, hatte das Schiff in Curaçao angelegt. Entschlossen, so schnell wie möglich an Land zu gehen, ließ sie sich Kaffee in die Kabine bringen und riss dann Ashley rücksichtslos aus dem Schlaf.

Während Ashley schlaftrunken ihren ersten Schluck Kaffee trank, zog Tara sich bereits an. „Beeil dich, Ashley", drängte sie die Freundin.

„Versprichst du mir, dass wir als Erstes frühstücken werden?"

„Ich verspreche es dir. Wir setzen uns in eines dieser gemütlichen Straßencafés mit kleinen runden Tischen und bunten Sonnenschirmen."

„Hast du Mary und Cassandra angerufen?"

„Ja. Die beiden wollen ausschlafen. Sie waren bis zwei Uhr nachts im Kasino und haben anschließend bis vier getanzt."

„Und das alles auf Spesen", meinte Ashley lachend. „Toller Job." Gähnend schlug sie die Bettdecke zurück, um ins Bad zu gehen, zu duschen und ein wenig Make-up aufzutragen. Anschließend würde sie in einen von Georges luftigen Sommeroveralls schlüpfen.

Tara stand bereits an der Tür. „Ashley!“ drängte sie ungeduldig.

„Ich komme ja schon.“

Draußen auf dem Gang trieb sie Ashley ebenfalls zur Eile an. Sie ließ ihr kaum Zeit, die Kabinentür abzuschließen.

„Warum rennst du denn so?“ fragte Ashley leicht verärgert.

„Ich will den Tag ausnutzen.“

„Das tust du weiß Gott. Es ist Viertel nach sieben.“

Sobald sie sich von dem Mann an der Gangway die Bordpässe besorgt hatten, eilten sie an Land. Bald schlenderten sie über den Marktplatz, betrachteten die Schaufenster der kleinen Läden und bewunderten die pastellfarbenen Gebäude.

„Siehst du, es hat sich gelohnt“, meinte Tara. „Ist es nicht herrlich hier?“

„Sicher, großartig. Nicht ein einziger Laden hat bisher geöffnet.“

Tara verzog das Gesicht. Zielstrebig bog sie in eine Gasse ein, die zum Wasser hinunterführte. An der Straßenecke, direkt am Wasser, fanden sie ein Café mit schmiedeeisernen weißen Tischen unter bunten Sonnenschirmen. „Frühstück unter Sonnenschirmen, wie ich es dir versprochen habe", sagte sie zu Ashley und steuerte einen der Tische an.

Ein junges Mädchen nahm ihre Bestellung auf. Sie ließen sich Kaffee bringen, frische Brötchen, Butter und Käse. Boote tuckerten durch die kleine Bucht, Fischer boten ihren Fang an. Eine Frau verkaufte handgemachte Puppen.

Ashley zog ihren Sonnenhut in die Stirn und lehnte sich zufrieden zurück. „Wie hast du geschlafen?" fragte sie Tara.

„Himmlisch."

„Hast du nichts geträumt?"

„Nein."

„Das glaube ich dir nicht."

„Der Kaffee schmeckt herrlich."

„Warum hattest du es eigentlich so eilig, vom Schiff zu kommen?"

„Weil ich es vermeiden wollte, Rafael in die Arme zu laufen."

Ashley lachte belustigt. „Er hat sich dir doch gestern Abend nicht einmal genähert."

„Stell dir vor, das weiß ich."

„Du Ärmste!"

„Ashley, iss etwas und halt den Mund, okay?"

„Mit dem größten Vergnügen." Ashley wollte gerade in ihr Brötchen beißen, als sie plötzlich merkte, dass sie beobachtet wurden. Vorsichtig drehte sie sich um. Hinter ihnen saßen fünf junge Matrosen an einem Tisch und starrten sie an. „Wir haben Gesellschaft bekommen", sagte sie zu Tara.

Tara schaute sich um, bereute es aber sofort, denn einer der Matrosen musste ihren Blick als Aufforderung missverstanden haben. Eindeutig zwinkerte er ihr zu. Sie wollte nicht unhöflich sein, wollte die Jungs aber auch nicht ermutigen. Deshalb lächelte sie nur schwach und wandte ihnen dann betont den Rücken zu.

„Holländer?" fragte sie Ashley.

„Keine Ahnung."

„Die sehen aus, als hätten sie Bier zum Frühstück getrunken."

„Das sind doch noch halbe Kinder", meinte Ashley.

„Betrunkene Kinder, fürchte ich."

Taras Mutmaßung erwies sich leider als zutreffend, denn Sekunden später zog einer der jungen Männer lärmend seinen Stuhl an ihren Tisch und ließ sich neben Ashley nieder. Tara fand ihn im Grunde süß. Er war blond und blauäugig und wahrscheinlich kaum älter als achtzehn. Aber der süße Junge hatte ganz offensichtlich zu tief ins Glas geschaut. Jedenfalls fing er an, Ashley auf plumpe Art und Weise zu nahe zu treten. Ashley reagierte höflich, aber bestimmt, doch es half ihr nichts. Plötzlich standen vier weitere Matrosen an ihrem Tisch, und jetzt musste sich auch Tara gegen zudringliche Annäherungsversuche wehren.

Allmählich bekam sie es mit der Angst zu tun. Es war eine Angst, die tief in ihr steckte und die sie seit der Sache mit Morton nie überwunden hatte. Es war die Angst, von einem Mann überwältigt zu werden.

Sie sprang auf, schnappte ihre Handtasche, warf einen Geldschein auf den Tisch und packte Ashley beim Arm. „Los, komm! Lass uns gehen!"

Doch die Matrosen folgten ihnen. Tara geriet in Panik. Während sie eilig zu dem Marktplatz mit den pastellfarbenen Häusern zurückhastete, spürte sie plötzlich eine Hand auf ihrer Schulter und fuhr entsetzt herum. Einer der blonden Matrosen lächelte sie an und sagte irgendetwas zu ihr, das sie nicht verstand.

„Nein!" schrie sie. Verstand er überhaupt Englisch? „Ich habe kein Interesse. Ich bin nicht …"

Plötzlich legte sich erneut eine Hand auf ihre Schulter. Sie wurde herumgedreht und an eine breite Brust gezogen. Sofort war ihre Angst verflogen. Rafael, dachte sie zutiefst erleichtert.

Er sagte etwas auf Holländisch. Es waren nur ein paar leise gesprochene Worte, die der Matrose jedoch auf Anhieb zu verstehen schien, denn er errötete und verbeugte sich höflich. „Entschuldigen Sie. Viel Spaß auf der Insel, Miss."

Damit drehte er sich um und ging. Seine Freunde zögerten einen Moment, folgten ihm dann jedoch.

„Rafael!“ rief Ashley erleichtert. „Sie sind genau im richtigen Moment gekommen.“

Er hatte immer noch den Arm um Tara gelegt, die sich wie betäubt an ihn lehnte. „Den Jungs war die Freiheit ein wenig zu Kopf gestiegen“, bemerkte er.

„Was haben Sie zu ihnen gesagt?“

„Dass ihr zwei schon vergeben seid.“

„Du hast sie nicht bedroht?“ fragte Tara.

Er ließ sie los. „Nein, natürlich nicht.“

Ashley lachte. Sie hatte den Schreck schon fast vergessen. „Ihre Worte haben jedenfalls gewirkt. Vielen Dank! Sprechen Sie Holländisch?“

„Nein, nur ein paar Worte.“

„Aber genau die richtigen“, sagte Tara spitz.

Er ignorierte die spöttische Bemerkung. Tara wusste nicht, weshalb sie so unfreundlich zu ihm war. Sie stand kurz vor einem Tränenausbruch. Sie musste nur eine Entschuldigung sagen und ihn kurz anlächeln, dann wäre ihre Unhöflichkeit vergessen, aber sie konnte sich nicht dazu durchringen. Was war nur los mit ihr? Weshalb musste sie ihn beleidigen?

„Wohin wollten Sie gehen?“ fragte er Ashley.

„Wir hatten vor, einen Schaufensterbummel zu machen“, erklärte Ashley. „Wollen Sie uns begleiten?“

„Gern." Er deutete auf eine Straße. „Aber ich muss in diese Richtung gehen."

„Okay, wir kommen mit", sagte Ashley.

Gemächlich bummelten die drei die Straße hinunter. Die Läden hatten inzwischen aufgemacht und Ashley blieb ein paar Mal stehen, um Schaufenster anzusehen und Souvenirs für ihre Familie zu kaufen. Tara war nicht in der Stimmung, Andenken zu kaufen, aber noch viel weniger hatte sie Lust, sich mit Rafael zu unterhalten. Es schien sowieso nicht aufzufallen, dass sie kein Wort sprach. Wie immer hielten Ashley und Rafael das Gespräch auch ohne ihre Hilfe in Gang.

Als sie an einem Juweliergeschäft vorbeikamen, blieb Ashley plötzlich wie angewurzelt stehen. „Oh, Tara, schau dir diese Smaragde an! Hast du jemals ein so bezauberndes Collier gesehen?"

Tara warf einen Blick ins Schaufenster. Das Collier war tatsächlich bemerkenswert. Auf schwarzem Samt gebettet, war es das einzige Stück im Fenster. Das Herzstück der Kette bildete ein großer Smaragd in einer filigranen Goldfassung, der von einem Feuerwerk kleiner Brillanten umgeben war. Es war ein einfaches, aber sehr elegantes Schmuckstück. Tara hatte selten eine so schöne Halskette gesehen.

„Gefällt Ihnen das Collier?" fragte Rafael ernsthaft.

„Es ist bezaubernd", erwiderte Ashley. „Warum?"

Lächelnd deutete er auf den Namenszug über dem Laden.

„Oh! Dies ist eines Ihrer Geschäfte“, sagte Ashley.

Er hob die Brauen. „Wussten Sie, dass ich Juwelierläden besitze?“

„Nein, eigentlich nicht. Das heißt, ich wusste nicht, dass Sie hier auf Curaçao ein Geschäft haben.“ Sie errötete. Wie peinlich, wenn er merken sollte, dass eine von ihnen Erkundigungen über ihn eingezogen hatte.

„Kommen Sie. Ich möchte, dass Sie das Collier einmal anlegen.“

Er öffnete die Ladentür. Tara wollte auf der Straße warten, doch Ashley packte sie am Arm und zog sie mit ins Geschäft. Hinter dem gläsernen Ladentisch mit seinen teuren Auslagen stand ein junges Mädchen. Als es Rafael sah, kam es lächelnd auf ihn zu, um ihn herzlich zu begrüßen. Rafael nahm beide Hände des Mädchens und küsste es auf die Wange.

Sofort wurde Tara eifersüchtig. Sie konnte nichts gegen diese spontane Reaktion machen, so sehr sie sich auch sagte, dass sie unvernünftig war. Selbstverständlich konnte sie ihm seine Vergangenheit nicht ewig vorhalten, noch durfte sie auf jede Bekanntschaft eifersüchtig sein.

Rafael sprach einen Moment mit dem Mädchen, bevor er sich wieder an Ashley und Tara wandte. „Würdet ihr mich einen Augenblick entschuldigen? Ich möchte nur kurz mit meinem Buchhalter sprechen. Flora wird euch in der Zwischenzeit alles zeigen, was ihr sehen möchtet." Damit verschwand er durch eine Tür im Hintergrund des Ladens.

Flora lächelte sie freundlich an und fragte, ob sie Kaffee oder Tee oder einen Drink wollten. Nachdem sie um einen Kaffee gebeten hatten, führte Flora sie zu einer gemütlichen kleinen Sitzecke und brachte ihnen die Tassen. Gleich darauf kam sie noch einmal zurück. Diesmal, um ihnen das Smaragd-Collier zu zeigen.

„Sie wollten das Collier sehen, Madame?" sagte sie zu Ashley.

Ashley verschluckte sich fast an ihrem Kaffee. Sie verdiente zwar als Mannequin bei Galliard sehr gut, doch die Halskette lag in einer Preisklasse, die sie sich nicht leisten konnte.

Sie merkten nicht, dass Rafael zurückgekommen war, denn der weiche Teppichboden hatte seine Schritte verschluckt. Lächelnd beobachtete er Tara und Ashley. Das Collier war wie für Ashley geschaffen, es würde ihr ausgezeichnet stehen. Rafael mochte Ashley sehr gerne und hatte das Gefühl, dass sie von Anfang an auf seiner Seite gewesen war. Er wollte ihr das Collier schenken – als kleinen Dank und weil er sie aufrichtig gern hatte.

Er ließ sich von Flora das Collier reichen. „Legen Sie

es an, Ashley", sagte er und trat hinter sie, um die Kette zu schließen. Als seine Finger Ashleys Nacken berührten, wandte Tara hastig den Blick ab.

Flora brachte einen Spiegel, und Rafael trat einen Schritt zurück, um das Ergebnis zu begutachten.

„Perfekt", sagte er schließlich. „Mit Ihrem roten Haar sollten Sie nur Smaragde tragen."

„Es sieht wirklich fantastisch aus", meinte Tara. In ihrer Stimme schwang ein unglücklicher Unterton. Der Smaragd mit den Brillanten lag direkt über Ashleys Brustansatz. Und Rafael hatte ihr das Collier eigenhändig umgelegt.

„Sie machen wunderschönen Schmuck, Rafael", sagte Ashley.

Er lachte. „Nicht ich, sondern meine Goldschmiede machen ihn. Aber ich freue mich, dass er Ihnen gefällt. Schließlich bin ich überzeugt davon, dass Sie einen fabelhaften Geschmack haben." Er hielt inne, um ein Papier zu unterschreiben, das Flora ihm gereicht hatte.

Mit mutwilligem Lächeln schaute Ashley ihn an. „Wenn rothaarige Frauen Smaragde tragen sollen, welchen Stein empfehlen Sie dann Blondinen?"

Sein Blick ruhte auf Tara. „Diamanten", sagte er leise. „Nur Diamanten." Wieder wandte er sich an Flora, wechselte ein paar Worte mit ihr und kam dann zu ihnen zurück. „Wollen wir gehen?"

„Warten Sie", hielt Ashley ihn zurück. „Ich trage doch noch das Collier."

„Oh ja. Flora, würden Sie der Dame bitte ein passendes Etui geben?"

Fassungslos sah Ashley ihn an. Erst jetzt erriet sie seine Absicht. „Rafael", sagte sie atemlos. „Das ist unmöglich! Das geht nicht! Wirklich, ich kann das nicht …"

Er lächelte sie an. „Ashley", erwiderte er nachsichtig, „wenn ich Blumenhändler wäre, würden Sie sich auch nichts dabei denken, eine Rose von mir anzunehmen. Glauben Sie mir, ich kann es mir leisten, Ihnen das Collier zu schenken. Bitte behalten Sie es. Als kleine Gegenleistung können Sie ja Reklame für mich machen. Erzählen Sie jedem, der Sie darauf anspricht, dass das Collier aus meiner Firma stammt."

Vorsichtig nahm er ihr die Halskette ab, um sie in das Etui zu legen. Ashley wusste nicht, ob sie sich freuen sollte oder nicht. Sie hatten das Geschäft schon verlassen, da protestierte sie noch immer zaghaft. Ein paar Mal schaute sie schuldbewusst in Taras Richtung. Doch Tara war ihr nicht böse. Selbst wenn sie etwas eifersüchtig war, schließlich war es nicht Ashleys Schuld, wenn Rafael ihr Geschenke machen wollte. Während Rafael mit Ashley vorausging, erklärte er ihr, was man beim Kauf eines Smaragdes beachten musste und woran man den Wert eines guten Steines erkannte.

Als sie an einem Straßencafé vorbeikamen, lud Rafael sie zu einem Drink ein. Tara trank gleich mehrere tropische Cocktails. Stumm saß sie wieder einmal dabei, während Rafael und Ashley sich unterhielten.

Irgendwann warf er einen Blick auf seine Uhr und erklärte, dass es Zeit sei, zum Schiff zurückzukehren. Er bezahlte und sie machten sich auf den Weg zum Hafen. An der Gangway stand der Kapitän. Offenbar hatte er auf Rafael gewartet. Während er stehen blieb, um mit ihm zu sprechen, gingen Tara und Ashley schon weiter.

Sie waren kaum allein, da entschuldigte sich Ashley wortreich bei Tara. „Ich wusste nicht, wie ich mich verhalten sollte", sagte sie. „Ich weiß, dass eine Frau, die etwas auf sich hält, solche Geschenke nicht annehmen sollte. Aber er hat doch kein Interesse an mir. Jedenfalls kein sexuelles Interesse. Du bist schließlich diejenige, mit der er schläft."

„Mach dir keine Gedanken, Ashley. Wahrscheinlich hat er so viele Smaragde, dass er gar nicht weiß, was er mit ihnen machen soll. Wir denken uns ja auch nichts dabei, wenn wir Georges teure Kreationen tragen."

„Sicher. Aber das gehört ja auch zu unserem Job."

„Wenn du Rafaels Smaragde trägst, ist das doch fast dasselbe. Dann machst du für seinen Schmuck Reklame. Es war eine freundschaftliche Geste von ihm, dir das Collier zu schenken. Du hast dich darüber gefreut, und er profitiert davon. Es wäre albern, sich deshalb Vorwürfe zu machen."

„Nun, ich freue mich, wenn du das so siehst", meinte Ashley erleichtert. „Wenn du nur endlich zur Vernunft kommen würdest. Worauf wartest du bloß noch? Nimm diesen Mann."

Tara seufzte. „Es macht mir etwas aus, dass er so viel Geld hat", meinte sie nachdenklich. „Mir ist erst heute bewusst aufgefallen, wie reich er ist. Es ist nicht allein das Geld, aber wer so viel Geld hat, besitzt auch Macht. Und das macht mir Angst."

„Die Liebe ist eine schöne Sache, Tara, sicher. Aber Liebe allein genügt nicht. Denk einmal an deine Eltern, die sich liebten, doch nie glücklich waren. Denk an all das Geld, das du deiner Heimatstadt gespendet hast, und an die Armut, die du trotz allem nicht wirst beseitigen können. Rafael könnte dir helfen, die Armut zu bekämpfen. Du darfst ihn nicht ablehnen, nur weil er Geld hat."

Tara schüttelte den Kopf. „Ich habe nie behauptet, dass ich ihn ablehne, Ashley. Ich glaube sogar, ich liebe ihn. Ich finde es nur beunruhigend, wenn ein Mensch so viel Macht besitzt."

„Ich glaube eher, die Macht, die du wirklich fürchtest, hat nichts mit Reichtum zu tun, sondern mit Gefühlen", meinte Ashley.

„Vielleicht hast du Recht“, sagte Tara geistesabwesend und schaute an Ashley vorbei zu Rafael hinüber, der noch immer mit dem Kapitän sprach. „Tu mir einen Gefallen“, bat sie. „Geh und spiel mit deiner neuen Kette. Es wird Zeit, dass Rafael und ich ein paar Worte miteinander reden.“

Ashley lächelte erfreut. „Soll das heißen, dass du den armen Mann endlich erhörst?“

„Ich werde ihm ein paar Fragen stellen.“

„Fragen? Das verstehe ich nicht. Na ja, ich werde trotzdem verschwinden.“

Sie eilte davon, während Tara darauf wartete, dass Rafael seine Unterhaltung mit dem Kapitän beendete. Während sie die Passagiere beobachtete, fiel ihr plötzlich ein Mann auf, der ihr bekannt vorkam. Da sie ihn aber nur ganz kurz zu sehen bekam, konnte sie sich nicht sofort daran erinnern, wo sie ihm schon einmal begegnet war. Sie dachte darüber nach, als endlich Rafael hinter ihr stand.

„Wartest du auf mich?“

Tara drehte sich um. „Ja, ich möchte mit dir reden.“

„Tatsächlich? Wie nett von dir“, bemerkte er.

Sein spöttischer Ton ärgerte sie. Angriffslustig schob sie das Kinn vor. „Nun?“ fragte sie, „gewährst du mir ein Gespräch?“

„Mit dem größten Vergnügen, Miss Hill. Wollen wir uns in die Bar setzen?“

Obwohl sie schon auf der Insel zu viel getrunken hatte, willigte sie ein. Auf einen Drink mehr oder weniger würde es auch nicht mehr ankommen. Während er sie in die Bar führte, wunderte sie sich selbst über ihr steifes, unfreundliches Verhalten. Eigentlich wollte sie gar nicht abweisend sein und wäre froh gewesen, wenn zwischen ihnen alles in Ordnung wäre.

Rafael bestellte ihnen zwei Drinks und lehnte sich dann entspannt zurück. Gelassen wartete er ab, dass Tara das Gespräch eröffnete.

„Ich bin nur neugierig“, fing Tara an. „Es ist dir nicht nur gelungen, eine Kabine auf einem ausgebuchten Schiff zu ergattern, du hast es sogar geschafft, eine Kabine zu bekommen, die direkt neben meiner liegt.“

„Das war nicht besonders schwierig“, meinte Rafael.

„Vielleicht bin ich etwas schwer von Begriff. Jedenfalls ist es mir ein Rätsel, wie du das gemacht hast. Es wäre nett von dir, wenn du es mir erklären würdest.“

„Gern, das werde ich“, meinte er lächelnd. „Es wundert mich allerdings, dass du es nicht weißt, wo doch eine deiner Freundinnen offenbar Erkundigungen über mich eingezogen hat. Mir gehört das Schiff, oder besser gesagt, es gehört der Firma Tyler Enterprises. Wir besitzen eine ganze Anzahl von Schiffen.“

„Oh.“ Mehr brachte Tara vor Verblüffung nicht hervor. Rafael Tyler erstaunte sie erneut.

Er legte seine Hand auf ihre. Obwohl er lächelte, klang er ein wenig besorgt: „Muss ich mich deshalb schuldig fühlen?“

Heftig entzog sie ihm ihre Hand. „Ja. Als wir vor der Abreise telefonierten, hast du dich im Grunde über mich lustig gemacht und über meinen Versuch, dir aus dem Weg zu gehen.“ In Gedanken daran wurde Tara richtig wütend.

Er zuckte die Schultern. „Du warst entschlossen, ohne mich zu fahren. Und ich war ebenso entschlossen, mitzukommen.“

„Warum?“

„Weil ich mir Sorgen um dich mache.“

„Weil ich nach Caracas fahre?“

„Natürlich.“

„Ich habe noch eine Frage.“

„Schieß los.“

„Gestern hat mich ein Reporter belästigt, der dann ganz plötzlich von mir abließ. Damit hattest du auch etwas zu tun?“

„Ja“, sagte er knapp.

„Ich kann sehr gut auf mich selbst aufpassen“, widersprach Tara trotzig.

„Wirklich? Und damals, vor zwei Jahren? Hast du da vielleicht auf dich aufgepasst?“

Tara erwiderte nichts darauf. Stattdessen fragte sie:

„Die Sache mit dem Reporter, wie hast du es geschafft? Hast du ihm gedroht?"

„Nein, ich habe ihm nicht gedroht, Tara. Wieso denkst du immer gleich an Drohungen?"

„Womit hast du ihn dann weggelockt?"

„Ich habe ihm eine bessere Story angeboten, Miss Hill. Das ist alles."

„Und was ist das für eine Story?"

Er lachte. „Das weiß ich noch nicht. Ich habe ihm bloß versprochen, dass er eine wichtige Exklusiv-Story von mir haben kann, wenn er dich in Ruhe lässt. Willst du mir das zum Vorwurf machen?"

„Nein, natürlich nicht."

„Du vergibst mir also?"

Das Gefühl, dass er sie bevormundet hatte, nagte immer noch an ihr. Deshalb erwiderte sie kühl: „So schnell geht das nicht."

Rafael hatte ihr zwar ehrlich und ohne Ausflüchte geantwortet, und sie rechnete ihm das hoch an, andererseits wusste er natürlich, dass sie die Wahrheit sowieso herausgefunden hätte, auch ohne seine Hilfe. Sie verstand selbst nicht, warum sie ihm zuerst immer alle möglichen unehrenhaften Motive unterstellte, ehe sie seiner Anständigkeit traute. So viel Macht er auch besitzen mochte, bisher hatte er sie nie missbraucht.

„Tara." Rafael fasste sie am Handgelenk. Es war unmöglich, dass der Blick seiner faszinierenden goldenen Augen unaufrichtig sein könnte. „Tara, ich bin hier, weil ich dich beschützen möchte. Bitte, glaub mir das doch endlich."

Tara glaubte ihm.

„Können wir heute Abend zusammen essen?"

„Nein, heute Abend geht es nicht. Ich habe George versprochen, bei der Gruppe zu bleiben. Er hat Fotografen bestellt, die Aufnahmen von uns machen sollen."

„Und hinterher?"

„Vielleicht können wir uns im Kasino treffen." Sie entzog ihm ihre Hand. Wie sollte sie ihm diese Bitte abschlagen, da sie sich doch danach sehnte, ihn so bald wie möglich wiederzusehen? Sie konnte einfach nicht anders. Das Bedürfnis, mit ihm zusammen zu sein, war zu stark.

Ashley wartete in der Kabine auf sie. „Nun?" fragte sie gespannt.

„Dieses Schiff gehört ihm."

„Oh! Und weiter?"

„Ich weiß es nicht. Ich habe keine Ahnung, wie es mit uns weitergehen wird. Wir müssen es eben erst einmal abwarten."

Ashley wollte sich mit diesen knappen Auskünften zwar nicht zufrieden geben, doch Tara ignorierte ihre

Fragen einfach. Sie ging ins Bad, um zu duschen, und bereitete sich für das anschließende Dinner mit George vor. Ashley erzählte ihr, dass Mary sich den Kapitän geangelt hatte und er jede Minute seiner freien Zeit mit ihr verbrachte. Froh, dass Ashley sie endlich in Ruhe ließ, scherzte sie: „Der arme Mann." Sie war ein wenig nervös, gleichzeitig aber hatte sie das Gefühl, vor Energie zu bersten.

Zum Glück legte sich ihre Aufregung beim Essen. Sie hatte Rafael versprochen, sich nach dem Dinner mit ihm zu treffen. Die Entscheidung war ihr nicht schwer gefallen. Sie sehnte sich von ganzem Herzen danach, ihn zu sehen.

Hatte sie nicht davon geträumt, diese Kreuzfahrt mit ihm zusammen zu unternehmen? Sie sollte froh sein, dass sich dieser Traum erfüllte.

Die Fotografen kamen und die vier Mädchen mussten mit den Weingläsern in der Hand für Modeaufnahmen posieren. Sie taten ihr Bestes, um die Eleganz von Georges Kreationen zum Ausdruck zu bringen. Trotzdem atmeten alle erleichtert auf, als die Fotografen wieder gingen und sie sich natürlich und ungezwungen wie die übrigen Passagiere benehmen konnten.

Sie hoben die Tafel auf, als Mary nach dem Dessert diskret gähnte und sich erkundigte, ob jemand mit ihr ins Kasino gehen wolle. Sofort standen Ashley und Cassandra auf. Tara wollte sich ihnen anschließen, doch George hielt sie zurück.

„Könnten Sie noch eine Minute hier bleiben, Tara?" fragte er.

Tara hob überrascht die Brauen. Dann zuckte sie mit den Schultern und blieb sitzen.

George wartete, bis die anderen gegangen waren, bevor er ihre Hand nahm, um ihr besorgt in die Augen zu schauen. „Ist alles in Ordnung, Tara?"

„Natürlich, George."

„Wie läuft die Sache mit Tyler? Ich wollte Sie nicht verkuppeln, das müssen Sie mir glauben. Aber wenn Sie mit Tyler gesehen werden, hebt das natürlich unser Prestige enorm. Außerdem bin ich schon seit langem der Ansicht, dass ein Mädchen wie Sie nicht allein bleiben darf. Ich hoffe, ich habe nichts Falsches getan, oder?"

Tara schüttelte den Kopf. „Nein, George, Sie haben nichts Falsches getan. Ich mag Rafael sehr gern."

George nickte zufrieden.

„Wussten Sie, dass ihm das Schiff gehört?" fragte Tara unvermittelt.

„Ja, das wusste ich."

„Und warum haben Sie mir nichts davon erzählt?"

„Weil ich meine, dass es seine Sache ist, Ihnen das zu sagen. Inzwischen hat er es Ihnen wohl erzählt?"

Sie nickte.

George seufzte etwas übertrieben. „Hoffentlich war es kein Fehler, Sie mit nach Caracas zu nehmen. Ich dachte, dass Sie den Job brauchen könnten, und ich hielt es sogar für möglich, dass Sie durch diese Reise das Trauma der Vergangenheit überwinden könnten. Aber je näher wir Caracas kommen, desto nervöser werde ich."

„Aber, George, glauben Sie etwa, dass Morton seit zwei Jahren nur darauf wartet, dass ich eines Tages zurückkomme?"

Er zuckte die Schulter. „Sagten Sie nicht selbst, dass er ganz verrückt nach dieser Maske war?"

„Ich habe diese verwünschte Maske nie gesehen. Wer weiß, vielleicht hat er sie längst in seinen Besitz gebracht. Wahrscheinlich ist er irgendwo in Südamerika untergetaucht und tritt nie wieder in Erscheinung. Warum sollte er das Risiko eingehen, im Gefängnis zu landen?"

George nickte ernsthaft. „Ich darf gar nicht daran denken, dass sich diese Verbrecher jahrelang in meiner Firma eingenistet hatten. Machen Sie sich keine Gedanken, wir sind ja alle bei Ihnen. Und wir werden Sie keine Minute aus den Augen lassen. Es kann Ihnen gar nichts passieren."

„Bestimmt nicht. Danke, George." Sie stand auf, verabschiedete sich und eilte dann ins Kasino. Rafael war nicht da. An einem der Roulette-Tische entdeckte sie Mary und fragte sie, ob Rafael hier gewesen sei.

Mary bedachte sie mit einem wissenden Blick, legte einen Stapel Chips auf den Tisch und nickte. „Er war vor ein paar Minuten hier und hat dich gesucht. Ich sagte ihm, dass du etwas später kommen würdest. Daraufhin ging er wieder."

„Danke", sagte Tara und versuchte sich ihre Enttäuschung nicht anmerken zu lassen.

Sie hielt in den Gesellschaftsräumen und den Bars nach ihm Ausschau, aber sie konnte ihn nicht finden. Je länger sie ihn suchte, desto größer wurde ihre Enttäuschung. Schließlich zog sie sich in ihre Kabine zurück, um ins Bett zu gehen.

Zwei Stunden lag sie wach. Dann kam Ashley. Als sie sah, dass Tara im Bett lag, ging sie auf Zehenspitzen ins Bad, um sich leise zu waschen. Als sie zurückkam und sich hinlegte, sagte sie:

„Er ist in seiner Kabine, Tara. Und ich wette, dass die Verbindungstür offen ist. Du würdest ihn sehr glücklich machen, wenn du hinübergingst. Es genügt ja schon, wenn du ihm eine gute Nacht wünschst. Ich drehe mich jetzt um, und du weißt, wie schnell ich einschlafe. Mir fällt es bestimmt nicht auf, wenn du durch diese Tür schlüpfst."

Tara antwortete nicht. Unschlüssig, mit klopfendem Herzen, lag sie da. Ihre Verärgerung war aber längst verraucht, die Sehnsucht trieb sie zu ihm hin.

„Komm, Tara, sei kein Dummkopf“, kam es von Ashley.

Tara zögerte immer noch. Dann hielt sie es nicht mehr aus. Hastig schlug sie die Bettdecke zurück und ging auf Zehenspitzen durch die Kabine.

Die Verbindungstür war tatsächlich nicht abgeschlossen. Leise stahl sich Tara in seine Kabine. Es brannte kein Licht in Rafaels Suite. Sekundenlang zauderte sie. Vielleicht war er gar nicht da. Vielleicht war er noch einmal ins Kasino gegangen oder stand irgendwo auf Deck und beobachtete die Sterne. Sollte sie vielleicht doch schnell wieder in ihr Zimmer zurückkehren.

Vorsichtig schlich sie zu seinem Bett. Im Mondlicht sah sie seine Umrisse. Rafael setzte sich auf. Ihr wurde klar, dass er auf sie gewartet hatte. Fast glaubte sie sein Lächeln, das schon bekannte Blitzen in seinen Augen erkennen zu können.

Sie stieg wortlos zu ihm ins Bett und er umarmte sie. „Ich habe dich gesucht“, flüsterte sie schließlich.

„Und ich habe dich gesucht.“ Er nahm ihre Hand, zog sie an seine Lippen und liebkoste sie mit der Zungenspitze.

„Ich habe dich nirgends finden können.“

„Jetzt hast du mich doch gefunden.“ Seine Hand glitt unter ihr dünnes Nachthemd, um es ihr mit einer einzigen schnellen Bewegung über den Kopf zu streifen und auf den Boden zu werfen. Er nahm sie in die Arme und zog sie an sich. „Jetzt hast du mich gefunden“, wiederholte er.

Seufzend schmiegte sie sich an ihn. Leidenschaftlich erwiderte sie seinen Kuss und konnte es kaum abwarten, dass sie endlich eins wurden.

9. KAPITEL

Am Dienstagmorgen legte das Schiff in Martinique an. Der Himmel war von einem strahlenden Blau, die Sonne schien, und vom Meer her wehte eine leichte Brise.

Da Rafael sich auf Martinique gut auskannte, erwies er sich als ausgezeichneter Fremdenführer und kutschierte Tara in einem Mietwagen über die Insel. Sie fuhren in die Berge, um von oben den Blick auf das Meer und den Hafen zu bewundern. Anschließend besichtigten sie ein kleines Museum sowie eine alte Kathedrale. Nach einem ausgedehnten Spaziergang fuhren sie in die Stadt zurück, bummelten durch die Boutiquen und besuchten zum Schluss den Juwelierladen, den Rafael auf der teuersten Einkaufsstraße der Insel unterhielt. Der Geschäftsführer und sein Assistent, die von Rafaels Besuch wussten, tischten ihnen Spezialitäten der Insel und französischen Wein auf, und nach dem Mittagessen betrachtete Tara die Vitrinen mit den erlesenen Juwelen. Als Rafael sie aufforderte, sich ein Schmuckstück auszusuchen, schüttelte sie entschieden den Kopf.

„Ashley hatte keine Schwierigkeiten, das Collier mit ihren Moralvorstellungen zu vereinbaren“, erinnerte er sie. „Ich nehme an, du hast sie ermutigt, mein Geschenk anzunehmen. Sonst hätte sie es vielleicht doch noch zurückgewiesen."

„Wenn Ashley ein Geschenk von dir annimmt, dann ist das völlig in Ordnung."

„Weil wir nichts miteinander haben?"

„Genau."

„Die Logik der Frauen werde ich nie verstehen!"

„Dabei ist sie so einleuchtend", versicherte ihm Tara.

Rafael lächelte und ließ das Thema fallen. Aber Tara betrachtete ihn misstrauisch, da sie sich nicht vorstellen konnte, dass sie den Kampf so leicht gewonnen hatte. Im Allgemeinen setzte Rafael doch immer seinen Willen durch.

„Warum gibst du so schnell nach?" fragte sie, nachdem sie das Geschäft verlassen hatten.

„Weil du dir nichts aussuchen würdest, selbst wenn ich darauf bestehen würde, oder?"

„Ja, stimmt."

„Siehst du."

Lächelnd ging er voraus und Tara folgte ihm amüsiert. Es war erstaunlich, wie sich nach einer einzigen Nacht die Atmosphäre zwischen ihnen geändert hatte. Sie gingen heute viel vertrauter miteinander um. Sie begehrten einander zwar leidenschaftlich, aber jetzt war auch die ruhige Zufriedenheit einer langen Freundschaft Teil ihrer Beziehung. Tara verwünschte ihren Eigensinn, der verhindert hatte, dass sie von Anfang an jede freie Minute mit Rafael verbrachte.

Er nahm ihren Arm. „Wenn Sie es genau wissen wollen, Miss Hill, habe ich nur deshalb so schnell nachgegeben, weil ich Ihnen bereits einen besonderen Stein zugedacht habe."

„Tatsächlich?"

„Smaragde für die Rothaarige, Brillanten für die Blondine."

Tara blieb vor einem kleinen Blumenladen stehen, um an einem wunderschönen Rosenstrauß zu riechen, auf dem noch der Morgentau lag. Bei Rafaels Worten sah sie auf und bemerkte, wie der lebhafte Ladeninhaber herauskam und etwas auf Französisch sagte. Rafael lachte und kaufte ihm den Blumenstrauß ab.

„Was hat er gesagt?" wollte Tara wissen.

„Dass die Natur nichts Schöneres geschaffen habe als Blumen, aber dass du die bezauberndste Rose in den Schatten stellst."

„Oh." Errötend wandte sich Tara an den Mann. „Merci", sagte sie leise.

Er verbeugte sich galant und lächelte sie bewundernd an, bevor er in den Laden zurück ging.

Rafael warf einen Blick auf seine Uhr. „Wir haben gerade noch genug Zeit für einen Drink. Ich weiß auch, wohin wir gehen. Es wird dir gefallen."

Das kleine Café, in das Rafael Tara führte, hatte tatsächlich eine ganz besondere Atmosphäre. Es lag hoch über dem Tal, und von seiner kleinen Terrasse aus hatte man einen herrlichen Blick über die Stadt und die Schiffe im Hafen. Blumen blühten in verschwenderischer Pracht und die runden Kaffeehaustische wurden von gestreiften Sonnenschirmen beschattet.

Eine Weile saßen sie still da, bewunderten die Aussicht und nippten an ihren Drinks. Dann griff Rafael in seine Jackentasche und brachte ein kleines schwarzes Samtkästchen zum Vorschein, auf dem in goldenen Buchstaben die Initialen seiner Firma standen. „Hier ist der Stein, den ich für dich ausgesucht habe.“ Er öffnete das Kästchen nicht, sondern schob es bloß über den Tisch zu ihr hin.

Taras Neugier siegte über ihre Prinzipien. Sie öffnete das Kästchen und sah auf schwarzem Samt einen zauberhaften Solitär funkeln. Sogar Tara konnte erkennen, dass der Stein von höchster Qualität war. Er war zwar nicht besonders groß, aber er besaß einen einzigartigen Schliff.

Einen Augenblick betrachtete Tara den Ring bewundernd, dann schloss sie seufzend das Kästchen und schob es über den Tisch zu Rafael zurück. „Ich kann das nicht …“

„Tara“, unterbrach er sie, „Ich weiß, dass du unsicher bist. Ich weiß, dass du Zeit brauchst und dass du der Meinung bist, wir kennen uns noch nicht gut genug. Trotzdem möchte ich dich bitten, den Ring zu tragen."

Verwirrt schüttelte sie den Kopf. „Das kann ich nicht tun. Der Ring ist wunderschön, aber es ist ein Verlobungsring."

Er lächelte mit dieser Mischung aus Spott und Zärtlichkeit, die sie so an ihm liebte. „Ja, es ist ein Verlobungsring, und ich möchte, dass du ihn trägst. Auch wenn du noch nicht bereit bist, eine Bindung einzugehen."

„Rafael, ich verstehe das nicht ganz. Du schenkst mir einen Verlobungsring, ohne dich jedoch mit mir zu verloben?"

Er lachte. „Anders würdest du ihn doch nicht annehmen." Sanft, aber entschlossen nahm er ihre Hand, öffnete mit dem Daumen das Kästchen und streifte ihr den Ring über den Finger. Er passte perfekt.

Immer noch zwischen Freude und Unsicherheit schwankend sah Tara ihn hilflos an. Rafael betrachtete den Ring an ihrem Finger.

„Tara", sagte er, „ich liebe dich. Ich bin alt genug und ich habe genügend Erfahrungen gesammelt, um zu wissen, ob ich meine Gefühle richtig einschätze oder nicht. Glaube mir, so etwas wie jetzt habe ich noch nie empfunden." Seine Miene war sehr ernst geworden. „Anfangs war ich natürlich von deiner Schönheit fasziniert. Das geht wahrscheinlich jedem Mann so, der dich sieht. Ich weiß nicht, wann sich diese Faszination in Liebe wandelte und ich anfing, mich nach deiner Stimme zu sehnen. Bald schon galt mein erster Gedanke beim Aufwachen und mein letzter beim Einschlafen dir. In meinen Träumen warst du bei mir, und sogar am Tag meinte ich, dich vor mir zu haben. Es waren aber nur Visionen von dir, die mir meine Sehnsucht vorgaukelte. Ich liebe dich und ich möchte, dass du meine Frau wirst. Deshalb habe ich dir diesen Ring geschenkt. Ich würde dich noch heute heiraten, aber ich akzeptiere, dass du dir erst über deine Gefühle klar werden willst. Obwohl ich glaube, dass du mich auch liebst. Ich weiß, dass du Angst hast, und ich mache dir keinen Vorwurf daraus, denn ich habe auch Angst, und zwar um dich. Vielleicht kann mein Ring dir einen gewissen Schutz bieten, indem er anderen signalisiert, dass du nicht allein bist und dass dir niemand ungestraft Schaden zufügen kann."

Sprachlos schaute Tara ihn an. Sie war überwältigt von seinen Worten und sie glaubte, dass sie aufrichtig gemeint waren. War das Wunder, das sie so sehr herbeigesehnt hatte, also tatsächlich wahr geworden, und liebte er sie?

Mit dem Daumen streichelte er ihre Hand. „Tara, sag doch etwas. Ich komme mir ja richtig töricht vor."

Die Kehle war ihr zugeschnürt. Weil sie noch immer keine Worte fand, lächelte sie ihn liebevoll an.

„Liebst du mich, Tara? Oder sind die Worte, die du in der Dunkelheit flüsterst, Lügen?"

„Doch, ich liebe dich", antwortete sie undeutlich.

„Entschuldige, aber ich habe deine Worte nicht ganz verstanden."

„Ich liebe dich."

„Warum bist du dann so bedrückt?"

„Ich weiß es nicht. Ich wünschte, du wärst nicht so reich. Dein Reichtum und die Position, die er dir verschafft, verunsichern mich."

Er lächelte. „Du bist doch auch nicht gerade arm."

„Oh doch, ich bin arm! So arm, dass ich wieder für George arbeiten muss."

„Du bist arm, weil du deinen ganzen Verdienst für Spenden ausgibst."

„Das kannst du bestimmt nicht verstehen."

„Oh doch, das verstehe ich sehr gut. Ich war auch einmal arm."

„Du warst arm?"

„Mein Vater war Feuerwehrmann in Glasgow. Er träumte davon, zur See zu fahren, und erfüllte sich irgendwann diesen Traum, indem er zur Marine ging. Später machte er sich dann selbstständig und kaufte mit der Unterstützung einiger Geldgeber sein erstes Schiff. Er operierte so erfolgreich, dass er bald ein zweites Schiff erwerben konnte, ein drittes und so weiter, bis er eine ganze Flotte besaß. Dann fand er heraus, dass sich mit Edelsteinen und Kunstgegenständen viel Geld verdienen ließ. Als er starb, war er ein reicher Mann, aber ich habe die Anfänge nicht vergessen, und auch er hat sie nie vergessen. Er hinterließ seiner Heimatstadt hohe Summen für wohltätige Zwecke."

„Tatsächlich? Ich hätte ihn gern gekannt."

„Er war ein guter Mensch", sagte Rafael leise. „Aber du hast meine Frage noch nicht beantwortet, Tara."

„Ich weiß. Ich kann dir leider noch keine Antwort geben."

Rafael seufzte leise. „Du verlangst sehr viel Geduld von mir." Er schien kurz zu überlegen. „Gut. Ich gebe dir noch etwas Zeit. Lass uns jetzt gehen. Das Schiff legt bald ab."

„Oh ja! Und heute Nachmittag haben wir eine Modenschau." Als sie aufstand, drehte sie unentschlossen an dem Ring, bekam ihn aber nicht sofort vom Finger. Er war doch eine Spur zu eng.

„Betrachte es als Wink des Schicksals", meinte Rafael lachend, der sie beobachtet hatte. „Du siehst, der Ring ist für dich bestimmt."

„Oh, Rafael, ich kann ihn wirklich nicht annehmen."

„Mir scheint, dir bleibt keine andere Wahl."

„Aber …"

Er zog sie wortlos an sich. „Lass uns jetzt gehen, Darling."

Sie fuhren zum Hafen hinunter und schlenderten Hand in Hand zum Schiff zurück. An der Kabinentür verabschiedete Rafael sich zärtlich von Tara. Da sie sich auf die Modenschau vorbereiten musste, konnte sie nicht mit ihm zum Essen gehen. Sie würden sich nach der Vorführung sehen.

Ashley war bereits in ihrer Kabine. Natürlich bemerkte sie den Ring sofort und gratulierte Tara überschwänglich zur Verlobung. Sie ließ sich wortreich über das große Ereignis aus. Schließlich gelang es Tara, sie zu unterbrechen.

„Ashley, die Sache mit dem Ring ist erst einmal nur vorübergehend."

„Was soll das heißen? Es ist ein Verlobungsring! Der Mann hat dir einen Heiratsantrag gemacht. Entweder du sagst Ja oder du sagst Nein. Man sagt nicht: Vielleicht, gib mir den Ring und ich werde es mir überlegen."

„Ganz so habe ich es auch nicht gesagt. Er wollte mir den Ring unbedingt geben, aber ich habe ihm erklärt, dass ich noch Zeit brauche."

„Das darf doch nicht wahr sein! Man muss ganz schön blind sein, um einen Mann wie ihn zurückzuweisen."

„Ich habe ihn nicht zurückgewiesen."

„Dann bist du also verlobt."

„Nein, das bin ich nicht."

„Natürlich."

„Meine Güte", stöhnte Tara. „Es hat keinen Sinn, es dir erklären zu wollen, du begreifst es doch nicht."

„Und auch sonst begreift es keiner. Solange du den Ring trägst, bist du für mich verlobt", bemerkte Ashley entschieden.

Tara zog es vor, das Thema zu wechseln. „Wenn wir uns nicht beeilen, kommen wir beide noch zu spät zur Modenschau."

Sie zogen sich um und machten sich zurecht, um dann in den Raum neben dem Ballsaal zu gehen, der ihnen als Umkleidezimmer dienen sollte. Die anderen warteten bereits auf sie, und natürlich hatte Ashley nichts Eiligeres zu tun, als ihnen von Taras Verlobung zu erzählen. Cassandra war hingerissen und erklärte, dass dieser Ausgang der Romanze ihr von Anfang an klar gewesen sei. Seltsamerweise äußerte sich Mary mit keinem Wort zu Taras Verlobung. Dafür sparte Madame Clouseau nicht mit guten Ratschlägen. „Schönheit ist vergänglich, Mademoiselle", meinte sie.

Tara lachte. „Madame, wir leben in den achtziger Jahren. Die Ehe ist nicht mehr die einzige Möglichkeit, die einer Frau offen steht."

„Allein zu sein ist aber kein Vergnügen", gab Madame Clouseau zu bedenken. Sie seufzte wehmütig. „Ich war auch einmal verliebt. Doch meine Karriere war mir wichtiger als die Liebe, und damals waren die Männer noch nicht so liberal, dass sie die berufliche Unabhängigkeit einer Frau tolerierten."

„Was ist geschehen?" fragte Cassandra.

„Ich hatte meine Karriere."

„Und die hat Sie nicht befriedigt?"

„Zunächst ja. Aber inzwischen wären mir ein paar Enkelkinder lieber. Ihr jungen Dinger glaubt immer, dass ihr alles besser wisst. Ihr wollt emanzipiert sein und vergesst, dass ihr nur einmal lebt. Wenn ihr dem richtigen Mann begegnet, haltet ihn fest."

„Und was ist mit der Liebe?" fragte Cassandra.

„Aber sie liebt ihn doch", sagte Ashley.

„Sie will eben alles haben", meinte Madame Clouseau. „Sie haben schwere Zeiten durchgemacht, Tara. Es sieht aber so aus, als hätten Sie jetzt eine Glückssträhne. Rafael Tyler ist ein netter Mann, in jeder Hinsicht. Heiraten Sie ihn, und Sie werden bestimmt glücklich werden."

„Sie war einmal glücklich", warf Cassandra ein.

„Nein, das war sie nicht", fiel Mary ihr ins Wort. „Nicht mit Morton. Sie war von Anfang an unglücklich mit ihm."

„Wir kommen morgen in Caracas an", warf Ashley ein, um das Thema zu wechseln.

„Könnt ihr nicht damit aufhören?“ bat Tara. „Wenn man euch zuhört, könnte man ja meinen, wir fahren zu einer Beerdigung. Madame, irgendetwas stimmt nicht mit dem Verschluss dieses Kleides. Würden Sie bitte einmal nachsehen?“ Das Goldlamé-Kleid, das sie trug, war rückenfrei, und irgendwie hatte sie das Gefühl, dass es jeden Augenblick herunterrutschen konnte.

„Oh ja!“ rief Madame, „da fehlt ja ein Knopf. Wir werden uns mit Stecknadeln behelfen müssen.“

„Vorsichtig einatmen“, sagte Ashley lachend.

Tara stieg auf einen Stuhl, um Madame die Arbeit zu erleichtern, da klopfte es an der Tür. Cassandra öffnete und ließ Rafael ein. Er war wieder ganz in Schwarz, der Farbe, die Tara am liebsten an ihm mochte. Er sah umwerfend elegant aus in seinem Smoking, der seine breiten Schultern und schmalen Hüften unterstrich, und war so attraktiv, dass Tara ein Gefühl des Stolzes nicht unterdrücken konnte. Das weiße Hemd betonte noch seine Sonnenbräune. Tara kannte keinen Mann, dem ein Smoking so gut stand wie Rafael.

Lächelnd nahm er Cassandras und Ashleys Glückwünsche entgegen, um dann zu Tara hinüberzugehen. Er legte ihr die Hände um die Taille und hob sie vom Stuhl.

Tara schrie leise auf. „Au!“

Rafael ließ sie los. „War mein Griff zu fest?“ fragte er belustigt.

„Nein, aber ich habe den Rücken voller Stecknadeln."

Lachend beugte er sich vor, um ihr ins Ohr zu flüstern: „Sind wir verlobt?"

„Nun ...", fing Tara an.

Doch er unterbrach sie. „Wir sprechen später darüber, okay? Ich bin nur vorbeigekommen, um dir zu sagen, dass du mich unter den Zuschauern findest. Übrigens ist mir George eben im Gang begegnet. Er will nach der Vorstellung unsere Verlobung mit Champagner begießen."

„George weiß auch schon davon?"

„Tara, jeder weiß es."

„Oh", stöhnte sie.

„Liebst du mich?" fragte er und schaute sie dabei eindringlich an.

„Ja, aber ..."

„Dann kann doch kein Zweifel mehr daran bestehen, dass wir verlobt sind. Da du den Ring noch am Finger hast und George eine Champagnerparty schmeißt, da ich dich liebe und du mich liebst ..."

Seine Begeisterung war so mitreißend, dass Tara sich davon anstecken ließ. Glücklich lächelte sie ihn an. War der Zauber doch Wirklichkeit?

Er gab ihr einen Kuss. „Ich werde auf dich warten und jedes Mal mit den Zähnen knirschen, wenn ich jemanden bei deinem Anblick seufzen höre." Er lächelte sie noch einmal an und wandte sich dann zum Gehen.

Als er die Tür hinter sich geschlossen hatte, ließ Ashley sich auf einen Stuhl sinken. „Dass du auch nur daran denken konntest, diesem Mann einen Korb zu geben, ist eine Schande! Er sah heute Abend aus wie Mel Gibson. Hätte er mir einen Heiratsantrag gemacht, ich wäre wahrscheinlich vor Entzücken in Ohnmacht gefallen."

„Ashley, du hast schon ein Dutzend Verehrer zurückgewiesen. Ich habe es selbst miterlebt."

„Es war eben nie der Richtige dabei."

Tara lächelte. Sie konnte ihr Glück noch nicht fassen. Erst als sie alle in den Ballsaal hinausgingen, merkte sie, wie ungewöhnlich ruhig Mary war. Sie nahm sich vor, sie gleich nach der Modenschau nach dem Grund für ihre bedrückte Stimmung zu fragen.

Rafael stand am äußersten Ende des Saales, um den Ablauf der Modenschau zu beobachten. Der Ballsaal war bis auf den letzten Platz besetzt.

Galliards Shows waren perfekt inszeniert, das wusste Rafael. George hielt nichts davon, dass Mannequins steif und geziert über den Laufsteg schritten. Seine Mädchen bewegten sich anmutig und graziös und lächelten ihr Publikum an.

Aber so reizvoll Georges Models auch waren, Rafael

hatte nur Augen für Tara. Jedes Mal, wenn sie auf den Laufsteg kam, klopfte sein Herz schneller.

Wenn er sie anschaute, sah er sie im Mondlicht auf seinem Bett liegen, mit einem süßen Ausdruck von Unschuld und Vertrauen in ihren einzigartigen, silberschimmernden Augen.

Er musste es ihr sagen. Sie musste alles erfahren, bevor es zu spät war und er Gefahr lief, sie zu verlieren.

Bei diesem Gedanken konnte er ein Gefühl der Panik nicht unterdrücken. Er war sich seiner so sicher gewesen und hatte sich auf seine Erfahrung und seine Überlegenheit verlassen. Aber zu Beginn war es nicht wichtig gewesen, sie nicht zu verlieren. Jetzt war sie so viel mehr für ihn geworden als nur eine schöne Frau, dass er sie behutsam aufklären musste über seine Motive.

Es hing so viel davon ab, dass sie ihn verstand, und das war auch der Grund, weshalb er diesen Moment der Wahrheit hinausgezögert hatte. Auch jetzt fürchtete er sich noch davor. Heute hatte er ihr den Ring gegeben, und nachher würden sie ihre Verlobung feiern. Nein, heute Nacht war der falsche Zeitpunkt. Morgen würden sie Caracas erreichen. Und wenn sie erst einmal dort waren, würde sich schon eine Möglichkeit ergeben, ihr zu sagen, dass Jimmy sein Stiefbruder war.

Rafael blinzelte überrascht. Im Saal waren die Lichter angegangen. Die Modenschau war vorüber. Er bahnte sich einen Weg durch die Menge, um draußen auf George und die Mädchen zu warten. Er merkte nicht, dass Sandy Martin, der blonde Reporter aus Los Angeles, auf ihn zukam. Erst als der Mann ihn ansprach, schaute er auf. Rafael mochte den Reporter ganz und gar nicht, seine aufreißerischen Klatschgeschichten waren ihm zuwider. Mit hochgezogenen Brauen wartete er darauf, was Martin ihm zu sagen hatte.

„Sie haben mir einen Exklusiv-Bericht versprochen", bemerkte der Reporter vorwurfsvoll. „Das ganze Schiff weiß schon von Ihrer Verlobung mit Tara Hill."

„Tut mir Leid, Martin. Ich habe bestimmt nicht an die Presse gedacht, als ich der Dame einen Heiratsantrag machte."

„Dame?" wiederholte Martin leise und mit einem spöttischen Unterton.

Unwillkürlich ballte Rafael die Hände zu Fäusten. Er musste sich zwingen, dem Mann gegenüber noch eine gewisse Höflichkeit zu wahren. „Ich habe Sie eben nicht ganz verstanden."

„Ich habe nichts gesagt, Mr. Tyler. Gar nichts. Aber verraten Sie mir eines: Ist Ihnen klar, dass Miss Hill vor zwei Jahren in Caracas unter Mordverdacht stand?"

„Ich bin über alles, was Miss Hill angeht, informiert, Mr. Martin. Und ich glaube nicht, dass sie sich irgendetwas zu Schulden kommen ließ."

Sandy Martin lachte spöttisch auf. „Kannten Sie Morton Elliott?"

„Nein, ich kannte ihn nicht. Worauf wollen Sie eigentlich hinaus?"

„Oh, es war nur eine Frage. Einige Leute sind der Meinung, dass sie nur gewartet hat, bis Gras über die Geschichte wuchs, um jetzt zu ihm zurückzukehren. Die beiden sollen ja eine stürmische Affäre gehabt haben. Was mich nicht wundert. Tara Hill ist schließlich nicht bloß schön, sondern eine echte … Sie wissen schon, was ich meine."

„Nein. Ich weiß nicht, was Sie meinen."

„Nichts Schlimmes." Er lachte nervös. „Sie gehört eben zu den Frauen, bei deren Anblick einem Mann automatisch gewisse Gedanken kommen – sehr angenehme Gedanken."

Rafael biss die Zähne zusammen. Er konnte sich kaum noch beherrschen. „Martin, ich kann Sie schlecht bitten, mein Schiff zu verlassen. Ich habe Ihnen einen Exklusiv-Bericht versprochen, und Sie werden ihn bekommen. Aber bis dahin tun Sie uns beiden einen Gefallen: Gehen Sie mir aus dem Weg. Wenn ich Sie noch einmal in diesem Ton von Miss Hill sprechen höre, lehne ich jede Verantwortung für meine Reaktion ab. Und jetzt werden Sie mich entschuldigen. Es gibt genug Plätze auf diesem Schiff, an denen Sie sich aufhalten können."

Sandy Martin zögerte keinen Moment. Er wurde so blass, dass seine Sommersprossen scharf hervortraten. Während er instinktiv einen Schritt zurückwich, stotterte er: „Ich habe es nicht böse gemeint. Ich wollte doch nur sagen, dass Sie sich sehr glücklich schätzen können. Sie wissen schon, was ich meine. Nichts für ungut.“ Damit drehte er sich um und verschwand, gerade rechtzeitig, bevor Tara aus dem Ballsaal kam und eilig auf Rafael zuging.

Sie lächelte ihn an. Das Leuchten in ihren silbernen Augen war nur für ihn bestimmt. Er nahm sie in die Arme und presste sie einen Moment fest an sich. Tief atmete er den Duft ihres Haares ein und genoss die Wärme ihres Körpers. Ich bringe ihn um, wenn er sie berührt, dachte er grimmig.

„Stimmt etwas nicht?“ fragte Tara, die seine Spannung spürte.

„Wenn ich dich in den Armen halte, gibt es keine Probleme“, erwiderte er.

Sie gingen nach unten, um in dem kleinsten, gemütlichsten Gesellschaftsraum ihre Verlobung zu feiern. George hatte nicht nur seine gesamte Truppe eingeladen, sondern auch den Kapitän und seine Offiziere. Rafael fiel sofort auf, dass der Kapitän mit Mary zusammensaß und offensichtlich dabei war, sich Hals über Kopf zu verlieben.

George bestellte die erste Runde Champagner, wobei er erklärte, dass die zweite auf Rafaels Konto gehen müsse. Schließlich sei dies sein Schiff und seine Verlobung. Lachend bestellte Rafael die zweite Runde.

Rafael und Tara tanzten die halbe Nacht miteinander, und als es Zeit wurde, die Feier zu beenden, schlug Rafael vor, dass Tara sich mit Ashley zurückziehen solle, um dann durch die Verbindungstür in seine Kabine zu schlüpfen. Doch Tara fand diese Rücksicht auf ihren Ruf überflüssig. Sie verabschiedete sich im Gang von Ashley, um mit Rafael in seine Kabine zu gehen.

Und dann waren sie endlich allein und lagen sich sofort in den Armen.

„Es ist schon erstaunlich", sagte Rafael. „George entwirft die verführerischsten Kreationen, und sie stehen dir fabelhaft, aber ich kann es nie abwarten, sie dir auszuziehen."

Tara lachte. Der Klang ihrer Stimme erregte ihn ebenso sehr wie alles andere an ihr. In seiner Leidenschaft zog er etwas zu heftig an ihrem Kleid, und irgendetwas riss.

„Ich kaufe es dir", flüsterte er rau.

„Das kannst du nicht. Es gehört mir schon."

Während sie versuchte, ihm die Krawatte auszuziehen, streifte sie mit ihrem Verlobungsring seinen Hals. Als sie sein Hemd aufknöpfte und mit dem Ring seine

Brust berührte, zuckte er zurück. „Au! Vielleicht hätte ich doch nicht darauf bestehen sollen, dass du diesen Ring trägst."

„Zu spät. Den nehme ich nicht mehr ab."

„Das will ich hoffen."

„Dann hör auf, dich zu beklagen."

„Immerhin hat es wehgetan."

„Da muss ich dir wohl sofort einen Kuss geben." Übermütig fing sie an, ihn zu küssen, lachend erwiderte er ihre Küsse, und was als spielerische Zärtlichkeit begann, verwandelte sich bald in heftige Leidenschaft.

Das schrille Klingeln des Telefons riss Rafael aus dem Schlaf. Damit Tara, die friedlich schlafend neben ihm lag, nicht aufgeweckt wurde, sprang er schon beim ersten Klingeln aus dem Bett. „Ja", meldete er sich mit gedämpfter Stimme.

„Ein Gespräch aus den Vereinigten Staaten, Sir. Es ist Mrs. Tyler. Soll ich durchstellen?"

Rafael schloss beunruhigt die Augen. Was wollte bloß Myrna um diese Zeit? „Ja, stellen Sie es bitte sofort durch", sagte er leise.

Gleich darauf hörte er Myrnas Stimme. Offensichtlich war die Verbindung schlecht, denn sie sprach sehr laut. „Rafael, kannst du mich hören?"

„Ja, ich höre dich sehr deutlich", erwiderte er.

„Oh, Rafael, es ist mir so unangenehm, dich zu stören. Aber ich habe gerade die Zeitungen gelesen.“ Obwohl sie sich um einen ruhigen Ton bemühte, hörte er deutlich, dass sie geweint hatte.

„Ich weiß nicht, wovon du sprichst, Myrna.“

„Es steht überall auf der ersten Seite. ‚Millionenschwerer Playboy heiratet Galliard-Mannequin‘.“

Er seufzte verärgert. Die Presse arbeitete ja wirklich schnell.

„Rafael, ich will keine Kritik an dir üben. Aber du hast doch Jimmy nicht vergessen? Diese Frau ist unsere einzige Hoffnung. Nur durch sie können wir ihn finden. Du darfst diese Chance nicht verspielen. Ich weiß, dass du kein Mann bist, der sich etwas vormachen lässt. Aber sie war doch damals mit Jimmy zusammen …“ Sie brach ab und schluchzte.

„Ich habe es nicht vergessen, Myrna. Du musst mir vertrauen, bitte.“

„Das tue ich ja“, sagte sie kläglich, aber ihre Worte klangen nicht sehr überzeugend.

Rafael seufzte vernehmlich. „Bitte mach dir keine Gedanken.“

„Rufst du mich an, wenn du etwas erfährst?“

„Ich verspreche es dir. Aber du musst mir auch vertrauen.“

„Natürlich. Und pass bitte auf dich auf, Rafael. Ich

könnte es nicht ertragen, wenn dir auch etwas zustoßen würde."

„Keine Angst, mir passiert nichts. Bis bald, Myrna." Er hängte auf. Seufzend presste er die Finger an die Schläfen. Tara schlief immer noch tief und fest. Ihr Haar war wie ein goldener Fächer auf seinem Kopfkissen ausgebreitet und ein glückliches Lächeln spielte um ihre Lippen. Rafael schloss die Augen. Er liebte sie und er glaubte an sie, aber er durfte ihr nichts erzählen. Er konnte es nicht riskieren, ihre Beziehung zu gefährden.

Genauso wenig konnte er jedoch zulassen, dass er sein Anliegen aus den Augen verlor. Er durfte Myrna nicht enttäuschen und er durfte Jimmy nicht im Stich lassen. Die winzige Hoffnung, die Myrna nach zwei Jahren geblieben war, dass Jimmy noch lebte, durfte sie nicht aufgeben, sonst verlor sie den Willen weiterzuleben. Das musste er verhindern.

Er ging zu dem kleinen runden Fenster hinüber und zog den Vorhang ein wenig zurück. Sie waren in Caracas. Im Morgennebel konnte er die Berge erkennen, die langsam in greifbare Nähe zu rücken schienen. Bald würden sie in dem schön gelegenen Hafen anlegen.

An Schlaf war nicht mehr zu denken. Der Anruf hatte ihn aufgewühlt und ihn an die Aufgabe erinnert, die er hier erfüllen musste. Seine innere Anspannung wurde immer unerträglicher. Wie sollte er Liebe und

Pflicht in Einklang bringen, ohne eines von beiden zu gefährden?

Tara bewegte sich. Schlaftrunken blinzelte sie in die Morgendämmerung. „Sind wir da?“

Er ging zum Bett zurück, legte sich neben sie und nahm sie in die Arme. „Noch nicht ganz“, sagte er. „Noch sind wir hier.“ Er küsste sie auf die Stirn und auf die Wangen, bevor er zärtlich ihre Lippen küsste. Der Tag konnte warten. Er wollte die Morgendämmerung so lange wie möglich festhalten.

10. KAPITEL

Tara hatte damit gerechnet, dass der Umzug vom Schiff zum Hotel den ganzen Tag in Anspruch nehmen würde. Es musste ja nicht nur das persönliche Gepäck der Truppe von Bord gebracht werden, sondern die gesamte Kollektion für die große Modenschau. Aber erstaunlicherweise ging alles sehr zügig. Schnell waren sie durch den Zoll, die Fahrt zum Hotel verlief reibungslos und ohne Verkehrsstaus, und im Hotel kümmerte sich der Manager sofort um sie.

Ashley und Tara waren wieder zusammen untergebracht, und das Zimmer sah fast so aus wie jenes, das Tara damals in Caracas mit Morton bewohnt hatte.

Nachdem der Hotelpage gegangen war, meinte Ashley lachend: „Wollen wir wetten, dass auch dieses Zimmer eine Verbindungstür hat?"

Tara lächelte. „Es hat eine. Rafael rief im Hotel an, bevor wir das Schiff verließen, und bat ausdrücklich um zwei Zimmer mit Verbindungstür."

Belustigt hob Ashley die Brauen. „Warum bist du nicht gleich mit ihm in ein Zimmer gezogen?"

„Ich bin schließlich hier, um zu arbeiten."

„Wo ist Rafael überhaupt?" Ashley stand am Fenster und schaute auf die Straße hinunter.

„Er hat zu tun. Seine Firma kauft eine Menge Gold in Caracas. Außerdem hat er auch hier einen Laden, den er besuchen will. Ich erwarte ihn erst heute Nachmittag zurück."

„Bis morgen die große Modenschau steigt, haben wir keine Verpflichtungen", meinte Ashley. „Wir könnten natürlich hier im Hotel bleiben, aber das wäre doch ziemlich langweilig. Sag mir, wie du dich fühlst. Verursacht dir der Ort Beklemmungen, Magenschmerzen oder sonst etwas?"

„Wieso? Venezuela hat mir schon immer besonders gut gefallen. Die Menschen sind nett hier. Und ich mache doch nicht die Stadt dafür verantwortlich, was damals passierte."

„Hast du Angst?"

„Wovor?"

„Dass Morton auftauchen könnte."

Tara schüttelte den Kopf. „Ich bin sicher, dass er sich nicht die Mühe gemacht hat, zwei Jahre auf mich zu warten. Zumal ihm hier eine Gefängnisstrafe droht. Nein, ich habe keine Angst. Außerdem bin ich doch immer mit dir und den anderen zusammen."

„Glaubst du also, wir können uns getrost in die Öffentlichkeit wagen?"

„Sicher."

„Ich würde nämlich so gern noch einmal zur Glasbläserei fahren. Das letzte Mal habe ich zauberhafte Schwäne dort gekauft. Vielleicht finde ich diesmal etwas, das … entschuldige bitte! Ich bin manchmal wirklich zu gedankenlos. Es war ja die Glasbläserei, wo du …“

„Die Glasbläserei kann nichts dafür“, meinte Tara lachend. „Jimmy schlug sie als Treffpunkt vor. Deswegen muss der Ort zwei Jahre später nicht tabu für mich sein. Wenn du Glas kaufen möchtest, dann nehmen wir uns ein Taxi und fahren hin. Und zwar jetzt gleich.“

„Und wenn Rafael zurückkommt? Vielleicht willst du lieber auf ihn warten?“

„Ich hinterlasse ihm eine Nachricht.“

„Aber …“

„Ashley“, unterbrach Tara sie gereizt. „Ich liebe ihn und ich möchte den Rest meines Lebens mit ihm verbringen. Doch ich habe nicht vor, mich von ihm bevormunden zu lassen. Wenn ich ihn für jeden Schritt um Erlaubnis bitten muss, würde ich auf ihn verzichten. Eine Beziehung dieser Art gehe ich nie wieder ein. Davon habe ich noch vom letzten Mal genug. Lass uns gehen. Ich werde bei der Rezeption eine Nachricht für Rafael hinterlassen.“

„Jawohl, Madame“, sagte Ashley, verblüfft über den scharfen Ton ihrer Freundin. „Ich werde sofort ein Taxi bestellen.“

Minuten später gingen sie durch die elegante Hotelhalle und ließen sich vom Portier ins Taxi helfen.

„Was für ein wunderschöner Tag“, meinte Ashley. Ungezwungen plauderte sie in ihrem holprigen Spanisch mit dem Taxifahrer, der sie gutmütig verbesserte. Er deutete gerade aus dem Fenster, um ihr etwas zu zeigen, als Ashley erschrocken den Atem einzog. „Wir werden verfolgt!“

„Ashley! Was für ein Unsinn.“

„Ich meine es ernst. Dieses Taxi hat das Hotel direkt nach uns verlassen, und es fährt noch immer hinter uns her.“

Sekundenlang stieg Panik in Tara hoch. Ein kurzer Blick nach hinten bestätigte Ashleys Worte. Dicht hinter ihnen fuhr ein Taxi. Angestrengt versuchte Tara ins Innere des Wagens zu spähen, aber es gelang ihr auf die Entfernung nicht, da das Taxi dunkel getönte Scheiben hatte. Erst als sie an einer Verkehrsampel anhielten, konnte sie eine Person auf dem Rücksitz erkennen. Es war ein Mann, allem Anschein nach ein älterer Mann.

Sie wandte sich an Ashley. „Die Glasbläserei ist eine der größten Touristenattraktionen in dieser Stadt. Jeder Tourist besichtigt sie.“

„Wahrscheinlich hast du Recht. Trotzdem sollte ich vielleicht unseren Fahrer bitten, das Taxi abzuhängen.“

„Nein, auf gar keinen Fall“, protestierte Tara. Der

Mann fuhr ohnehin schon viel zu schnell, obwohl sie die Stadt noch nicht hinter sich gelassen hatten.

Seufzend lehnte Ashley sich zurück. „Dann mach mir aber keine Vorwürfe, wenn das Taxi uns einholt."

„Ashley, selbst wenn es unserem Fahrer gelingen sollte, das Taxi abzuhängen, würde es uns bei der Glasbläserei wieder einholen. Falls der Mann tatsächlich auch dorthin fährt."

Zehn Minuten später fuhren sie den Bergpass zur Glasbläserei hinauf. Durch die Bäume erblickte Tara die Gebäude. Sie konnte ein ungutes Gefühl nicht unterdrücken. Es sah alles noch genauso aus wie damals und erinnerte sie überdeutlich an den schrecklichen Tag vor zwei Jahren. Zwischen diesen Bäumen war Morton verschwunden, und hier hatte sie Jimmy zum letzten Mal gesehen. An diesem Ort hatte sich die Spur der beiden Männer im Nichts verloren.

„Wir sind da", sagte Ashley.

Um die Freundin nichts von ihrer Angst merken zu lassen, zwang sich Tara zu einem Lächeln. Ashley bezahlte den Taxifahrer, der ihnen versicherte, dass sie keine Schwierigkeiten haben würden, in die Stadt zurückzukommen. Der Mann hatte sicher Recht, denn nicht weit entfernt standen auf einem Parkplatz eine ganze Reihe von Reisebussen und Taxis.

Als sie ausstiegen, sahen sie, wie das Taxi, das ihnen

gefolgt war, hinter ihnen anhielt, um gleich darauf weiterzufahren und hinter einem der Reisebusse zu verschwinden.

„Komisch", sagte Tara. „Erst hält das Taxi hinter uns an, und dann fährt es wieder weiter."

Ashley runzelte die Stirn. „Vielleicht sollten wir umkehren."

„Nein. Was kann uns am helllichten Tag denn schon passieren?"

„Dann lass uns aber wenigstens in eins der Gebäude gehen."

Tara schüttelte den Kopf. „Ich muss sehen, wer in dem Taxi sitzt."

„Wie willst du den Mann unter all den Touristen, die aus den Bussen steigen, erkennen?"

„Ich weiß es nicht. Wir bleiben einfach einen Augenblick hier stehen und tun so, als warteten wir auf jemanden."

Unauffällig beobachteten sie die Touristen. Die meisten schienen von Vergnügungsdampfern zu kommen. Sie trugen Strohhüte mit Plastikobst und zeigten sich lachend ihre Einkäufe.

„Wie lange sollen wir noch herumstehen?" fragte Ashley nach einiger Zeit.

„Du hast Recht, das ist albern", meinte Tara. „Lass uns gehen."

„Wir brauchen uns ja nicht lange aufzuhalten."

„Im Gegenteil. Ich lasse mich doch nicht verrückt machen. Wir werden den Glasbläsern zuschauen und anschließend in Ruhe einkaufen."

„Aber wenn du dich unbehaglich fühlst …", wandte Ashley ein.

„Ich fühle mich sehr wohl."

„Okay, dann lass uns gehen."

Sie gingen ein paar Stufen hinauf und folgten dem Pfad zur Werkstatt. Tara liebte es, den Glasbläsern zuzuschauen. Sie fand es faszinierend, wie sie aus einem Klumpen Glas zarte, durchsichtige Kunstwerke schufen. Eine Weile schauten sie einem jungen Mann zu, der mit bewundernswertem handwerklichem Können eine Eule anfertigte. Zusammen mit einem Grüppchen von Zuschauern applaudierten sie und gingen dann weiter zum nächsten Glasbläser.

Während sie ihm bei der Arbeit zusahen, schweifte Taras Blick für einen Moment auf die andere Seite des Raumes ab, wo eine weitere Touristengruppe stand. Dann stutzte sie plötzlich. Unter den Zuschauern befand sich ein älterer Mann, der ihr irgendwie bekannt vorkam. Er war groß und stattlich und hatte volles weißes Haar.

Nachdenklich runzelte sie die Stirn. Dann stieß sie ihre Freundin an. „Ashley, schau mal bitte unauffällig zur anderen Seite des Raumes hinüber. Glaubst du, der ältere Mann dort drüben könnte der Fahrgast aus dem Taxi sein? Kommt er dir auch bekannt vor?“

Ashleys Blick war alles andere als unauffällig. Sie starrte aufgeregt hinüber, und der Mann verschwand daraufhin in der Menge.

„Er hat gemerkt, dass wir ihn beobachten“, flüsterte Tara.

„Er kam mir tatsächlich bekannt vor“, meinte Ashley nachdenklich.

„Jetzt weiß ich, wo ich ihn gesehen habe“, sagte Tara aufgeregt. „Auf dem Schiff neulich! Zwar nur kurz, doch er war es, da bin ich ganz sicher. Er war auch in Curaçao, als ich auf Rafael wartete.“

„Aber Tara, ich war ja nicht dabei, als du ihn auf dem Schiff gesehen hast, und trotzdem kommt er mir ... Oh! Ich weiß es!“

„Was? Sag schon!“

„Im Plaza habe ich ihn gesehen! Das ist der Mann, der an dem Tag, als wir Rafael kennen lernten, bei ihm am Tisch saß.“

„Sein Onkel – falls es tatsächlich sein Onkel ist.“

„Tara! Warum sollte er uns anlügen?“

„Warum sollte er seinen Onkel mit auf die Kreuzfahrt nehmen? Und wenn er es doch tut – warum hat er uns den Mann nicht vorgestellt?“

Darauf wusste auch Ashley keine Antwort. „Was hast du vor?“ fragte sie besorgt, als Tara auf die andere Seite des Raumes gehen wollte.

„Ich werde ihm ein paar Fragen stellen.“

„Warte, Tara ...“

„Beeil dich, sonst verlieren wir ihn noch!“

„Ich komme ja schon“, murmelte Ashley.

Die Werkstatt füllte sich erneut mit Touristen, und es wurde schwieriger, sich vorbeizudrängeln. Entschlossen schob Tara einige Menschen beiseite, erreichte den Ausgang und gelangte erleichtert ins Freie hinaus. Der Mann eilte gerade an den Getränkeautomaten vorbei.

Sie hastete hinter ihm her. Dabei stieß sie mit einem breitschultrigen Südamerikaner zusammen. Er war jung und gut aussehend. Mit beiden Händen hielt er sie fest.

„Hallo“, sagte er und lächelte erfreut.

„Hallo. Entschuldigen Sie mich bitte.“ Hastig riss Tara sich von ihm los und rannte weiter. Ashley folgte ihr. Der weißhaarige Mann eilte auf einen der Touristenbusse zu. „Warten Sie!“ rief Tara. „Warten Sie, Sir!“

Da sie ihn inzwischen fast eingeholt hatte, konnte der Mann sie nicht länger ignorieren. Mit unglücklichem Gesichtsausdruck drehte er sich schließlich zu ihr um.

„Sir, sind Sie nicht mit Rafael Tyler verwandt?“ fragte Tara mittlerweile ganz außer Atem.

Der Mann stand nur betreten da und schwieg.

„Sie waren mit ihm im Plaza beim Mittagessen. Und Sie waren auf dem Schiff. Und Sie sind uns vom Hotel hierher gefolgt."

Er zog eine Grimasse. „Ich habe mich wohl nicht sehr geschickt angestellt, was?" fragte er seufzend.

Tara runzelte die Stirn. „Ich verstehe das nicht. Warum hat Rafael Sie uns auf dem Schiff nicht vorgestellt? Sie sind doch sein Onkel, oder?"

„In gewisser Hinsicht."

In diesem Moment kam Ashley angekeucht. „Hallo", sagte sie atemlos.

„Hallo", sagte der Mann.

„Ich bin Ashley."

„Und ich bin Sam."

„Sam! Das ist immerhin ein Anfang", bemerkte Tara. „Also, Sam, was wird hier gespielt?"

Sam kam nicht zum Antworten. Denn hinter Tara sagte in diesem Moment jemand mit starkem Akzent: „Mein Liebling! Da bist du ja. Ich habe auf dich gewartet."

Verblüfft drehte Tara sich um. Hinter ihr stand der Südamerikaner, mit dem sie vor wenigen Minuten zusammengestoßen war. Er ließ ihr keine Zeit, etwas zu erwidern, sondern schlang beide Arme um sie und presste sie so eng an sich, dass sie kaum noch Luft bekam.

„Tara!" hörte sie Ashley erschrocken schreien, bevor der Südamerikaner sie einfach wegtrug. Sie sah, dass Ashley hinter ihr herlaufen wollte und dass ein zweiter junger Mann sich ihr in den Weg stellte und sie brutal zu Boden stieß. Sam war weiß vor Schreck geworden und versuchte ebenfalls, dem Südamerikaner zu folgen, und auch er wurde mit einem Kinnhaken zu Boden gestreckt.

Tara versuchte sich zu wehren und begann zu schreien. Daraufhin presste der Südamerikaner sie noch fester an sich. „Jemand will dich sehen, Baby. Und er lässt es sich eine Menge kosten. Also wird er dich auch sehen!"

Wieder fing Tara an zu schreien. Es war ihr unmöglich, sich aus seinem brutalen Griff zu befreien. Sie schaffte es lediglich, ihm das Gesicht zu zerkratzen. Die Touristen waren stehen geblieben und fingen aufgeregt an zu reden. Offenbar merkten sie langsam, dass es sich hier nicht um das Geplänkel zweier Liebender handelte.

Aber bevor ihr jemand zu Hilfe kommen konnte, eilte ihr Entführer zu einem Auto, das mit laufendem Motor auf ihn wartete. Der Fahrer brauchte nur das Gaspedal durchzutreten, sobald der Südamerikaner Tara auf den Rücksitz geworfen hatte. Wilde Panik ergriff sie. Sie hätte niemals zurückkommen dürfen. Offenbar hatte Morton tatsächlich auf sie gewartet.

Nein! Sie würde sich nicht in ihr Schicksal ergeben. Noch konnte sie sich wehren, also würde sie es tun! Entschlossen begann sie wieder mit dem Mann zu kämpfen. Sie schrie so laut und attackierte ihn so heftig, dass er nur noch langsam vorwärts kam. Ashley hatte sich inzwischen wieder aufgerappelt und schrie laut um Hilfe.

In diesem Moment hielt mit quietschenden Reifen ein Wagen neben ihnen an. Ein Mann sprang heraus. „Lass sie los! Lass sie auf der Stelle los!"

Tara erkannte Rafaels Stimme.

Der Mann umklammerte sie noch fester. Der Geruch seines Rasierwassers stieg ihr in die Nase, und sein raues Hemd kratzte an ihrer Wange.

Und dann spürte sie, wie jemand versuchte, sie dem Mann zu entreißen.

Der Komplize, der Ashley zu Boden geworfen hatte, tauchte plötzlich hinter Rafael auf. Rafael drehte sich um und rammte ihm die Faust in den Magen. Ohne noch einen Blick auf ihn zu werfen, versuchte er sofort wieder, Tara aus den Armen des Entführers zu befreien. Diesmal ließ der Mann sie abrupt los.

Rafael und Tara stürzten zu Boden. Die beiden Männer sprangen in das blaue Auto. Reifen quietschten, Staub wirbelte auf, und Schotter flog ihnen ins Gesicht. Als sie wieder sehen konnten, war der Wagen verschwunden.

Rafael hatte noch immer die Arme um Tara geschlungen. Er war völlig außer Atem. Besorgt blickte er sie an. „Bist du verletzt?“

„Nein.“

Er half ihr beim Aufstehen. Ashley, ebenfalls von oben bis unten voller Staub, rannte auf sie zu. Sam folgte ihr zerknirscht und wagte nicht, Rafael anzusehen.

„Wir müssen die Polizei benachrichtigen“, sagte Rafael. „Ashley, bleiben Sie bei ihr. Nein, wir gehen besser alle zusammen.“ Er nahm Tara bei der Hand und zog sie mit sich zum Laden, wo er einer Verkäuferin auf Spanisch erklärte, was er wollte. Aufgeregt führte ihn die Frau zum Telefon. Er sprach einen Moment mit der Polizei, beschrieb den Wagen der Entführer und legte auf. Dann schaute er Tara an, die noch immer am ganzen Körper zitterte. „Die Polizei kommt sofort. Bist du im Augenblick überhaupt in der Verfassung, eine Aussage zu machen?“

Schon nach ein paar Minuten war die Sirene des Polizeiwagens zu hören. Einer der Beamten sprach Englisch. Er schien Tara zu kennen und begegnete ihr mit unverhohlenem Misstrauen. Tara erinnerte sich nicht daran, den Mann damals, vor zwei Jahren, gesehen zu haben. Aber höchstwahrscheinlich hatte er bereits von ihr gehört.

Der Polizist stellte ihr Fragen und sie berichtete ihm genau, was passiert war. Als er auf ihre Aussage mit

Skepsis reagierte, mischte sich Ashley ein und erklärte hitzig, dass sich alles genauso verhielt, wie Tara es dargestellt hatte. Außerdem könnte auch Sam ihre Aussage bestätigen.

„Hat man die Verfolgung des Wagens aufgenommen?“ fragte Rafael den Polizisten.

„Si“, erwiderte der Mann. „Der Wagen wird gesucht. Wir werden unser Bestes tun. Nun, Miss Hill, sind Sie sicher, dass Sie seit seinem Verschwinden nichts von diesem Morton Elliott gehört haben?“

Tara zitterte vor Wut und aus Angst und weil die Erinnerung einfach so unerträglich war. „Ganz sicher!“

Der Beamte nickte. „Wir werden Sie zum Hotel zurückbringen. Und wandern Sie in Zukunft nicht allein in der Stadt herum.“

„Das wird sie bestimmt nicht tun“, sagte daraufhin Rafael grimmig.

Im Polizeiwagen fuhren sie zum Hotel zurück. Tara machte sich klar, dass Rafael sie gerettet hatte und dass sie ihm dankbar sein musste. Er schien jedoch zu meinen, dass alles ihre Schuld war, weil sie ohne ihn das Hotel verlassen hatte. Eine unvernünftige Wut auf ihn stieg in ihr hoch.

In der Hotelhalle blieb sie unvermittelt stehen, um Rafael vorwurfsvoll anzuschauen. „Du scheinst dich ja nicht sehr um deinen Onkel zu kümmern, solange er nur seine Spitzeldienste zu deiner Zufriedenheit erledigt." Sie drehte sich fürsorglich zu Sam um. „Ist Ihnen auch nichts passiert? Ich weiß nicht, warum Rafael Sie so konsequent ignoriert. Auch wenn er es nicht tut, so möchte ich mich wenigstens dafür bedanken, dass Sie versucht haben, mir zu helfen. Hoffentlich sind Sie bei dem Sturz nicht verletzt worden."

Sam wurde verlegen. „Es geht mir gut. Ich bin nur ein bisschen staubig. Nach einer heißen Dusche wird alles wieder in Ordnung sein." Er gab ihr keine Chance, weitere Fragen zu stellen. Mit schnellen Schritten ging er zum Aufzug und schien äußerst erleichtert zu sein, als sich endlich die Fahrstuhltüren hinter ihm schlossen.

„Ich glaube, George sollte über den Vorfall informiert werden", bemerkte Ashley, die offensichtlich auch nach einer Gelegenheit suchte, Tara und Rafael allein zu lassen. Sie lächelte die beiden etwas kläglich an und ging dann eilig durch die Halle davon.

„Geht es dir wirklich gut?" fragte Rafael, während er Tara prüfend ansah.

„Ich habe nicht den geringsten Kratzer abbekommen", gab Tara unwirsch zurück.

„Oh", sagte er bloß. Man sah ihm an, dass ihre heftige Reaktion ihn erstaunte. „Wollen wir nach oben gehen?"

„Wohin denn sonst?"

Im Aufzug wechselten sie kein Wort miteinander.

Auf ihrem Stockwerk ging Rafael voraus, schloss die Tür zu seinem Zimmer auf und ließ Tara eintreten. Nachdem er sein staubiges Polohemd ausgezogen und in eine Ecke geworfen hatte, fragte er sie, ob er Drinks bestellen solle.

„Ich glaube, wir können beide einen Drink gebrauchen", erwiderte Tara kühl. Obwohl sie sich gelassen gab, war sie zu Tode erschrocken. Morton lebte hier irgendwo in Caracas, und er versuchte, sie in seine Gewalt zu bringen! Sie hatte schreckliche Angst und nahm es Rafael übel, dass er ihr ausgerechnet in so einem Augenblick neue Nahrung für ihr Misstrauen gab. Warum hielt er seinen Onkel vor ihr verborgen? Hatte er sie auch in anderer Hinsicht belogen?

Rafael ging zum Telefon und ließ sich mit dem Zimmerkellner verbinden. Dabei schaute er Tara fragend an. Als sie schwieg, bestellte er eine Flasche Rum und ein paar Cola.

„Okay", sagte er, nachdem er den Hörer aufgelegt hatte. „Was ist los?"

„Da fragst du noch?"

„Wie du siehst."

„Na gut. Sam war auf dem Schiff. Sam ist mir heute gefolgt, und Sam war auch damals mit dir im Restaurant. Wenn dieser Mann dein Onkel ist, warum hat er sich dann auf dem Schiff versteckt?"

„Er hat sich nicht versteckt.“

„Du hast mir einen Verlobungsring geschenkt. Normalerweise würde ein Mann doch die Frau, die er zu heiraten gedenkt, seiner Verwandtschaft vorstellen.“

Rafael erwiderte nichts. Er stand einfach nur da und sah sie an. In seinen engen Jeans und mit der nackten, muskulösen Brust und der angriffslustigen Haltung strahlte er Überlegenheit und Kraft aus. Aber Tara zwang sich, ihre Augen vor seinem Blick nicht zu senken.

„Ist er dein Onkel oder nicht?“ fragte sie.

„Ja und nein“, erwiderte er. „Sam arbeitete für meinen Vater, bevor er für mich arbeitete. Er war schon bei meinem Vater, als ich auf die Welt kam. Er zählt also auf jeden Fall zur Familie.“

Es klopfte an der Tür. Der Zimmerkellner brachte den Rum und die Cola. Rafael unterschrieb die Rechnung und mixte ihnen dann zwei Drinks. Starke Drinks, wie Tara gleich darauf feststellen musste. Sie war entschlossen, sich durch den Alkohol nicht vom Thema abbringen zu lassen. Vielleicht war das ja sogar Rafaels Absicht.

„Ich glaube nicht, dass Sam im Moment unser Problem ist“, erklärte er in scharfem Ton. „Jemand hat versucht, dich zu entführen.“

„Das weiß ich selbst.“

„Tatsächlich? Wie schön. Wissen verschafft Sicherheit, nicht wahr?“

„Rafael, sag mir jetzt endlich, was hier gespielt wird!"

Sie merkte plötzlich, wie sie sich wütend anstarrten. Es war doch unmöglich, dass sie sich nach allem, was geschehen war, entfremden würden? Diese gegenseitigen Verdächtigungen, diese Verstimmung zwischen ihnen machten sie krank. Zumal sie im Augenblick nur den Wunsch hatte, sich in seine Arme zu schmiegen, damit er sie ein Leben lang vor Männern wie Morton beschützte. Verstand er sie nicht? Wollte er ihr nicht die Wahrheit sagen?

„Tara, ich habe Sam damals gebeten, mich ins Restaurant zu begleiten, weil ich wusste, dass du dort bist. Ich hörte, wie du dem Taxifahrer sagtest, du wolltest ins Plaza. Ich habe Sam aus dem gleichen Grund mit auf diese Kreuzfahrt genommen, aus dem ich ihn heute gebeten habe, dir zu folgen – damit er für deine Sicherheit sorgt."

Tara schluckte. Im Grunde lief seine Geschichte darauf hinaus, dass er ihr nachspioniert hatte. „Bist du deshalb vorhin im richtigen Augenblick aufgetaucht?" fragte sie ungläubig. „Weil Sam dich anrief und dir sagte, dass ich das Hotel verlassen hatte?"

„Ja."

„Du warst also gar nicht geschäftlich unterwegs. Wo warst du wirklich?"

Er zögerte. „Bei der Polizei. Ich wollte herausfinden, ob es Anhaltspunkte dafür gibt, dass Morton Elliott sich noch im Land aufhält. Sam hatte von mir den Auftrag erhalten, dich zu beobachten und mich sofort zu benachrichtigen, falls du das Hotel verlässt."

„Warum?"

„Da fragst du noch?" Plötzlich verlor er die Beherrschung. „Du Dummkopf! Das ist doch völlig klar!"

„Ich bin kein Dummkopf!"

„Und ob! Sonst hättest du sicherlich nicht allein das Hotel verlassen."

Sie schüttelte den Kopf. „Ich bin nur zur Glasbläserei gefahren, wo immer Hunderte von Touristen …"

„Und dabei wärst du um ein Haar zu deinem Ex-Liebhaber entführt worden. Ich habe doch hoffentlich nichts verhindert, worauf du dich gefreut hast?"

Tara erstarrte. Langsam stellte sie ihr Glas ab. Dann drehte sie sich abrupt um und ging mit schnellen Schritten zur Tür.

„Tara!" Rafael fasste sie beim Arm und wollte sie an sich ziehen. „Es tut mir Leid …"

„Lass mich los!" stieß sie hervor.

„Nein, Tara. Es tut mir wirklich Leid. Versteh mich doch bitte. Ich habe Angst um dich. Ich liebe dich doch so sehr …"

Fest umfasste er ihre Schultern, damit sie ihm nicht

davonlaufen konnte, und schüttelte sie, um seinen Worten Nachdruck zu verleihen. Tara verlor die Nerven. Die Ereignisse hatten sie zermürbt, und plötzlich war da die Erinnerung an jene letzte Nacht mit Morton und das Entsetzen, gegen ihren Willen festgehalten und mit roher Gewalt überwältigt zu werden.

Wilde Panik ergriff sie. Undeutliche Worte ausstoßend hieb sie mit beiden Fäusten auf Rafaels Brust ein.

Im ersten Augenblick war Rafael zu verblüfft, um zu reagieren, aber dann wurde er ärgerlich. Er dachte an die Angst, die er heute um ihretwillen ausgestanden hatte, und jetzt musste er fürchten, dass Tara seine Hilfe gar nicht wollte, dass er sein Herz an eine schöne Verführerin verloren hatte, an dieselbe Verführerin, die vielleicht Jimmy ins Verderben gestürzt hatte.

„Tara, hör auf, ich liebe dich!"

Heftig riss er sie an sich, hob sie hoch und trug sie zum Bett. Seine Zärtlichkeit hatte etwas Wildes, Verzweifeltes. Er wollte sie berühren und ihr damit die Angst nehmen, sodass sie nur noch an ihn denken konnte. „Tara!" rief er.

Plötzlich hörte sie auf, gegen ihn zu kämpfen. Ihr Gesicht war schneeweiß. Rafael sah voller Schrecken die Veränderung, die mit ihr vorging. Und jetzt bekam er es wirklich mit der Angst zu tun. Er kniete sich neben sie und streichelte verzweifelt ihr Gesicht. Sie brauchte dringend einen Arzt! Er musste unbedingt medizinische Hilfe rufen!

„Tara, ich tue dir nichts, ich werde dich nicht berühren. Was ist passiert, mein Liebling?“ Vorsichtig strich er ihr über die Wange. „Ich liebe dich. Sprich mit mir. Sag etwas. Tara, was ist mit dir?“

Als ob seine Worte etwas in ihr auslösten, fing sie an zu weinen.

„Ich bin bei dir.“

Sie schlang die Arme um seinen Nacken, und er hielt sie ganz fest und streichelte ihr zärtlich übers Haar, während sie sich ausweinte. Schließlich fing sie stockend an zu erzählen und berichtete mit leiser, tonloser Stimme von jener letzten Nacht, und je mehr Rafael erfuhr, desto größer wurde sein Hass auf den Mann, der sie so verletzt hatte. Er schwor sich, dass er diesen Morton Elliott zur Rechenschaft ziehen würde.

Nach einer Weile schwieg sie. Rafael streckte sich neben ihr aus und zog sie an sich, bettete sanft ihren Kopf an seine Brust und strich ihr immer wieder beruhigend übers Haar. „Ich liebe dich, Tara“, flüsterte er. „Ich würde dir niemals wehtun.“

„Ich weiß. Es tut mir Leid, dass ich mich eben so benommen habe.“

„Am liebsten würde ich ihn umbringen“, sagte er zähneknirschend.

„Er wäre es nicht wert“, flüsterte sie. Und dann schmiegte sie so vertrauensvoll ihr Gesicht an seine Brust, dass er es kaum ertragen konnte. „Er hält sich irgendwo in dieser Stadt auf“, flüsterte sie. „Ich weiß es.“

Und wo ist Jimmy? hätte er am liebsten gerufen. Doch er schwieg. Sie hatte heute schon genug durchgemacht. Noch einen Schock würde sie nicht verkraften.

Seine Brust war feucht von ihren Tränen. Er nahm ihr Gesicht zwischen seine Hände und küsste sie, liebevoll und zärtlich zunächst und dann immer heftiger, bis ihre Leidenschaft aufloderte und sie sich liebten.

Langsam wurde es dunkel im Zimmer. Rafael mixte ihnen noch einen Drink. Dann gingen sie zusammen ins Bad, um zu duschen.

Tara blieb etwas länger im Bad als Rafael. Während er auf sie wartete, schaute er nachdenklich auf die Lichter der Stadt hinunter. Er sollte sie nach Hause schicken. Er sollte sich anziehen, sie zum Flughafen fahren, zwei Tickets kaufen und mit ihr nach New York zurückfliegen.

Es wäre das einzig Richtige gewesen. Aber er konnte es nicht tun. Da war vor allem Jimmy, den er finden musste, und da war Morton Elliott, mit dem er abzurechnen hatte. Er konnte nur eines tun: sich an Taras Fersen heften und sie keinen Moment aus den Augen lassen – und jeden Augenblick bereit sein.

11. KAPITEL

Am nächsten Morgen wurde Tara vom Klingeln des Telefons geweckt. Rafael nahm den Hörer ab. George Galliard wollte sich nach Taras Befinden erkunden. Verschlafen reichte Rafael ihr den Hörer.

„Guten Morgen, George."

Er nannte sie „ma petite" und redete wie ein Wasserfall. Er teilte ihr seine Besorgnis mit und meinte, es sei vielleicht besser, wenn sie nach New York zurückflog. Fühlte sie sich denn überhaupt gut genug, um an der Modenschau teilzunehmen? Er könnte es verstehen, wenn sie nicht in der Verfassung war, nachher auf den Laufsteg zu gehen. Man würde schon ohne sie zurechtkommen. Das Wichtigste sei ihr persönliches Wohlergehen. Schließlich sagte er:

„Tara, Tara! Ich dachte, es sei gut für Sie, noch einmal zurückzukommen. Ich glaubte nicht, dass Ihnen etwas passieren könnte. Ich war der Meinung, dass Sie nach dieser Reise wieder ein normales Leben führen können. Und nun dies!"

„George, mir ist doch gar nichts passiert", sagte Tara. „Ich werde auf jeden Fall an der Modenschau teilnehmen."

„Aber Ihre Sicherheit, ma chérie!"

„Was kann mir schon passieren in diesem Saal voller Menschen?"

„Vielleicht steckte Morton gar nicht hinter der Entführung. Unter Umständen war es ein ganz normaler Überfall", gab George zu bedenken.

„Vielleicht", meinte Tara. Doch sie glaubte es keine Sekunde. Morton Elliott wollte sie zurückhaben, wenn sie sich auch nicht vorstellen konnte, warum. Er hatte sie doch nicht einmal geliebt. Was versprach er sich also von einer Entführung?

„Sie sollten vielleicht trotzdem mit der nächsten Maschine zurückfliegen", fuhr George fort.

Daran hatte sie auch schon gedacht. Rafael hatte es ihr gestern Abend, nachdem der Zimmerkellner ihnen das Essen gebracht hatte, vorgeschlagen. Die Versuchung, seinen Vorschlag anzunehmen, war groß gewesen. Aber sie hatte abgelehnt. Falls Morton hinter ihr her war, dann würde es ihm ein Leichtes sein, mit falschen Papieren in die USA einzureisen, und sie wäre auch in New York nicht vor ihm sicher. Sie musste versuchen, ihn hinter Schloss und Riegel zu bringen.

„Machen Sie sich keine Sorgen um mich, George. Die Polizei ist informiert. Ich will nicht abreisen."

„Bravo!" sagte er. „Wir sollten gemeinsam versuchen, diese Bedrohung endgültig aus der Welt zu schaffen, glauben Sie nicht auch?"

„Ja.“

„Wir sehen uns ja bald. Ich bin sicher, mit Rafael Tyler an Ihrer Seite kann Ihnen nichts zustoßen.“

Sie schaute zu Rafael hinüber. „Ja“, sagte sie leise.

George wiederholte noch einmal, dass sie sich bald sehen würden und hängte auf. Rafael nahm Tara den Hörer aus der Hand und legte ihn auf die Gabel zurück. Mit fragend erhobenen Brauen schaute er sie an.

„Er ist der Meinung, du sollst abreisen, nicht wahr?“ Während seiner nächsten Worte vermochte er ihr nicht ins Gesicht zu sehen. Trotzdem klang seine Stimme sehr ruhig. „Das war auch mein erster Gedanke. Inzwischen bin ich jedoch anderer Meinung. Die Vorstellung, du müsstest den Rest deines Lebens befürchten, dass Morton Elliott auftaucht, gefällt mir nicht.“

„Es ist nicht nur Morton Elliott“, sagte Tara zögernd. Nervös zupfte sie an ihrem Betttuch herum. „Niemand, außer vielleicht George und den Mädchen, hat mir die Sache mit Jimmy Saunders geglaubt. Alle meinten, ich hätte ihn erfunden.“ Sie schaute auf. Rafael hatte sich auf den Bettrand gesetzt. Sein ganzer Körper war angespannt. Sie konnte sein Gesicht nicht sehen, denn er hatte sich abgewandt. „Rafael?“ fragte sie erstaunt.

„Ich will schnell duschen“, erklärte er und stand auf. An der Tür blieb er stehen, um sich noch einmal umzudrehen. Sein Lächeln wirkte seltsam starr, so dass

Tara ihn überhaupt nicht wiedererkannte. „Kommst du mit?“ fragte er.

Irgendetwas an ihrem Gesichtsausdruck musste ihm ihr Erschrecken verraten haben, denn er kam zu ihr zurück und küsste sie kurz auf die Nasenspitze und auf den Mund.

„Kommst du mit?“ wiederholte er, und diesmal klang seine Stimme rau.

„Rafael?“

„Ich liebe dich“, sagte er plötzlich. Die Worte brachen so heftig und mit solcher Leidenschaft aus ihm hervor, dass Tara ihn nur verwundert anschauen konnte. Er legte ihr die Hand unters Kinn und schaute ihr in die Augen. Dann sagte er die Worte noch einmal. Diesmal leise und voller Zärtlichkeit. „Ich liebe dich.“

Sie sahen sich an und wollten sich küssen, als erneut das Telefon klingelte. Leise fluchend ging Rafael zum Nachttisch, um den Hörer abzunehmen.

„Mary, guten Morgen. Ja, es geht ihr gut. Ja, sie wird an der Modenschau teilnehmen. Hier, wahrscheinlich wollen Sie selber mit ihr sprechen.“ Er legte die Hand über die Sprechmuschel. „Ich fange schon einmal ohne dich an.“

Tara nahm ihm den Hörer aus der Hand und hielt ebenfalls die Sprechmuschel zu. „Es dauert nur eine Sekunde“, versicherte sie.

Sie schaute ihm nach, wie er durchs Zimmer ging und im Bad verschwand. Wie schön er doch war. Wild und ursprünglich wie ein Tiger und dabei kultiviert und weltgewandt. Sie konnte sich glücklich schätzen, dass es ihn gab und dass seine Liebe ihr gehörte.

Vor allem jetzt. Wie viele Männer hätten in so einer Situation noch zu ihr gehalten? Wer wollte schon etwas mit einer Frau zu tun haben, die von einem Ex-Liebhaber bedroht wurde, der ein Schmuggler und wahrscheinlich ein Mörder war?

Rafael hielt zu ihr, weil er sie liebte. Und es war so leicht, seine Liebe zu erwidern. Was anfangs magnetische Anziehungskraft, Leidenschaft und Ekstase gewesen war, ging inzwischen weit über körperliche Gefühle hinaus.

Rechtzeitig fiel ihr noch ein, dass Mary am Telefon war. Hastig nahm Tara die Hand von der Sprechmuschel. „Mary?"

„Bist du okay?"

Tara wunderte sich über diese Frage. Mary musste doch längst gehört haben, dass sie glimpflich davongekommen war. „Sicher", erwiderte sie. „Es ist lieb von dir, dass du dir Gedanken um mich machst."

„Ich wollte es nicht glauben, ehe ich es von dir selbst hörte", meinte Mary erleichtert. „Ist Rafael bei dir?"

„Ja. Er ist gerade im Bad. Warum?"

„Gut. Ich möchte nicht, dass er etwas merkt. Ich muss mit dir sprechen, Tara."

„Worüber?"

„Lass uns nachher darüber reden. Du kommst doch zur Modenschau herunter, nicht wahr?"

„Ja."

„Dann lauf bitte hinterher nicht gleich weg. Ich muss dir etwas sagen."

„Hat es mit Rafael zu tun?"

„Ja."

„Mary, wieso tust du so geheimnisvoll? Stimmt etwas nicht?"

Tara versuchte die schreckliche Vorahnung zu verdrängen, die in ihr aufstieg. Sie war so verliebt und so glücklich! Dieses Glücksgefühl, das sie seit ein paar Tagen empfand, war so wundervoll, dass sie es nie verlieren wollte. Es durfte nicht sein, dass irgendetwas zwischen ihr und Rafael stand, dass er selbst womöglich ihre Gefühle zerstören würde. Aber natürlich wusste sie immer noch sehr wenig über ihn.

Sie zwang sich, tief durchzuatmen und ruhig und überlegt zu sprechen. „Mary, muss ich Angst vor Rafael haben?"

„Angst, dass er dir etwas antut? Oh nein! Entschuldige, Tara, ich habe vergessen, dass du in diesem Punkt empfindlich reagierst. Nein, damit hat es nichts zu tun.

Ich möchte dir nur etwas sagen, das du vielleicht wissen solltest. Falls du es nicht schon weißt."

„Mary ..."

„Ich traue diesem Telefon nicht. Lass uns nachher unten darüber reden."

Noch ehe sie etwas erwidern konnte, hörte sie den Summton. Mary hatte aufgelegt. Das habe ich jetzt gerade noch gebraucht, dachte Tara. Erst spannt sie mich auf die Folter und dann legt sie auf. Sie schaute zum Bad. Worauf hatte Mary bloß angespielt? Vor Angst bekam sie heftiges Herzklopfen.

In diesem Moment steckte Rafael den Kopf durch die Tür. Mit verführerischem Lächeln sah er sie an. „Kommst du?"

Ihr Mund war so trocken, dass sie kaum sprechen konnte. Sie zwang sich zu einem Lächeln. „Ich möchte lieber bei mir duschen. Meine Kosmetiksachen sind alle drüben."

Sein Gesichtsausdruck blieb unverändert. Sie konnte ihm nicht ansehen, was er dachte. Er schien nicht misstrauisch zu sein wegen ihrer Absage. Vielleicht akzeptierte er ganz einfach die Tatsache, dass sie perfekt zurechtgemacht zur Arbeit erwartet wurde.

„Dass du bloß nicht ohne mich das Zimmer verlässt", warnte er sie liebevoll.

Sie lächelte ihn an. „Nein, das werde ich nicht tun."

Er verschwand wieder im Bad. Kaum hatte er die Tür hinter sich geschlossen, da warf Tara die Bettdecke zurück und sprang aus dem Bett. Hastig zog sie Rafaels Morgenmantel über und schlüpfte durch die Verbindungstür in ihr Zimmer. Vielleicht wusste Ashley, was es mit Marys Andeutung auf sich hatte.

Aber Ashley war schon gegangen. Wahrscheinlich hatte sie sich mit Mary und Cassandra zum Frühstück getroffen. Tara seufzte. Wenn Mary ihr etwas anvertrauen wollte, dann hatte sie vermutlich mit niemandem darüber gesprochen. Mary gehörte zu den Menschen, die ein Geheimnis für sich behalten konnten.

Tara ging ins Badezimmer, um zu duschen. Noch immer war sie wie betäubt vor Sorge. Sie fühlte sich elend und dachte unablässig über Marys Worte nach, während sie unter dem heißen Wasserstrahl stand. Mary hatte ihre Frage, ob sie Angst vor Rafael haben müsse, verneint. Dann konnte doch das, was sie ihr zu sagen hatte, gar nicht so schlimm sein, oder?

Hoffentlich machte sie sich umsonst Sorgen. Es konnte ihr nichts Schlimmeres passieren, als herauszufinden, dass sie wieder einmal in den falschen Mann verliebt war.

Zwanzig Minuten später war Tara angezogen und perfekt zurechtgemacht. Sie wollte gerade nach unten gehen, da fiel ihr ein, dass sie Rafael versprochen hatte, nicht ohne ihn das Zimmer zu verlassen. Durch die Verbindungstür ging sie in seine Suite zurück. Er stand gerade vor dem Spiegel und band sich in aller Seelenruhe seine Krawatte um.

Sie ging hinüber und zog sie ihm automatisch zurecht. Ihre Finger zitterten ein wenig. Starr heftete sie den Blick auf die Krawatte. Erst als sie seinen warmen Atem auf ihrem Haar spürte, schaute sie auf.

„Was ist los?“ fragte er.

„Nichts“, erwiderte sie und zwang sich zu lächeln.

„Warum bist du vorhin in dein Zimmer gegangen?“

Sie zuckte die Schultern und konzentrierte sich wieder auf seine Krawatte. „Weil ich es nicht geschafft hätte, dir unter der Dusche zu widerstehen, und weil doch heute Georges großer Tag ist und ich nicht unpünktlich sein will. Außerdem brauche ich jetzt dringend eine Tasse Kaffee.“

Sie wusste, dass er ihr nicht glaubte, aber er sagte nichts. Als er ihr die Tür öffnete, blieb Tara plötzlich wie angewurzelt stehen. Bei der Bewegung war sein Jackett ein wenig auseinander geklafft. Dabei hatte sie gesehen, dass er darunter ein Schulterhalfter mit einer Pistole trug.

„Tara“, sagte er ungeduldig, als sie ihn entsetzt anstarrte. „Die Pistole trage ich zu deinem Schutz. Ich weiß nicht, was dieser Mann vorhat. Aber ich weiß, dass ich ihm keine Chance geben werde, irgendein Ding zu drehen. Und jetzt lass uns gehen."

Er wartete ihre Antwort nicht ab, sondern nahm sie beim Ellbogen und führte sie in den Gang hinaus. Auch wenn er sich nichts anmerken ließ, spürte sie, dass er auf der Hut war.

Sie trafen sich mit den anderen im Speiseraum. Alle hatten gefrühstückt und tranken bereits ihre zweite Tasse Kaffee. Tara konnte keinen Bissen herunterbringen. Immer wieder schaute sie flehend zu Mary hinüber. Doch die wich ihrem Blick aus. Rafael unterhielt sich mit George, während Madame Clouseau und die Mädchen nicht aufhörten, Tara mit besorgten Fragen zu bestürmen. Taras Anspannung wuchs mit indes jeder Sekunde.

Endlich stand George auf und erklärte, dass sie jetzt mit der Arbeit anfangen müssten, da in einer Stunde die Vorführung beginnen sollte. „Sie werden doch anwesend sein?" fragte er Rafael.

„Ich werde direkt vor dem Ankleidezimmer stehen", versicherte Rafael ihm. „Und die Polizei wird natürlich auch da sein."

Die Tische im großen Ballsaal waren festlich gedeckt und die Musiker des kleinen Orchesters stimmten bereits ihre Instrumente. Man hatte ein Podium für George aufgestellt und einen langen Tisch für die Presse.

George ließ die Models ein paar Mal über den Laufsteg gehen, damit sie nachher mehr Sicherheit hatten, und ging mit Madame Clouseau noch einmal den Ablauf des Programms durch.

Währenddessen stand Rafael mit verschränkten Armen neben ihm und beobachtete, wie sich die Mädchen mit dem Laufsteg vertraut machten. Danach begleitete er Tara zum Ankleidezimmer. Mit einem zärtlichen Kuss verabschiedete er sich von ihr. „Ich werde hier warten, während du da draußen die Südamerikaner um den Verstand bringst."

Sie schaute in seine faszinierenden bernsteinfarbenen Augen, die ihren Blick mit solcher Intensität erwiderten. Welche Zärtlichkeit in ihnen lag, welche Leidenschaft. Sie fühlte, er würde es niemals zulassen, dass ihr jemand etwas antat. Wie sehr sie ihn liebte!

Noch einmal lächelte sie ihn zärtlich an. Dann verschwand sie im Ankleidezimmer. Ihr erster Blick galt Mary. Fragend schaute sie die Freundin an. Doch Mary schüttelte den Kopf. Mechanisch zog Tara ihr erstes Kleid an. Madame überprüfte den Sitz der Kleider und besserte winzige Details an ihrem Make-up aus. Alle redeten aufgeregt durcheinander. Auch Tara beteiligte sich an der Unterhaltung, wenn auch nur selten. Sie wusste nicht, was ihr mehr zusetzte – das Wissen, dass Morton sich irgendwo aufhielt, oder Marys mysteriöse

Andeutung. Es war ihr ein Rätsel, wie sie in ihrer Verfassung die Modenschau durchstehen sollte. Sie befürchtete ernsthaft, dass sie mittendrin schreiend vom Laufsteg rennen würde.

Aber natürlich tat sie das dann doch nicht, sondern hielt tapfer bis zum Ende durch. Lächelnd schritt sie über den Laufsteg, drehte sich, ließ Seidenröcke um ihre Beine wirbeln und lächelte immer wieder. Bei jedem Blick ins Publikum fiel ihr der glitzernde Schmuck auf, den die Damen trugen. Bei dieser Modenschau merkte man nichts von der Armut, die im Land herrschte. Noch nie hatte Tara so viel Schönheit und Eleganz gesehen, so viel Gold und Diamanten.

Jedes Mannequin führte eine aus zehn Teilen bestehende Kollektion vor. Jedes Mal, wenn Tara ins Ankleidezimmer zurückging, sah sie Rafael neben der Tür stehen. Die Modenschau schien einfach kein Ende zu nehmen, und Taras Nervosität stieg. Endlich, nach Stunden, wie es schien, machte George seine Ansage, die mit donnerndem Applaus belohnt wurde. Jetzt befand sich George in seinem Element. Leute kamen zu ihm ans Podium und beglückwünschten ihn zu seinen genialen Kreationen. Er war außer sich vor Entzücken, genoss den Erfolg.

Tara hingegen verschwendete keinen Gedanken an den Erfolg ihres Arbeitgebers. Ungeduldig eilte sie ins

Ankleidezimmer. Als sie sich umzog, flüsterte Mary ihr zu: „Mach langsam. Sobald die anderen gegangen sind, sage ich es dir."

Tara nickte. Leider wich Ashley nicht von ihrer Seite, so dass sie sich einiges einfallen lassen musste, um sie loszuwerden. Absichtlich zerriss sie ihre Seidenstrümpfe.

„Verflixt!" rief sie. „Jetzt habe ich mir auch noch die Strümpfe zerrissen. Ashley, könntest du schon einmal zu Rafael hinausgehen und ihm Gesellschaft leisten?"

„Okay. Mary, wirst du bei ihr bleiben?"

„Ja, ich warte auf sie", versprach Mary. „Ich lasse sie keine Minute aus den Augen."

Endlich ging Ashley hinaus. Doch da war immer noch Madame Clouseau, die die Kleider wegpackte. Umständlich kämmte sich Mary die Locken, bis auch Madame verschwand. Nachdem sie die Tür hinter sich geschlossen hatte, wandte sich Tara ungeduldig an ihre Freundin. „Mary, ich werde noch wahnsinnig. Was ist los?"

„Vielleicht sollte ich es dir nicht sagen", fing Mary an. „Aber ich bin der Meinung, du hast ein Recht darauf, es zu wissen."

Tara runzelte die Stirn. „Du hast seit einer ganzen Weile irgendeinen Verdacht, nicht wahr? Ich habe es dir angemerkt."

Mary seufzte. „Erinnerst du dich an den Kapitän unseres Schiffes?"

„Natürlich. Er war sehr charmant. Hattest du dich nicht mit ihm angefreundet? Aber was hat er mit der Sache zu tun?"

„Er ist wirklich sehr charmant. Und darüber hinaus absolut aufrichtig."

„Sprich weiter, Mary, bitte."

„Ich wollte es dir gestern schon sagen, aber erst warst du ständig mit Rafael zusammen, und als ich dich später anrief, hattest du mit Ashley das Hotel verlassen. Und gestern Abend warst du natürlich nicht in der Verfassung, um mit mir zu sprechen."

„Mary, bitte!"

„Du weißt, dass ich viel mit dem Kapitän zusammen war. Natürlich sprachen wir auch über Rafael. Ich sagte, wie erstaunlich ich es fände, dass er trotz seines Reichtums so nett und natürlich sei. Der Kapitän stimmte dem zu, auch er bewundert Rafael sehr. Ich erzählte ihm, wie sehr wir uns alle für dich freuen, dass du nach dieser schrecklichen Geschichte damals endlich wieder glücklich sein kannst. Daraufhin meinte er, dass diese Sache vor zwei Jahren auch für Rafael eine Tragödie gewesen sei. Ich versuchte mehr zu erfahren, und da erzählte er mir die ganze Geschichte."

„Welche Geschichte?"

„Tara, erinnerst du dich an Jimmy Saunders? Der Mann, an dessen Existenz niemand glauben wollte?"

„Natürlich“, erwiderte Tara. „Wie könnte ich ihn vergessen?“

„Nun, er existiert tatsächlich. Geboren wurde er als James Saunders, aber sein legaler Name war – vielmehr ist – James Tyler, und er ist Rafaels Stiefbruder. Offensichtlich benutzte er manchmal aus geschäftlichen Gründen den Namen seines leiblichen Vaters, um seine Verbindung mit der Tyler Corporation geheim zu halten. Warum, das weiß ich auch nicht. Tatsache ist jedoch, dass er Rafaels Stiefbruder ist.“

Jetzt endlich wurden Tara die Zusammenhänge klar. Etwas schwindlig setzte sie sich auf einen Stuhl. „Er sucht seinen Bruder“, sagte sie tonlos. „Er hat mich ausfindig gemacht, er ist mir gefolgt und hat mich schließlich verführt, weil er annahm, ich könnte ihn zu seinem Bruder führen.“

„Dann hat er es dir also nicht gesagt?“ fragte Mary.

Tara schüttelte den Kopf. „Oh nein!“ stöhnte sie.

„Tara, es tut mir Leid …“

„Es muss dir nicht Leid tun. Ich bin froh, dass du es mir gesagt hast.“

„Tara, vielleicht hat es nichts zu bedeuten. Es kann doch sein, dass er dir wegen Jimmy gefolgt ist und sich dann in dich verliebte. So, wie er dich anschaut, kann ich mir gar nichts anderes vorstellen. Und jetzt, wo wir wissen, dass Morton hinter dir her ist, musst du froh und dankbar über den Schutz sein, den Rafael Tyler dir bietet."

Tara atmete tief ein. Dann richtete sie sich auf. Ihr war noch nicht ganz klar, was diese Enthüllung für sie bedeutete, ihr wurde nur ein bohrender Schmerz und brennende Wut bewusst. „Ich werde wohl ein paar Worte mit Mr. Tyler reden müssen", sagte sie grimmig. „Dieser hinterhältige Lügner!"

„Tara, gib ihm eine Chance."

Sie schüttelte den Kopf. Tränen traten ihr in die Augen. „Nein. Ich habe lange gebraucht, um über die Sache mit Morton hinwegzukommen, aber dies ist viel schlimmer."

„Natürlich", sagte Mary leise. „Weil du Rafael liebst."

„Ich werde aufhören müssen, ihn zu lieben", erklärte Tara hitzig.

„Sprich mit ihm, gib ihm eine Chance", riet Mary. „Oh Tara, vielleicht hätte ich lieber meinen Mund halten sollen."

„Nein, Mary. Im Gegenteil. Ich bin dir dankbar." Sie stand auf. „Ich muss mit ihm sprechen. Und zwar auf der Stelle."

„Und dann?"

„Dann existiert er nicht mehr für mich."

„Tara, vergiss nicht, dass du in Gefahr bist. Morton wird dich irgendwann finden, selbst wenn du jetzt auf der Stelle abreisen solltest. Was tust du dann ohne Rafaels Hilfe?"

„Wenn ich nur wüsste, was das Beste wäre", sagte Tara unglücklich. „Ich weiß nur, dass ich Rafael zur Rede stellen muss."

„Bitte, hör dir wenigstens an, was er zu seiner Verteidigung zu sagen hat."

Tara antwortete nicht. Sie musste all ihre Kraft für die Auseinandersetzung mit Rafael aufsparen. Sie würde sich zusammennehmen müssen, damit er ihren Schmerz nicht sah, und sie durfte diesmal nicht nachgeben. „Komm, Mary. Lass uns zu den anderen gehen."

Draußen warteten George und die Mädchen auf sie. George wollte sie alle zum Lunch einladen, um seinen großen Erfolg zu feiern. Tara zeigte ihr unbekümmertstes Lächeln, damit George sie nicht mit besorgten Fragen überschüttete, und lehnte seine Einladung dankend, aber bestimmt, ab.

„George", sagte sie ruhig. „Es tut mir Leid, aber ich kann nicht mitkommen. Ich bin schrecklich erschöpft."

Rafael schaute sie prüfend an, schwieg jedoch.

„Werden Sie bei ihr bleiben?" fragte George.

„Natürlich werde ich bei ihr bleiben", erwiderte Rafael sofort.

Tara zwang sich, ihr Lächeln beizubehalten, als würde

sie dadurch ihre Probleme aus der Welt schaffen. Auf dem Weg zur Kabine schwiegen sie. Rafael öffnete die Zimmertür, ließ Tara eintreten und schloss bedächtig die Tür hinter sich. Dann stellte er sich vor sie hin.

„Was ist los?“ wollte er wissen.

Sie lächelte immer noch unverbindlich höflich. Aber ihre erzwungene Ruhe begann zu schwinden. Sie brauchte unbedingt Halt und ging zum Bett, um sich zu setzen. Erst dann sprach sie. „Komm her“, sagte sie. Neugierig ging er zu ihr hinüber.

Sie sah ihn ernst an. „Ich bin noch immer erstaunt, weißt du“, meinte sie und ergriff seine Hand.

„Worüber?“

„Dass du mir zufällig im Museum begegnet bist und dass ich dir so gut gefallen habe, dass du mir gefolgt bist. Dann hast du dich auch noch in mich verliebt. Und liebst mich so sehr, dass du mich selbstlos gegen einen Verbrecher beschützen willst.“

Rafael sah sie etwas verwirrt an, ignorierte aber ihre Ironie, legte sich aufs Bett und zog sie mit sich. Tara blieb fast der Atem weg vor Schmerz, und sie blieb starr in seiner Umarmung liegen.

„Die Liebe ist schon erstaunlich“, sagte er leise, während er ihr zart übers Haar strich.

„Ja, vor allem, wenn sie aus heiterem Himmel so unvermittelt über einen kommt.“

Noch ein einziges Mal wollte sie sein Gesicht streicheln, ihn anlächeln und seine Haut berühren. Noch ein einziges Mal wollte sie sich vergewissern, dass er sie begehrte und dass wenigstens die Leidenschaft, ihre gegenseitige Faszination, keine Lüge gewesen war. In diesem einen Punkt hatte er ihr nichts vorgemacht. Er hatte sie von Anfang an begehrt, und er begehrte sie noch immer. So wie auch sie ihn begehrte.

„Tara …" Jeder Muskel in seinem Körper schien sich anzuspannen. In seinen Augen sah sie das Feuer der Leidenschaft aufblitzen. Doch diesmal sprang der Funke nicht auf sie über, denn diesmal wollte sie Rache. Jedes Mittel war ihr recht, um den Schmerz zu stillen.

„Du warst von Anfang an von mir eingenommen, nicht wahr, Rafael?" flüsterte sie.

„Ja, Darling."

„Und es ist tatsächlich Liebe, die du für mich empfindest?"

„Ja. Du weißt doch, wie sehr ich dich liebe."

Mit beiden Händen stieß sie gegen seine Brust. „Du Lügner! Du hast mich nur benutzt, um deinen Bruder zu finden!"

Sekundenlang sah sie das Erstaunen in seinen Augen. Dann wurde sein Blick hart. Aber Tara hatte genug gesehen, um zu erkennen, dass es stimmte. Er hatte sie angelogen. Der Schmerz, der sie überfiel, zeigte ihr, dass sie insgeheim noch auf eine andere Erklärung gehofft hatte. Fast hätte sie laut aufgeschluchzt.

„Tara, du verstehst nicht …"

„Und ob ich verstehe! Du sollst mir nie wieder unter die Augen kommen, Rafael!"

Sie wollte sich von ihm losmachen, aufspringen und davonlaufen. Aber Rafael rollte sich blitzschnell über sie, schob seinen Oberschenkel zwischen ihre Beine und hielt sie mit seinem Gewicht unter sich fest. „Das war sehr gekonnt, Tara!" stieß er hervor. „Erst schürst du mein Verlangen, und dann schlägst du zu. Aber so einfach geht das nicht."

„Lass mich los!" schrie sie. Die alte Furcht stieg in ihr auf, die panische Angst, von einem stärkeren Gegner überwältigt zu werden. „Rafael, bitte, du machst mir Angst!"

„Du lässt wirklich keine weibliche List aus. Aber dieser Trick zieht nicht, Tara. Du weißt genau, dass ich dir niemals Gewalt antun würde."

Verzweifelt schloss Tara die Augen. Rafael hatte Recht. Sie hatte keine Angst vor seiner überlegenen Kraft. Sie fürchtete sich vor ihren eigenen Gefühlen. So sehr sie sich vorgenommen hatte, ihn zu hassen, es gelang ihr nicht. Immer noch sehnte sie sich nach ihm, und sie konnte kaum den Impuls unterdrücken, seine Wange zu streicheln. Deutlich spürte sie die Spannung zwischen ihnen, jene aufregende, explosive Spannung und das verzweifelte Bedürfnis, ihn zu berühren, obwohl sie wusste, dass er sie angelogen hatte.

„Unsere Beziehung war von Anfang an eine Lüge! Lass mich gehen. Ich will dich nie wieder sehen."

Auch das war eine Lüge, aber sie hoffte verzweifelt, dass er sie ihr abnahm. Sie war kurz davor, in Tränen auszubrechen, und würde sich dann nur zu gern in seine Arme schmiegen. Aber das durfte nicht sein, Rafael hatte sie belogen und hintergangen.

Wenn sie doch nur die Vergangenheit ungeschehen machen könnte! Es war nutzlos, sich darüber Gedanken zu machen. „Lass mich los", flüsterte sie.

„Erst hörst du mich an."

„Es interessiert mich nicht, was du zu sagen hast."

„Du wirst mich trotzdem anhören. Und du wirst mich dabei anschauen."

Widerwillig blickte sie zu ihm auf. Sie fühlte seine warme Hand unter ihrer Brust, seinen kräftigen Oberschenkel auf ihren Beinen. Sie sah seinen angespannten Gesichtsausdruck und seinen flehenden Blick.

„Ja, Tara, ich habe den Kontakt zu dir gesucht, weil ich über dich meinen Bruder zu finden hoffte."

„Ich denke, er ist dein Stiefbruder."

„Ich betrachtete ihn als meinen Bruder. Wir sind zusammen aufgewachsen, und ich liebe ihn. Ich musste ihn finden, um meinetwillen und um seiner Mutter willen. Was ist daran so verwerflich?“

„Dass du mich für deine Zwecke verführt und benutzt hast und dass du mich belogen hast. Ich möchte wissen, was du wirklich für mich empfindest.“

„Das muss ich dir noch erklären? Ich liebe dich, Tara! Ich glaube, ich habe mich auf den ersten Blick in dich verliebt. Du darfst mich jetzt nicht verurteilen. Vielleicht habe ich anfangs einen schrecklichen Fehler gemacht, aber es blieb mir doch keine andere Wahl. Ich konnte dir nichts von Jimmy erzählen, es ging ja nicht nur um dich oder mich. Jimmys Mutter war verzweifelt, und hättest du dich von mir abgewandt, wäre ihre letzte Chance verloren gewesen. Ich konnte ihr das nicht antun, auch wenn ich in dich verliebt war. Um ihretwillen und wegen Jimmy durfte ich überhaupt nicht das geringste Risiko eingehen. Verstehst du das nicht? Wie kannst du an meiner Liebe zweifeln?“ Er sah sie mit seinen magischen Augen an.

Tara war am Ende ihrer Kräfte. Sie brauchte Ruhe und wollte allein sein. „Ich habe dich angehört“, sagte sie. „Jetzt lass mich los.“ Als er darauf nicht reagierte, stieß sie ihn heftig von sich.

„Tara, du kannst jetzt nicht einfach so gehen!“

„Lass mich in Ruhe!“ Sie stand auf. Ihre Worte klangen fast flehend.

„Du musst mir glauben!“ Er kam hinter ihr her, wagte jedoch nicht, sie zurückzuhalten.

Tara konnte sich nicht mehr beherrschen. Sie stürzte zur Verbindungstür, riss sie auf und rannte in ihr Zimmer.

„Tara!“

Sie hörte die Verzweiflung in seiner Stimme. Schluchzend schob sie den Riegel vor die Tür.

12. KAPITEL

Gedämpft hörte Tara Rafaels Stimme durch die Tür. „Liebling, hör mir doch zu! Ich hatte keine andere Wahl. Wenn ich dir die Wahrheit gesagt hätte, hättest du mich doch zum Teufel geschickt. Myrna versuchte dich damals vor zwei Jahren zu erreichen, aber du warst ebenso verschwunden wie Jimmy, und von Galliard konnte niemand etwas erfahren. Tara, ich liebe dich. Ich hätte dir so gern alles erklärt, wenn es nicht auch um andere gegangen wäre. Niemand wusste, was aus Morton Elliott geworden war. Obwohl ich an deine Unschuld glaubte, durfte ich kein Risiko eingehen. Ich musste irgendwie an ihn herankommen."

Plötzlich verlor er die Beherrschung. Heftig hämmerte er mit den Fäusten an die Tür, aber Tara reagierte nicht. Sie fühlte sich leer und kraftlos. Der Kummer hatte jedes andere Gefühl in ihr betäubt.

„Du brauchst mich, Tara! Morton Elliott hält sich irgendwo hier auf. Du …"

Er wurde durch das Klingeln des Telefons unterbrochen. Sie hörte, wie er fluchend durchs Zimmer ging, um den Anruf zu beantworten und kurz darauf zurückzukommen.

„Mach die Tür auf", sagte er. „Die Polizei hat eben angerufen. Man hat den Mann gefasst, der dich gestern entführen wollte. Wir müssen sofort zur Polizei gehen."

Tara schloss müde die Augen. Sie konnte nicht mit ihm gehen. Sie vermochte sich ja vor Schwäche kaum auf den Beinen zu halten. Außerdem wollte sie ihre Ruhe haben vor ihm und vor dieser ganzen Geschichte. „Ich bin sicher, du kannst den Mann allein identifizieren. Und bestimmt wird es dir auch gelingen, eine Aussage aus ihm herauszuholen."

„Tara! Diese Sache lässt sich nicht aufschieben."

„Dann geh und erledige sie."

Sie hörte, wie er tief einatmete. „Ich werde Sam und den Hausdetektiv bitten, deine Tür zu bewachen. Mach sie bitte trotzdem nicht auf. Lass niemanden in dein Zimmer."

Als er gegangen war, blieb Tara noch lange neben der Tür stehen. Sie war zu müde, um sich zu bewegen. Schließlich ging sie aber doch langsam zum Bett und legte sich hin.

Sie wusste nicht, ob sie eingeschlafen war oder nur in ihrer Erschöpfung vor sich hingedämmert hatte. Jedenfalls schrak sie plötzlich hoch, als jemand an ihre Tür klopfte. Leise und zögernd zunächst und dann lauter. Tara wunderte sich. Hatte Rafael nicht gesagt, Sam und der Hausdetektiv würden ihr Zimmer bewachen? Vorsichtig ging sie zur Tür. „Sam?" fragte sie leise.

„Señorita Hill. Es ist das Zimmermädchen. Por favor, lassen Sie mich herein.“

Tara runzelte die Stirn. Es handelte sich einwandfrei um eine Frauenstimme. Wahrscheinlich war es wirklich das Zimmermädchen. Trotzdem wollte sie sich erst vergewissern.

Schnell ging sie zur Verbindungstür hinüber und schob den Riegel zurück, um die Tür zu öffnen. Doch zu ihrem Ärger hatte Rafael von der anderen Seite verschlossen. Sie hatte also nicht die Möglichkeit, in sein Zimmer zu gehen, um von da aus einen Blick in den Flur zu werfen und zu kontrollieren, wer draußen stand.

Doch wo war Sam? Er war nicht da, sonst hätte er sich inzwischen gemeldet.

Tara ging zur Tür zurück. „Ich brauche im Moment nichts“, sagte sie.

Draußen entstand eine Pause. Dann hörte sie plötzlich Getuschel und Flüstern, und eine Stimme, die sie auf Anhieb erkannte. „Tara, bitte! Ich bin es, Jimmy Saunders.“

„Jimmy!“ rief sie. Täuschte sie sich auch nicht? Nein, sie würde seine Stimme überall erkennen.

„Tara, ich kann nicht hier draußen auf dem Flur bleiben.“

Sofort öffnete sie die Tür. Im ersten Moment erschrak sie. Hatte sie vielleicht doch einen Fehler gemacht? Der

Mann, der vor ihr stand, trug eine Hoteluniform, und sein Haar war dunkler, als sie es in Erinnerung gehabt hatte. Außerdem hatte er einen Schnurrbart. Neben ihm stand eine schöne junge Venezolanerin, die ein Tablett in den Händen hielt.

Tara wich einen Schritt zurück. „Jimmy?"

Lachend betrat er den Raum. „Ja, ich bins!" rief er und riss sich mit einer schnellen Bewegung den Schnurrbart ab.

Jetzt erkannte Tara ihn. Erleichtert ließ sie sich von ihm umarmen. „Was tust du hier? Wo warst du?" Sie machte sich aus seinen Armen frei und sah ihn halb froh, halb ärgerlich an. „Jimmy, du kannst mir glauben, ich bin glücklich, dich gesund wiederzusehen, aber du hast mir viel zu erklären. Warum bist du nicht wieder aufgetaucht damals? Du musst doch davon erfahren haben, dass niemand mir glauben wollte!"

„Schsch", warnte er sie. Lächelnd nahm er die schöne junge Frau bei der Hand und zog sie an seine Seite. „Das ist Tanya. An dem Tag, an dem ich verschwand, ist es mir gelungen, mich bis zu ihrem Haus zu schleppen. Ich wäre fast gestorben. Glaub mir, ich hatte nicht vor, dich im Stich zu lassen, aber ich verlor zeitweise mein Gedächtnis, und Tanya hatte Angst. Sie wusste von der Schießerei und ahnte wohl wegen meiner Verletzung, dass ich irgendwie in den Fall verwickelt war. Also hat sie mich ganz allein gesund gepflegt." Er lächelte die Frau so liebevoll an, dass Tara unkontrolliert ein wehmütiger Seufzer entfuhr.

Tanya verstand seine Worte nicht, doch den zärtlichen Klang seiner Stimme konnte sie nicht missverstehen. Errötend lächelte sie Tara an.

Gerührt erwiderte Tara ihr Lächeln. Diese junge Liebe erinnerte sie an ihr Glück mit Rafael, und schnell verdrängte sie den Gedanken. „Was soll diese Verkleidung, Jimmy? Du hättest mich doch anrufen können."

„Setz dich", unterbrach er sie. „Und sprich bitte nicht so laut. Wer weiß, vielleicht haben die Wände hier Ohren."

Tara nickte erschrocken und setzte sich auf einen Stuhl. Während er sprach, ging Jimmy unruhig auf und ab. „Ich habe mir hier ein neues Leben aufgebaut, Tara." Er lachte. „Ich bin Glasbläser geworden. Aber meine Erinnerung ist nur bruchstückhaft zurückgekommen. Vor drei Wochen las ich in der Zeitung, dass George Galliard eine Modenschau in Caracas veranstaltet, und dein Bild erschien auf der Titelseite. Als ich es sah, erinnerte ich mich plötzlich wieder an alles."

„Warum hast du dann niemanden angerufen, Jimmy?"

Er lächelte geduldig. „Ich muss wohl noch etwas weiter ausholen", meinte er. „Meine Familie handelt unter anderem mit Edelsteinen. Daraus ergab sich der Handel mit Antiquitäten. Wir finanzierten zum Beispiel Expeditionen für verschiedene Museen. Jedenfalls hielt ich mich damals eine Weile als Gast der Regierung in Mexiko auf, um an Ausgrabungen teilzunehmen."

„Die Maske!" warf Tara ein.

„Genau. Eines Nachts wurde eine Reihe wertvoller Ausgrabungsgegenstände gestohlen. Wir nahmen an, dass sie in irgendein südamerikanisches Land geschafft wurden, um von da aus für Höchstpreise an private Sammler verkauft zu werden. Eine vage Spur hatten wir, und die führte zu Morton Elliott, den die Behörden schon seit einiger Zeit beobachteten. Ich folgte ihm nach Caracas, um ihn im Auge zu behalten. Dabei stieß ich auf sein kleines Versteck in den Bergen, fand das gestohlene Kunstgut und nahm als Beweis für die Behörden die Maske mit. Aber noch bevor ich zur Polizei gegangen war, begegnete ich dir, und da ich über Morton Elliott Bescheid wusste, hatte ich Angst um dich. Ich beschloss abzuwarten, und dann riefst du mich tatsächlich an. Nun, den Rest der Geschichte kennst du. Aber wahrscheinlich weißt du nicht, dass Morton Elliott wieder in Caracas ist und zwei Dinge an sich bringen will: dich und die Maske. Deshalb bin ich heute in dieser Verkleidung zu dir gekommen, damit Elliott nicht merkt, dass ich dich gefunden habe."

„Ich kann es einfach nicht glauben“, murmelte Tara. „Warum sollte er zwei Jahre darauf warten, diese Maske in die Hände zu bekommen?“

„Tara, die Maske besteht aus Gold, Diamanten, Rubinen, Smaragden und Saphiren. Sie ist eine Million Dollar wert, selbst auf dem Schwarzmarkt.“

Tara runzelte die Stirn. „Morton hatte wirklich genug Geld.“

„Offensichtlich nicht genug. Tara, diesmal müssen wir ihn fassen, bevor er weiteren Schaden anrichten kann. Deshalb durfte ich mich nicht zu erkennen geben. Um deine und Tanyas Sicherheit nicht zu gefährden.“ Er schwieg, und einen Moment herrschte Stille.

Jetzt, da sie alles wusste, sah Tara ihn genauer an. Sie war so erleichtert, Jimmy lebend und gesund vor sich zu sehen, dass sie ihn am liebsten umarmt hätte. Endlich brauchte sie sich keine Vorwürfe mehr zu machen. Besonders, seitdem sie wusste, dass Rafael sein Stiefbruder war, hatten sie immer wieder Schuldgefühle gequält. Aber Jimmy wusste womöglich gar nicht, dass Rafael in Caracas war! Trotz ihrer zwiespältigen Gefühle gestand sie Rafael das Recht zu, so schnell wie möglich zu erfahren, dass sein Bruder am Leben war. Sie lächelte Jimmy an.

„Vielleicht haben wir eine Spur. Dein Bruder ist gerade bei der Polizei, um den Mann zu identifizieren, der mich gestern entführen wollte. Er arbeitet wahrscheinlich für Morton."

„Was? Rafael ist hier?"

Sein erfreuter Gesichtsausdruck und der glückliche Ton in seiner Stimme rührten sie. Auch Erleichterung glaubte sie aus seiner Stimme herauszuhören, als ob Rafaels bloße Anwesenheit schon alles in Ordnung bringen würde.

„Ja", sagte sie leise. „Er ist hier."

„Kennt ihr euch?" wollte Jimmy wissen.

Tara verzog die Mundwinkel. „Du scheinst keine Zeitung zu lesen. Man hält uns für Verlobte."

„Wieso?"

„Das ist eine lange Geschichte. Jedenfalls ist es jetzt sowieso aus zwischen uns. Vor allem, da du wieder aufgetaucht bist."

„Ich verstehe nicht ganz. Du sagst, man wollte dich entführen? Es sieht Rafael gar nicht ähnlich, dass er dich nach einem solchen Vorfall allein lässt."

„Ich bin nicht allein. Sam ist draußen im Flur. Und der Hausdetektiv."

Jimmy schüttelte den Kopf. „Niemand ist im Flur."

„Aber …"

„Tara! Ich bin mit dem alten Sam großgeworden. Glaub mir, ich wüsste es, wenn er dort draußen stünde."

„Vielleicht …"

„Für vage Vermutungen haben wir jetzt keine Zeit", sagte Jimmy besorgt. „Wir müssen sofort zur Polizei. Tanya ..." Er hielt inne, um ein paar Worte auf Spanisch mit seiner Freundin zu wechseln. „Sie wird die Polizei anrufen", sagte er dann zu Tara. „Ich bin sicher, man schickt einen Wagen."

„Das Telefon steht dort drüben ..." Tara hatte ihren Satz noch nicht beendet, da klingelte es. „Vielleicht ist das Rafael", meinte sie. Mit erwartungsvollem Lächeln nahm sie den Hörer ab. „Hallo?" meldete sie sich ein wenig atemlos.

„Hallo, Tara. Hast du mich vermisst?"

Es war nicht Rafael. Tara wurde fast übel vor Entsetzen. Sie umklammerte verkrampft den Hörer und lehnte sich schwach ans Sofa.

„Häng nicht auf, Tara. Sag etwas, Liebling. Ich verspreche dir, du wirst es bereuen, wenn du auflegst."

Sekundenlang fand Tara keine Worte. Die Kehle war ihr wie zugeschnürt. Am anderen Ende der Leitung hörte sie seinen Atem und wie er schließlich lachte.

„Was willst du von mir, Morton?" fragte sie mit erstickter Stimme. Während sie seinen Namen aussprach, schaute sie ängstlich zu Jimmy hinüber. Als er zum Telefon eilen wollte, hob sie die Hand.

„Zwei Dinge, Liebling. Ich will die Maske. Und ich will dich. Ich habe dich gestern beobachtet. Du hast mir gefallen. Der alte George hat eine gute Show auf die Beine gestellt."

Kraftlos sank Tara aufs Sofa. Morton hatte sie gestern die ganze Zeit beobachtet, während sie sich in Sicherheit glaubte. „Man wird dich festnehmen, Morton, und dich hinter Schloss und Riegel bringen. Man könnte dir sogar einen Mord zur Last legen. Deine Freundin wurde bei dem Schusswechsel getötet, erinnerst du dich?"

„Niemand hat sie umgebracht. Sie stand zufällig in der Schusslinie. Muss wohl ihr Schicksal gewesen sein", erklärte er gelassen. „Aber mach dir keine Sorgen, die Polizei wird mich nicht zu fassen kriegen. Und weißt du auch, warum? Weil du jetzt auf der Stelle dein Zimmer verlässt und nach unten in die Halle gehst, wo jemand auf dich wartet, den du wie einen alten Freund begrüßen wirst."

„Du bist verrückt! Ich hänge jetzt auf und rufe die Polizei an."

„Nein, das tust du nicht. Du wirst mit Saunders und seiner kleinen Freundin nach unten gehen, wie ich es dir gesagt habe."

Vor Schreck blieb Tara fast die Luft weg. Woher wusste er, dass Jimmy bei ihr war? Sie hörte ihn lachen und ihre Wut wurde so groß, dass sie ihre Angst fast vergaß. „Du musst wahnsinnig sein, Morton. Warum sollte ich das tun?"

„Ja, warum wohl?“ fragte er spöttisch. „Ich werde dir sagen, warum. Weil ich bis jetzt keine Möglichkeit hatte, an dich heranzukommen. Weil dieser Tyler nicht von deiner Seite wich. Aber im Moment ist er nicht bei dir. Hast du dich mit ihm gezankt, Süße? Das trifft sich gut für mich. Ich habe nämlich noch immer gewisse Bedürfnisse. Du weißt, ich gehöre zu den Besitz ergreifenden Männern.“

„Zu den kriminellen, meinst du. Hoffentlich wirst du bald gefangen. Ich werde auf gar keinen Fall zu dir kommen.“

„Ich glaube doch, Tara. Nachdem diese Idioten gestern alles verpatzt hatten, musste ich nämlich meine Pläne ändern. Ich habe eine bezaubernde junge Dame bei mir. Eine alte Freundin von dir. Sie ist so hübsch, so jung. Aber ich fürchte, ich muss sie umbringen, falls du nicht genau das tust, was ich dir sage. Wenn Ashley stirbt, hast du sie auf dem Gewissen, Darling.“

Tara wurde weiß wie die Wand. Der Hörer wäre ihr fast aus der Hand gefallen. Jimmy eilte an ihre Seite und wollte ihn nehmen, aber sie schüttelte heftig den Kopf. Verzweifelt umklammerte sie den Hörer.

„Damit habe ich dich hereingelegt, nicht wahr, Süße?“ fragte Morton spöttisch.

„Ich glaube dir nicht, dass du Ashley entführt hast!“ schrie Tara.

„Das solltest du aber. Es war wirklich kinderleicht. Sie ging ganz allein in den Flur hinaus. Wir haben ihr einfach ein kleines Tuch übers Gesicht gelegt, und danach war sie lammfromm. Der alte Mann bereitete uns größere Schwierigkeiten, und bei dem Hausdetektiv mussten wir uns auch etwas mehr anstrengen. Man durfte uns ja nicht dabei überraschen. Willst du mit Ashley sprechen?"

Eine Sekunde später hörte sie Ashleys Stimme. In ihren Worten schwang Furcht, aber auch Entschlossenheit. „Tara, tu nicht, was er dir sagt! Ruf sofort die Polizei an! Er …"

Tara schloss die Augen, als Ashley in diesem Moment aufschrie und Morton wieder ans Telefon kam. „Du wirst dich hüten, die Polizei anzurufen, Tara. Wenn ich auch nur den geringsten Verdacht haben muss, dass die Polizei auftaucht, erschieße ich Ashley. Also denk daran: keine Tricks. Du und Saunders und seine kleine Schlampe werdet genau das tun, was ich euch sage. Kommt jetzt nach unten. Komm zu mir, Baby. Ich habe so lange auf dich gewartet."

Jimmy versuchte ihr den Hörer aus der Hand zu nehmen. Doch Tara legte die Hand über die Sprechmuschel. Verzweifelt schüttelte sie den Kopf. „Er hat Ashley in seine Gewalt gebracht", sagte sie mit Tränen in den Augen. „Er sagt, er wird sie umbringen, wenn wir nicht sofort in die Hotelhalle gehen. Ich weiß, dass er sie hat. Ich habe mit ihr gesprochen. Ich habe sie auch schreien gehört."

Trotz ihres Protestes entwand Jimmy ihr den Hörer. „Elliott, hören Sie zu!" rief er. „Das alles nützt Ihnen nichts. Mein Bruder ist hier! Er wird das ganze Land auf den Kopf stellen, um Tara zu finden!"

Tara hörte Mortons Antwort nicht. Sie merkte nur an Jimmys Gesichtsausdruck, dass Morton schon nach wenigen Sekunden aufgelegt haben musste. Stumm starrte er den Hörer an und legte ihn dann wütend mit einem Knall auf die Gabel zurück.

„Was hat er gesagt?" flüsterte Tara.

„Offensichtlich will er Rafael erpressen. Die Maske im Austausch gegen uns."

„Aber Rafael hat doch die Maske nicht."

„Aber ich habe sie. Ich hatte sie bei mir, als ich auf Tanyas Türschwelle zusammenbrach. Sie ist dort in einem sicheren Versteck."

„Ich kann einfach nicht verstehen, wieso er uns beobachten konnte. Er wusste ja auch, dass du da bist, obwohl du dich verkleidet hast."

„Wir sollten jetzt lieber gehen", sagte Jimmy.

„Können wir denn gar nichts unternehmen? Etwas, womit wir Ashley nicht in Gefahr bringen?"

„Vielleicht gibt es eine Möglichkeit. Wo ist deine

Handtasche? Ich werde Rafael eine Nachricht hinterlassen. Unauffällig natürlich, falls Morton jemanden herschickt, um dein Zimmer zu durchsuchen. Ich wette, dass Rafael in deiner Handtasche nachsuchen wird."

„Können wir nicht die Polizei ..."

„Ich traue den Telefonen hier nicht. Beeil dich, gib mir ein Stück Papier und einen Stift."

„Was für eine Nachricht willst du ihm denn hinterlassen?"

„Ich glaube, ich weiß, wohin man uns bringen wird. Vergiss nicht, dass ich damals Mortons Versteck aufgespürt habe."

Tara gab Jimmy ihre Handtasche, ein Stück Papier und einen Kugelschreiber. Hastig kritzelte er etwas auf das Blatt, faltete es zusammen und steckte es in ihre Handtasche. Tanya stand still und gefasst neben ihm. Wenn sie Angst hatte, dann ließ sie es sich jedenfalls nicht anmerken. Tara wusste, dass sie sich ebenfalls zusammenreißen musste. Es blieb ihr nichts anderes übrig, um Ashley zu retten. Ashley hatte es gewiss nicht verdient, in diese Sache mit hineingezogen zu werden.

„Okay, lasst uns gehen", sagte Jimmy.

Jimmy machte sich nicht die Mühe, seinen Schnurrbart wieder anzukleben. Schweigend fuhren sie im Aufzug nach unten. Während sie durch die Halle gingen, betete Tara verzweifelt, dass die Polizei auftauchen möge und ihnen mitteilte, dass sie Morton festgenommen hatte. Aber dieses Wunder passierte natürlich nicht. Einige Touristen gingen an ihnen vorbei, und dann wurde Tara plötzlich von einem breitschultrigen Mann umarmt, der mit spanischem Akzent zu ihr sagte:

„Da bist du ja! Komm, gib deinem alten Amigo einen Kuss.“

Tara biss die Zähne zusammen, als der Mann sie umarmte und dann die Hand ausstreckte, um Jimmy und Tanya zu begrüßen.

„Los, gehen wir nach draußen“, befahl er leise.

In dem Moment, als sie ins Freie hinaustraten, fuhr eine schwarze Limousine vor. Der Südamerikaner gab dem Portier ein Trinkgeld, öffnete den Wagenschlag und stieß Tara auf den Rücksitz. Ebenso unsanft wurden danach Jimmy und Tanya in den Fond des Wagens genötigt.

Tara keuchte, weil Jimmy und Tanya fast auf ihr landeten, und wollte sich instinktiv irgendwo festhalten. Sie streckte die Hand aus und wurde plötzlich unsanft von jemandem gepackt. Sie blickte auf, und ihre Augen weiteten sich vor Entsetzen. Morton saß neben ihr. Sekundenlang konnte sie ihn nur anstarren. Er hatte sich nicht verändert. Schlank, blond und blauäugig war er immer noch der Prototyp des gut aussehenden, erfolgreichen Amerikaners.

Aber der Schein trog, das wusste Tara inzwischen. Sie wusste, dass sich hinter seinem charmanten Lächeln Grausamkeit verbarg. Der Glanz in diesen blauen Augen war das kalte Glitzern der Habgier.

Er lächelte sie an. Es war ein breites, triumphierendes Lächeln. „Ich habe dich vermisst, Süße."

Tara bemühte sich, ihre Angst zu verbergen. So weit wie möglich zog sie sich von Morton zurück. Sie musste jetzt die Nerven bewahren, schon wegen Ashley.

„Lassen Sie sie in Ruhe, Elliott", sagte Jimmy.

Morton lachte verächtlich und antwortete: „Wollen Sie mir etwa drohen?"

„Ich habe die Maske", erwiderte Jimmy ruhig. „Tara weiß nicht, wo sie ist."

„Richtig. Aber Tara und ich haben noch etwas anderes miteinander zu erledigen."

„Wo ist Ashley?" fragte Tara.

„Du wirst sie bald sehen. Hab Geduld, Liebling. Wir müssen noch eine Weile fahren." Wieder schlossen sich seine Finger um ihre. Dabei musste er den Diamanten gefühlt haben, denn er zog ihre Hand zu sich herüber, um den Stein zu betrachten. Sein Gesicht verfinsterte sich. „Du wolltest ihn heiraten?"

„Ich werde ihn heiraten", log Tara.

„Zieh den Ring aus!"

„Nein, das werde ich nicht tun!"

Er lächelte wieder liebenswürdig. „Ich werde schon dafür sorgen, dass du ihn abnimmst, Schatz."

Tara senkte den Blick. Sie musste sich beherrschen, um nicht vor Angst und Wut laut aufzuschreien. Seine süffisante Art machte sie so zornig, dass alles in ihr danach verlangte, ihn zu ohrfeigen. Wenn Ashley nicht gewesen wäre, hätte sie sich mit Händen und Füßen dagegen gewehrt, in seine Gewalt zu kommen.

Während der Fahrt versuchte sie zu erkennen, wohin sie fuhren. Sie merkte nur, dass die Limousine einen Bergpass hinauffuhr und dass die Sonne langsam unterging. Bald würde es dunkel sein.

„Reg dich nicht auf, Liebling", sagte Morton leise und legte ihr den Arm um die Schulter. „Du hast nichts zu befürchten, wenn du ein braves Mädchen bist."

Aber Tara hatte Angst. Der Gedanke an seine enorme Kraft, die er bei Bedarf bestimmt rücksichtslos einsetzen würde, ließ sie erschauern. Sie erinnerte sich an die letzte Erfahrung, die sie mit seiner Brutalität hatte machen müssen, und atmete tief durch, um sich etwas zu beruhigen.

„In zehn Minuten sind wir zu Hause", sagte Morton, als würde er zu ein paar guten Freunden sprechen. „Ein hübsches, gemütliches Zuhause. Luxuriös und intim."

Als Tara auf seine Worte nicht reagierte, lachte er nur mit einer Siegesgewissheit, die schrecklich in ihren Ohren klang.

Enttäuscht kehrte Rafael ins Hotel zurück. Nicht einer der Verdächtigen, die ihm auf der Polizeiwache vorgeführt wurden, hatte auch nur im Entferntesten dem Mann geglichen, der Tara zu kidnappen versucht hatte.

Das einzig Positive an seinem Besuch bei der Polizei war die Unterhaltung mit Lieutenant Costello gewesen, dem Mann, der ihn als Einziger ernsthaft angehört hatte, als er damals vor zwei Jahren seinen Bruder zu finden versuchte. Der Polizeioffizier war erstaunt gewesen, dass Jimmy tatsächlich existierte. Er hatte Rafael gegenüber zugegeben, dass er Tara Hill die Geschichte von dem geheimnisvollen Verschwinden des Mannes nicht abgenommen hatte. Rafael war beruhigt zu wissen, dass die weitere Suche nach Morton Elliott in den Händen eines so guten Mannes wie Lieutenant Costello sein würde.

Das erste ungute Gefühl überkam Rafael, sobald er auf den Flur trat und dieser leer war. Dafür, dass der Hausdetektiv nicht mehr da war, gab es vielleicht eine Erklärung. Aber Sam hätte seinen Posten niemals freiwillig verlassen. Rafael eilte in sein Zimmer. Alles schien unberührt zu sein. Er ging zur Verbindungstür, fest entschlossen, sie einzuschlagen, falls Tara auf sein Klopfen nicht reagieren sollte.

Aber der Gewaltakt erübrigte sich. Die Tür war nur von seiner Seite abgeschlossen.

Er stürzte besorgt ins Nebenzimmer. Tara war verschwunden, und auch Ashley war nicht da. Der Raum sah ordentlich und aufgeräumt aus. Wenigstens deutete nichts auf ein Handgemenge hin. Er wollte die Polizei anrufen, aber in diesem Moment klingelte in seinem Zimmer das Telefon.

Er rannte hinüber und meldete sich, hoffnungsvoll und besorgt zugleich.

„Rafael Tyler?“ fragte eine fremde Stimme.

„Wer spricht da?“

„Hören Sie mir gut zu. Ich habe einige Personen hier, an denen Ihnen bestimmt gelegen ist. Ihren Bruder und ...“

„Meinen Bruder?“ Jimmy lebte! Er hatte es doch geahnt! Keine Minute hatte er geglaubt, dass Jimmy tot war. In seiner Freude über die gute Nachricht wurde ihm nicht sofort klar, was dieser Anruf wirklich zu bedeuten hatte.

Ein unangenehmes Lachen unterbrach seine Gedanken. „Ja, ich habe Ihren Bruder. Ich muss sagen, es war schon ein Glücksfall, dass er mir so ganz nebenbei in die Hände fiel, nachdem ich ihn zwei Jahre lang überall gesucht hatte. Ich hatte offenbar gut gezielt damals. Der Kopfschuss hat ihm für eine Weile das Gedächtnis geraubt. Und die ganze Zeit wanderte er mit einem Mädchen in den Bergen herum, statt zur Polizei zu gehen. Stellen Sie sich vor, was für ein Glück! Bis Tara auftauchte und das Gedächtnis des Jungen wunderbarerweise zurückkehrte. Ist das nicht eine rührende Geschichte? Und jetzt habe ich ihn mitsamt seiner kleinen Freundin kassiert. Ich habe auch ein rothaariges Mannequin bei mir und eine Dame, die wir beide kennen und lieben: die berühmte Tara Hill. Hübscher Stein, den Sie ihr da geschenkt haben, Tyler. Ach ja, ich habe auch einen paranoiden Detektiv und einen alten Mann hier."

„Elliott!" stieß Rafael hervor.

„Sehr scharfsinnig, Mr. Tyler."

„Wenn Sie ihr auch nur ein Haar krümmen, Elliott, sind Sie ein toter Mann", sagte Rafael ruhig.

„Nun, das wird sich noch zeigen. Ich will die Maske, Tyler."

„Ich habe diese verdammte Maske nicht, das wissen Sie genau."

„Stimmt. Aber Sie werden sie mir beschaffen. Sie und Ihr kleiner Bruder."

„Sie können sie haben. Aber Sie werden mir nicht nur Tara sicher und wohlbehalten zurückbringen, sondern auch die anderen. Sobald sie frei sind, gehört die Maske Ihnen."

„Immer mit der Ruhe, so einfach geht das nicht, und das wissen Sie genau. Hören Sie zu: Ich treffe Sie um Mitternacht bei der Glasbläserei, und ich werde Ihren kleinen Bruder mitbringen. Er wird Ihnen sagen, wo die Maske ist. Und er wird keine Dummheiten machen, weil er weiß, dass ich seine Freundin erschieße, wenn er lügt. Ich bin sicher, dass auch Sie sich anständig benehmen werden, sonst könnte ich nämlich der Versuchung erliegen, alte Erinnerungen mit Tara aufzufrischen – bevor ich sie dann leider erschießen muss. Und damit Sie wissen, dass ich es ernst meine: Wenn Sie auch nur fünf Minuten zu spät kommen, muss der Alte dran glauben, kapiert? Oh ja, ehe ich es vergesse: keine Polizei! Wenn ich irgendjemanden in Ihrer Nähe sehe, gehts dem Alten schlecht."

„Ich werde um Mitternacht dort sein. Allein."

„Das würde ich Ihnen auch raten. Wissen Sie, dass ich gerade Ihre Freundin bewundere? Ja, die Erinnerungen! Bei ihrem Anblick kann sich ein Mann kaum beherrschen, was?"

Rafael musste alle Willenskraft aufbringen, um nichts zu erwidern.

„Wie romantisch. Ein schweigsames Liebespaar. Machen Sie keine Dummheiten, Tyler, okay?"

Rafael überlegte, ob es nicht doch besser war, die Polizei anzurufen, aber es kam ihm der Verdacht, dass Elliott vielleicht genügend Einfluss besaß, um sein Telefon abhören zu lassen. Erschöpft sank er auf einen Stuhl und versuchte verzweifelt, Ruhe zu bewahren und die

Panik niederzukämpfen, die in ihm aufstieg. Er konnte sich über die Nachricht, dass es Jimmy gut ging, nicht freuen, so entsetzt war er über die Umstände. Seine Gedanken kreisten immer wieder um Morton und Tara. Die Vorstellung, dass sie sich in der Gewalt des Mannes befand, vor dem sie sich so fürchtete, brachte ihn fast um den Verstand vor Angst.

Er merkte in diesen entsetzlichen Augenblicken, wie wichtig Tara ihm geworden war. Sie war jetzt ein Teil von ihm und er wusste, er würde ohne sie nicht leben können. Wenn er daran dachte, wie sie im Streit auseinander gegangen waren, ergriff ihn tiefer Schmerz.

Du darfst jetzt nicht den Kopf verlieren, befahl er sich. Du darfst nicht hier herumsitzen wie ein hilfloser Idiot. Hatte er nicht bisher noch aus jeder brenzligen Situation einen Ausweg gefunden? Seit wann gab er sich Gefühlen wie Hilflosigkeit hin? Seit er verliebt war?

Du musst nachdenken, sagte er sich. Und dann handeln. Er zwang sich, tief durchzuatmen und sich zu beruhigen. Dann schaute er auf die Uhr. Es war acht und bereits dunkel draußen. Er hatte noch vier Stunden Zeit. Vier Stunden, in denen niemand Tara vor Morton Elliott beschützte.

Wieder musste er gegen seine Panik ankämpfen und sich zum Nachdenken zwingen. Wie viele Komplizen mochten für Elliott arbeiten? Bestimmt nicht mehr als fünf oder sechs. Eine größere Gruppe zu beschäftigen, wäre zu riskant gewesen.

Rafael nahm an, dass Elliott ihn beobachten ließ. Aber da er ihm nicht verboten hatte, sein Zimmer zu verlassen, konnte er das Risiko wohl eingehen.

Wenn er nur irgendeinen Anhaltspunkt hätte!

Er ging in Taras Zimmer zurück. Während er sich umschaute, suchte er verzweifelt nach einem Hinweis. Die Betten sahen nicht so perfekt gemacht aus, wie das Zimmermädchen sie normalerweise hinterließ. Und die Parfumflakons, die Schminktöpfchen und die Make-up-Tuben lagen in einem ziemlichen Durcheinander auf der Ankleidekommode herum. Er war sicher, dass Ashley und Tara, die sich in Sekundenschnelle umziehen und schminken mussten, ihre Kosmetika immer ordentlich aufstellten.

Es muss jemand im Zimmer gewesen sein. Entweder um sie zu entführen, oder um im Zimmer herumzuschnüffeln, nachdem sie gegangen waren. Er setzte sich aufs Bett. Wenn man ihm eine Nachricht hinterlassen hatte, dann war sie sicherlich nicht mehr da.

Er stand wieder auf, ging unruhig im Raum auf und ab und zerbrach sich den Kopf über irgendeinen Ausweg. Ab und zu blieb er stehen, um unter den Teppich zu schauen, die Bettdecken hochzuheben oder eine Schublade zu durchsuchen. Er fand nichts.

Bis ihm ganz plötzlich etwas auffiel. Schnell ging er zu der Schublade zurück, die er zuletzt geöffnet hatte. Taras Handtasche! Er nahm sie heraus und kippte ihren Inhalt auf den Tisch. Außer Lippenstift, Puderdose, Brieftasche, Adressbüchlein, Kugelschreibern, Briefmarken und anderem Krimskrams fand er nur eine alte Einkaufsliste. Er warf einen Blick darauf und legte sie enttäuscht beiseite. Da bemerkte er einen zweiten Zettel, auf dem eine Art Grundriss verzeichnet war.

Er schaute den Zettel genauer an. Dabei fiel ihm auf, dass es nicht um einen Grundriss, sondern um eine skizzierte Landkarte handelte. Und nicht Tara hatte sie gezeichnet, sondern Jimmy! Er erkannte dessen Handschrift sofort. „Tanyas Weg" stand unter der Karte. Die Notiz war nur für ihn bestimmt, daran bestand keinerlei Zweifel.

Rafael glättete das Papier, auf dem die Skizze war, setzte sich aufs Bett und betrachtete die Karte eingehender. Er erkannte den Berg bei der Glasbläserei, die Wälder, die Hauptstraße, die Feldwege, vereinzelte, weit auseinander liegende Hütten und Häuser.

Jimmy ist hier gewesen! dachte er. Morton Elliott hatte genau den richtigen Zeitpunkt abgewartet. Als Jimmy zu Tara gekommen war, hatte er sozusagen zwei Fliegen mit einer Klappe geschlagen. Aber Jimmy hatte offensichtlich gewusst, wohin man sie bringen würde.

Rafael stürzte aus dem Zimmer. Er machte sich nichts vor. Morton wollte auch ihn in seine Gewalt bringen und sie dann alle zusammen verschwinden lassen. Damit hätte er sich alle Verfolger vom Hals geschafft. Und vor der Polizei schien er auch keine Angst zu haben. Sie hatte ihn bisher nicht gefasst, und wahrscheinlich dachte Morton Elliott in seinem Größenwahn, dass sie ihn nie verhaften würde.

Nein, Rafael machte sich keine Illusionen. Er musste Elliott zu fassen kriegen, bevor Elliott ihn zu fassen bekam. Er wusste aber auch, dass er Hilfe brauchen würde. Elliott, der sich auf die Wirksamkeit seiner Drohung verließ, wiegte sich wahrscheinlich in Sicherheit. Er rechnete bestimmt nicht damit, dass Rafael zur Polizei ging, sondern erwartete ihn um Mitternacht bei der Glasbläserei.

Aber bis Mitternacht würde Rafael nicht warten.

13. KAPITEL

Tara wusste genau, was Morton vorhatte, als er die Limousine an einer Telefonzelle anhalten ließ. Sie wusste auch, welche Reaktion er von ihr erwartete, als er nach wenigen Minuten zurückkam und ihr freundlich mitteilte, er hätte einen wichtigen Anruf erledigt. Sie tat ihm nicht den Gefallen, ihn weinend um Rafaels Sicherheit anzuflehen. Und Fragen würde sie ihm auch nicht stellen. Sie konnte sich ungefähr vorstellen, was er von Rafael verlangt hatte.

Beim Gedanken an Rafael machte sie sich wieder heftige Vorwürfe. Sie hätte ihn niemals so brüsk zurückstoßen dürfen. Jetzt, da ihre Minuten gezählt schienen, sehnte sie ihn verzweifelt herbei. Er hatte ihr oft versichert, dass er sie liebte, und er hatte ihr niemals wirklich einen Grund gegeben, an ihm zu zweifeln. Seine Angst, sie die Wahrheit wissen zu lassen, zeigte vielmehr seine Furcht, sie zu verlieren. Aber der Schock zu erfahren, dass Rafael etwas vor ihr verborgen hatte und sie zu benutzen schien, war zu groß für sie gewesen. Die letzten Ereignisse hatten aber gezeigt, dass nicht alle Männer wie Morton waren.

Aber was spielte das alles noch für eine Rolle? Morton würde seine Maske bekommen und sie alle wahrscheinlich umbringen.

Als sie schließlich an ihrem Ziel angekommen waren, hatte Tara einen Punkt erreicht, an dem ihr alles egal war. Gleichgültigkeit war im Moment die einzige Verteidigung. Sie wusste nicht, wo sie sich befanden. Nachdem sie die Stadt und die ärmlichen Hütten am Fuß der Berge hinter sich gelassen hatten, war die Gegend immer einsamer geworden, bis es schließlich kaum mehr Häuser und Wege gab. Die Vegetation bestand nur aus Farnen und Kiefern, die zwischen Geröll und steilen Felsenklippen wuchsen.

„Wir sind da, Liebling", sagte Morton. „Hier ist mein Zuhause." Er half ihr nicht beim Aussteigen, sondern zerrte sie unsanft aus dem Wagen.

Tara war froh, endlich aus der Limousine herauszukommen. Als sie jedoch in der öden Felsenlandschaft stand und in der Dunkelheit nur mit Mühe einen schmalen Trampelpfad ausmachen konnte, fühlte sie erneut Angst in sich aufsteigen. Die Limousine war weggefahren. Sie befanden sich hier oben fernab jeder Zivilisation. Es gab weit und breit keine Menschenseele. Niemand würde sie finden.

„Sie erinnern sich doch an den Weg, Saunders, nicht wahr?" fragte Morton. „Jetzt geht es zurück an den Ort Ihres Verbrechens."

„Wo sind Ashley und die anderen?" fragte Tara.

„Du brauchst nur geradeaus zu gehen, Liebling. Wir

werden ein hübsches kleines Familientreffen veranstalten, und anschließend ziehen wir zwei uns zurück, um unser Wiedersehen zu feiern. Freust du dich darauf?"

Er stieß sie in den Rücken und sie folgte dem Pfad, der sich zwischen den Bäumen hindurchschlängelte. Der Weg war so schmal, dass sie im Gänsemarsch laufen mussten. Hinter Morton ging Jimmy und hinter Jimmy Tanya. Das Schlusslicht bildete der jetzt schweigsame Südamerikaner.

Tara bemerkte die Hütte erst, als Morton sie darauf hinwies. Sie war aus Holz und Blech gebaut und wirkte wie ein Teil der Felswand, an dessen Fuß sie stand. Während sie sich dem Haus näherten, wurde plötzlich die Tür aufgestoßen. Tara erkannte den Mann, der sie beinahe entführt hätte. Er sprach auf Spanisch zu Morton, und Morton antwortete ihm. Dann wandte er sich wieder an Tara.

„Geh weiter, Liebling. Du willst doch Ashley sehen, nicht wahr?"

Tara betrat die Hütte. Der erste Raum, in den sie kam, war eine Art Wohnzimmer mit einer hässlichen Couch aus den fünfziger Jahren, ein paar Stühlen und einem Tisch. Von Ashley, Sam und dem Detektiv fehlte jede Spur. Fragend schaute sie Morton an. Er zeigte auf einen Flur und bedeutete ihr mit einer Kopfbewegung, weiterzugehen.

Tara folgte seiner Aufforderung. Am Ende des Flures stieß sie auf eine Tür, vor der ein weiterer Südamerikaner stand. Der Mann war bewaffnet. Als er ihr öffnete, versuchte Tara die gefährlich aussehende Waffe zu ignorieren. Hastig eilte sie an ihm vorbei.

Und dann sah sie Ashley, und bei ihr waren Sam und ein junger Mann, bei dem es sich, wie sie annahm, um den Hoteldetektiv handeln musste. Sam und der Detektiv saßen auf einem Feldbett, während Ashley im Raum auf und ab lief.

„Ashley!" rief Tara, rannte auf die Freundin zu und umarmte sie. Ihr fiel ein Stein vom Herzen, als sie sah, dass Ashley unverletzt war. Erst jetzt wurde ihr bewusst, dass man die Tür hinter ihnen wieder zugeschlagen und verriegelt hatte. „Oh, Ashley", sagte sie, überwältigt von Schuldgefühlen, da sie ihre Freundin in diese schmutzige Geschichte mit hineingezogen hatte. Besorgt schaute sie zu Sam hinüber.

Der alte Mann war aufgestanden. Auf seinem Gesicht breitete sich ein Lächeln aus, denn er hatte Jimmy gesehen. Glücklich eilte er auf ihn zu, um ihn wie einen Sohn zu umarmen. Und dann überschüttete er ihn mit Fragen. Tara musste einsehen, dass Sam fürs Erste nicht ansprechbar war. Erst nach einer Weile fragte sie ihn, ob ihm auch nichts fehle.

Er schüttelte den Kopf. „Leider konnten wir gegen

diese Schurken nichts ausrichten. Ehe wir wussten, was passierte, hatten sie uns bewusstlos geschlagen."

Tara war froh, dass Sam außer der Schmach, in einem Korb mit schmutziger Wäsche aus dem Hotel befördert worden zu sein, nichts zugestoßen war. „Es tut mir Leid", sagte sie bedrückt.

„Hör endlich auf damit", meinte Jimmy, während er schützend den Arm um Tanya legte. „Die ganze Geschichte ist ja eigentlich meine Schuld. Nein, angefangen hat es natürlich damit, dass Elliott die Maske raubte."

„Können wir ihm diese blöde Maske nicht geben?" fragte Ashley.

„Ich nehme an, das ist Mortons Plan", erwiderte Jimmy. Auch wenn er sich bemühte, seine Besorgnis nach außen hin zu verbergen, stellte Tara sich vor, dass auch er sich fragte, wozu Morton Elliott fähig war. Würde er davor zurückschrecken, sie alle umzubringen? Oder besaß er keinerlei Skrupel, mehrfachen Mord zu begehen?

Tara kannte Morton inzwischen gut genug, um sich keine Illusionen über ihr Schicksal zu machen. „Haben wir irgendwelche Möglichkeiten, uns selbst zu befreien?" fragte sie Sam.

„Unser Bewacher da draußen hat eine Maschinenpistole. Er könnte ..." Sam räusperte sich. „Es ist eine gefährliche Waffe."

„Er könnte uns alle zusammen in dreißig Sekunden erledigen“, ergänzte Ashley nüchtern.

In diesem Moment ging die Tür auf und der Südamerikaner, der sie aus dem Hotel geholt hatte, betrat den Raum. Er zeigte auf Tara. „Du da, komm mit.“

„Sie bleibt hier!“ protestierte Ashley.

Der Mann achtete nicht auf den Einwand, sondern packte Tara am Arm. Sam sprang auf, aber sofort richtete der andere Bewacher seine Maschinenpistole auf den alten Mann.

„Sam, setzen Sie sich“, sagte Tara. „Ich komme bestimmt gleich zurück. Vergessen Sie nicht, ich habe Morton einmal gut gekannt.“ Obwohl sie alles andere als optimistisch war, versuchte sie ihrer Stimme einen zuversichtlichen Klang zu geben. Ja, sie kannte Morton. Und deshalb hatte sie Grund, sich zu fürchten. Aber das wollte sie sich nicht anmerken lassen, denn wenn einer von ihnen unbesonnen reagierte, konnte es ihn das Leben kosten.

„Das lasse ich nicht zu!“ rief Jimmy.

„Es wird mir nichts passieren“, versicherte Tara, obwohl sie schreckliche Angst hatte. Während sie mit zitternden Knien vor ihrem Bewacher herging, dachte sie an Rafael und an das Glück, das sie jetzt wohl nie wieder erleben würde.

Ihr graute vor dem Zusammentreffen mit Morton.

Jetzt, da sie wahre Liebe, da sie Leidenschaft und Zärtlichkeit kannte, konnte sie den Gedanken nicht ertragen, von Morton berührt zu werden.

Sie schluckte. Sicher hatte Morton auch Rafael in seinen schmutzigen Plan mit einbezogen, hatte ihn ebenso erpresst wie sie. Er wollte Rafael und Jimmy, weil er hinter der Maske her war. Und damit sie ihn nicht weiterhin verfolgen konnten, musste er sich ihrer entledigen. Die Gier nach dieser Maske war ihm zur Besessenheit geworden, ebenso wie die fixe Idee, Tara noch einmal zu besitzen.

Sie fürchtete sich davor, dass er ihr Gewalt antat. Und sie machte sich die schrecklichsten Sorgen um Rafael. Er würde zum Äußersten bereit sein, um sie alle zu schützen. Wie sie ihn liebte! Wie verzweifelt sie sich nach ihm sehnte! Sie wagte sich nicht auszumalen, was passieren würde, wenn Morton ihn in eine Falle lockte. Würde er so weit gehen, Rafael kaltblütig umzubringen?

Sie zwang sich zur Ruhe. Rafael war nicht der Mann, der sich von einem Typ wie Morton hereinlegen ließ. Außerdem vermisste man sie vielleicht inzwischen. Unter Umständen suchte die Polizei bereits nach ihnen. Und so schwach die Möglichkeit auch schien, sie musste versuchen, mit Morton zu reden.

„Tara, wie habe ich mir diesen Tag herbeigewünscht!“ Mit einem unechten Lächeln sah er ihr entgegen.

Sie blieb stehen. Am Ende des Ganges wartete Morton auf sie. Ängstlich wartete sie ab, was als Nächstes kommen würde.

„Lass uns gehen“, sagte er knapp.

„Wohin?“

„Wir machen einen Mondscheinspaziergang.“

„Ich will nicht hinausgehen.“

„Doch, mein Schatz, du willst.“

Mit grimmiger Miene kam er auf sie zu. Sie schrie leise auf, als er ihr brutal den Arm auf den Rücken drehte und sie vorwärts stieß. Bleib ruhig! sagte sie sich verzweifelt, obwohl sie nicht wusste, was ihr das nützen sollte.

Morton öffnete die Tür und schob Tara hinaus. Draußen war es stockdunkel. Morton schien genau zu wissen, wohin er ging. Tara merkte, dass der Boden unter ihren Füßen immer felsiger wurde. Als Morton sie unvermittelt zurückriss, schrie sie erneut auf. Mit einer ungeduldigen Handbewegung brachte er die erschrockene Tara zum Schweigen.

„Du Dummkopf! Um ein Haar wärst du von der Klippe gestürzt.“

Jetzt sah auch sie den Punkt, wo das Felsenriff abrupt abbrach. Unter ihnen funkelten die Lichter der Stadt. Sie schienen unheimlich weit weg zu sein.

„Setz dich, Tara.“

Ein paar Schritte von ihnen entfernt stand ein Baum auf einem Fleckchen weichen Waldbodens. Dorthin setzte sie sich. Morton blieb hinter ihr stehen und zündete sich eine Zigarette an.

„Morton“, sagte sie leise, als sie das lastende Schweigen nicht mehr ertragen konnte. „Das ist doch alles völlig verrückt. Du hättest im südamerikanischen Dschungel untertauchen sollen. Wenn dich die Polizei diesmal schnappt …“

„Ich will die Maske.“

„Warum?“

„Warum?“ Er lachte kurz auf. „Ganz einfach. Weil sie eine Menge Geld wert ist. Ich kenne die richtigen Kanäle. Diese Maske würde mir ein Leben in unvorstellbarem Reichtum ermöglichen.“

„Aber du hast doch immer genug Geld verdient!“ rief Tara.

„Bei Galliard vielleicht?“ fragte er amüsiert.

Er hatte sich über sie gebeugt. Sie fühlte, wie sich ihr vor Widerwillen die Nackenhaare sträubten. Als sie seinen Atem auf ihrem Haar spürte, bekam sie Gänsehaut. Eisern zwang sie sich, Ruhe zu bewahren. Je länger sie mit ihm sprach, je länger sie ihn hinhalten konnte, desto größer war ihre Chance, gerettet zu werden – falls man nach ihnen suchte.

„Ich hätte ein Vermögen an dir verdienen können,

Süße. Weil ich wusste, wie man dich am besten vermarktet. Aber du wolltest mich ja nicht. Und jetzt bildest du dir ein, du könntest Rafael Tyler heiraten. Dass ich nicht lache! Ich bin derjenige, der dich aus der Gosse geholt hat, und wie hast du es mir gedankt? Du hast mich betrogen, du Schlampe!“

„Du hast mich nicht aus der Gosse geholt, Morton, du hast versucht, mich hineinzuziehen. Ich habe eine Menge armer Leute gekannt, aber keiner von ihnen hätte sich dermaßen erniedrigt wie du, nicht für alles Geld der Welt. Sie besaßen etwas, das du nicht kennst – Stolz.“

„Ich bin beeindruckt, Tara. Aber es ist ein Jammer, dass du so denkst. Ich war bereit, es mir anders zu überlegen und dich mitzunehmen. Heute geht die Sache endgültig über die Bühne. Ich treffe mich um Mitternacht mit deinem Geliebten. Er wird mir zusammen mit seinem kleinen Bruder die Maske beschaffen, und anschließend finden die beiden bei einem tragischen Sturz von der Felsenklippe den Tod.“

„Das kannst du nicht tun!“ brachte Tara erstickt hervor. „Du verstrickst dich immer tiefer in diese Geschichte! Bis jetzt kann dir wenigstens niemand einen Mord nachweisen.“

„Mit Mord kommt man manchmal leichter davon als mit einigen anderen Delikten“, sagte er leichthin. „Aber jetzt haben wir genug geredet. Reden ist sowieso nicht meine starke Seite. Du hast mir gefehlt, Tara, weißt du das? Ich habe in dir immer etwas Besonderes gesehen."

„Mach dich nicht lächerlich. Du siehst doch in jedem Weiberrock etwas Besonderes", erwiderte sie scharf.

Er griff in ihr Haar, um unsanft ihren Kopf zurückzuziehen. „Zugegeben, du bist nicht die Einzige, aber du bist etwas Besonderes. Ich spürte es, als ich dich heute früh auf dem Laufsteg sah. Es ist mir schwer gefallen, mich auf meinen Plan zu konzentrieren." Wieder zog er sie an den Haaren. Dabei lachte er über ihre Hilflosigkeit. „Komm zu mir, Tara", befahl er.

In diesem Moment vergaß sie, dass sie nur wenige Meter von der steilen Felsenklippe entfernt war. Als er sie bei den Schultern packte, wehrte sie sich wie eine Wildkatze und zerkratzte ihm mit allen zehn Fingern das Gesicht.

Vor Schmerz schrie er laut auf. „Du hinterhältiges Weibsbild!" rief er und ließ sie sekundenlang los.

Die Sekunde genügte Tara, um aufzuspringen. Sie wusste, sie musste versuchen, von der Felsenklippe wegzukommen und den Weg zurück in die Berge zu finden. Doch während sie auf den schmalen Pfad zurannte, löste sich plötzlich aus der Dunkelheit eine Gestalt und kam auf sie zu. Erschrocken blieb sie stehen. Sobald die Gestalt nah genug war, stieß Tara einen kleinen Freudenschrei aus. Der Mann, der auf sie zukam, war George Galliard.

Sie rannte zu ihm hin und warf sich in seine Arme. „George! Wie sind Sie bloß hier heraufgekommen? Dem Himmel sei Dank! Haben Sie die Polizei benachrichtigt? Morton ist direkt hinter mir. George?“

Er schaute über ihre Schulter. Tara wandte sich um. Entsetzt versuchte sie sich hinter George zu verbergen, denn Morton hatte sie eingeholt. Sein Gesicht, über das sich blutrote Kratzer zogen, war wutverzerrt.

„George!“ stieß sie fassungslos hervor, als er sie plötzlich hart bei den Schultern packte und sie direkt in Mortons Arme zurückstieß. „George?“

„Sorry, Süße“, sagte Morton leise. Seine Stimme klang boshaft. „Hast du es nicht erraten? Wer, glaubst du wohl, hat dem guten George zu seinem Start verholfen? Kein Mensch wollte doch seine Kollektionen kaufen. Ich habe nie für ihn gearbeitet, sondern er hat für mich gearbeitet. Mit seiner Hilfe schaffte ich Edelsteine, Gold und Kunstgegenstände sicher über die Grenze. Wer vermutet schon Schmuggelgut bei einem berühmten Modeschöpfer? Diesmal hat er die Reise sehr sorgfältig geplant, gleich nachdem er mit dir gesprochen hatte und du ihm erzähltest, dass du knapp bei Kasse seist. Das letzte Mal hatte er ja ziemliche Schwierigkeiten mit dem Zoll.“

„Du bist ein Idiot!“ fuhr George ihn an. „Diesmal werden wir nicht davonkommen! Wozu musstest du so viele Geiseln nehmen? Du hast das halbe Schiff hier heraufgeschleppt.“

„Ich habe nur getan, was notwendig war. Hör mit dem Gejammer auf und fahr in die Stadt zurück. Hoffentlich ist dir niemand gefolgt.“

Taras Knie gaben plötzlich nach. Ausgerechnet George, den sie immer als ihren Retter angesehen hatte. Es war unfassbar, dass er die ganze Zeit mit Morton unter einer Decke gesteckt hatte und dass er sie jetzt an ihn auslieferte!

„Steh auf!“ schrie Morton. „George, verschwinde endlich! Ich habe lange genug auf die Rückkehr meiner Geliebten warten müssen.“

Er zog sie mit sich. Verzweifelt versuchte Tara sich durch Treten und Kratzen von ihm zu befreien, aber sie wusste, diesmal würde er sie nicht loslassen.

Rafael nahm fünf verschiedene Taxis, hielt an fünf verschiedenen Plätzen an und kam aus fünf verschiedenen Straßen, bevor er mit dem letzten Taxi zu Costellos Büro fuhr. Damit ging ihm zwar wertvolle Zeit verloren, aber er wusste, dass die Vorsichtsmaßnahme notwendig war. Er stürzte so aufgeregt in Costellos Büro, dass es ihn im Nachhinein wunderte, dass der Lieutenant so gelassen reagierte. Noch erstaunlicher fand er es, dass Costello die skizzierte Landkarte ernst nahm. Aufmerksam studierte er den Plan, kratzte sich dann nachdenklich am Kinn und meinte, dass sich der Ort wahrscheinlich finden lasse.

„Ich werde einen meiner Männer anrufen – Juan Ortega. Er kennt sich in den Bergen aus. Aber wenn das nicht der Ort ist, wo die Geiseln festgehalten werden, Señor?"

„Es muss unbedingt der Ort sein", sagte Rafael mit rauer Stimme. „Mein Bruder Jimmy lebt. Er hätte mir nicht diesen genauen Plan hinterlassen, wenn er nicht völlig sicher gewesen wäre, dass man sie dorthin bringt."

Sie setzten sich und besprachen schnell die Einzelheiten. Weil sie nicht das Risiko eingehen konnten, von Mortons Spähern gesehen zu werden, mussten sie über Seitenstraßen in die Berge fahren. Aber das kostete Zeit. Dabei kam es darauf an, früh genug am Ziel zu sein, um Elliott zu überrumpeln. Denn die Möglichkeit, mit ihm zu verhandeln, mochte Costello gar nicht erst in Betracht ziehen. Elliott war skrupellos genug, eine Schießerei zu beginnen.

Mehr als zwei Männer wollte Costello nicht mitnehmen. Damit waren sie zu viert: Ortega, der sie durch die Berge führen sollte, ein Scharfschütze, Costello und Rafael.

Es war fast zehn Uhr, als die vier Männer endlich in der Dunkelheit aufbrachen. Nachdem sie die Stadt hinter sich gelassen und die Berge erreicht hatten, bogen sie von der Hauptstraße ab, um über gewundene Nebenstraßen tiefer in die Berge zu fahren. Bald ging es immer steiler bergauf, bis sie den Punkt erreichten, wo sie mit dem Auto nicht mehr weiterkamen. Jetzt war Ortskenntnis gefragt.

Ortega schien tatsächlich in den Bergen zu Hause zu sein. Rafael und Costello waren schon außer Atem, da kletterte er noch mühelos die steilen Pfade hinauf. „Wenn die Karte stimmt, dann führt dieser Weg uns zum Versteck", sagte er, als sie schließlich auf einen schmalen Trampelpfad stießen.

Endlich blieb Ortega stehen. Ein schwacher Lichtschimmer drang durch die Bäume. Mit einer Handbewegung bedeutete Costello ihnen, die Hütte zu umstellen. Es war der Scharfschütze, der das richtige Fenster fand. Er gab Costello ein Zeichen. Daraufhin ging Costello mit Ortega zum Eingang der Hütte. Rafael und der Scharfschütze schauten sich an. Langsam zählten sie die Sekunden.

Und dann schlug Rafael das Fenster ein und sprang in den Raum, in dem die Geiseln gefangen gehalten wurden. Der Scharfschütze folgte ihm, um ihnen Feuerschutz zu geben. Rafael bekam Ashley zu fassen und zog sie mit sich auf den Boden, während er den anderen zurief, sie sollten ebenfalls in Deckung gehen.

Es war ganz einfach. Der Scharfschütze rief dem bewaffneten Wachposten zu, ob er tatsächlich für den kriminellen Nordamerikaner sterben wolle, und der Mann gab auf, ohne einen einzigen Schuss abzufeuern. In der Zwischenzeit waren Costello und Ortega durch die Vordertür eingedrungen und trieben zwei weitere Männer vor sich her. Zu Rafaels großem Erstaunen handelte es sich bei einem von ihnen um George Galliard.

Doch er konnte sich im Moment nicht den Kopf über diese verwirrende Tatsache zerbrechen, da er Jimmy gesehen hatte und ihn glücklich in die Arme schloss. Aber nur für Sekunden gab er sich der Wiedersehensfreude hin. Dann fragte er hastig: „Wo ist Tara?"

„Sie ist irgendwo da draußen – mit Elliott."

„Warten Sie!" rief Costello. Aber es war zu spät. Rafael rannte schon in die Nacht hinaus.

Ein paar Schritte von der Hütte entfernt blieb Rafael stehen und schaute sich um. Wenn es bloß nicht so dunkel auf diesem Berg gewesen wäre. Und dann hörte er Taras Schrei.

Er fing wieder an zu rennen, rutschte aus und lief gegen einen Baum. Wieder schrie Tara auf. Diesmal war es ganz in seiner Nähe. Im nächsten Moment sah er sie. Fast blieb ihm das Herz stehen vor Schreck, als er sah, dass sie direkt am Abgrund stand. Er erblickte auch Elliott, einen großen, kräftigen Mann, der für Taras Schreie bloß ein höhnisches Lachen übrig hatte. Sobald Morton sich aber über sie beugte und sie berühren wollte, verlor Rafael die Beherrschung. Er hatte nur noch den einen Wunsch, Elliott zu Boden zu schlagen. Angetrieben von Wut und Hass, stürzte er auf Elliott zu, packte ihn und riss ihn nieder.

Der Überraschungseffekt hatte Rafael zunächst einen Vorteil verschafft – doch nur für Sekunden. Dann holte Elliott zum Schlag aus, und Rafael duckte sich. Instinktiv spürte er, dass er es mit einem harten Gegner zu tun hatte. Mit seinem ganzen Gewicht warf er sich auf Elliott. Die beiden Männer lieferten sich einen erbitterten Kampf. Immer wieder ging einer von ihnen zu Boden oder wurde gegen die harte Felswand geschleudert. Aber dann gelang es Elliott, Rafael einen gezielten Kinnhaken zu verpassen. Rafael taumelte, und sekundenlang schien sich alles um ihn herum zu drehen. Er sah, wie Elliott erneut die Faust hob, sah seinen hasserfüllten Blick und ging gerade noch rechtzeitig genug in Deckung.

Aus dem Augenwinkel sah er Tara, die direkt am Abgrund stand. „Hau ab!“ schrie er. „Mach, dass du hier wegkommst!“

Er bemerkte ihre Unentschlossenheit. Wahrscheinlich überlegte sie, wie sie ihm helfen konnte. Er stürzte sich auf Elliott und rammte ihm die Faust ins Gesicht.

„Verschwinde von hier, damit ich mir wenigstens um dich keine Sorgen mehr machen muss!“ rief er Tara zu.

Elliott hatte sich hochgerappelt und verpasste ihm erneut einen Kinnhaken.

„Lauf schon!“ schrie Rafael.

Tara rannte los.

„Tyler!“ stieß Elliott hasserfüllt hervor. „Wenn ich gehe, dann müssen auch Sie dran glauben.“

„Das werden wir sehen!“ Wo blieb bloß Costello?

Wieder stürzten sie sich aufeinander und lieferten sich ein wildes Handgemenge. Dabei kamen sie unbemerkt dem Abgrund näher. Irgendwann gelang es Rafael, Elliott seine geballte Rechte ins Gesicht zu schmettern. Stöhnend sackte Elliott in sich zusammen und taumelte über den Abgrund. Aber er schaffte es noch, Rafael, der bei der Wucht seines eigenen Schlages das Gleichgewicht verloren hatte, mit sich zu reißen.

Das wars, ging es Rafael durch den Kopf.

Aber zu seinem Erstaunen fiel er nicht besonders tief, sondern landete einen Meter unterhalb der Klippe auf einem zweiten Felsplateau. Keuchend rappelte er sich auf, und lehnte sich schwer atmend gegen die Felswand. Elliott lag ein paar Schritte von ihm entfernt bewusstlos auf dem Boden.

„Mr. Tyler!“ Costello beugte sich über den Felsrand. Als er sah, dass Morton bewegungslos dalag und Rafael offensichtlich nichts fehlte, grinste er erleichtert. „Brauchen Sie Hilfe?“

Rafael lachte. „Und ob ich Hilfe brauche! Schaffen Sie den Kerl weg!“

Ortega und der Lieutenant kletterten auf das Felsplateau hinunter, um Morton Elliotts leblosen Körper wegzutragen. Ortega wollte Rafael beim Aufstehen helfen, doch er winkte ab.

„Ich bin völlig außer Puste. Gehen Sie schon einmal vor. Ich komme gleich nach.“

Auf dem Pfad zur Hütte kam ihnen Tara entgegen. In ihren großen Augen lag unsagbare Angst. „Oh nein!“ stieß sie entsetzt hervor. „Wo ist Rafael?“

„Dort unten, direkt unterhalb der Klippe“, erwiderte Costello. Sie wartete keine Erklärung ab, sondern rannte sofort los.

Tara lief, als ginge es um ihr Leben. All ihre Wut auf Rafael, all seine Geheimniskrämerei zählte nicht mehr. Dieser ganze fürchterliche Abend zählte nicht mehr. Auch ihre Angst um Ashley und die Panik, die sie vorhin erfüllt hatte, als Morton sie nach draußen zerrte, ließen sich nicht im Geringsten mit ihrer Angst um Rafael vergleichen. Sie würde es nicht überleben, wenn ihm etwas zugestoßen war. Sie musste sich beeilen, um ihm zu helfen. Wie eine Wahnsinnige rannte sie quer durch das kleine Waldstück auf den Abgrund zu. Zweige verfingen sich in ihrem Haar und in ihrer Kleidung, und ein paar Mal wäre sie fast gestürzt. Doch sie kümmerte sich nicht darum. Nichts konnte sie aufhalten.

Sie erblickte Rafael direkt unter dem Felsvorsprung. Hastig kletterte Tara zu ihm hinunter. Als sie direkt über ihm war, hielt sie sich einen Augenblick an einer Baumwurzel fest, um einen prüfenden Blick in sein Gesicht zu wagen. Bei seinem Anblick setzte ihr Herzschlag fast aus.

Er war tot. Starr und regungslos lehnte er an der Felswand. Seine Augen waren geschlossen und aus seinem Mund tropfte Blut.

„Rafael!“ rief sie entsetzt. Im nächsten Augenblick war sie an seiner Seite, kniete neben ihn, berührte seine Stirn und nahm seine Hände. „Rafael, bitte verlass mich nicht. Ich liebe dich doch so sehr. Ich werde Hilfe holen. Ich bin gleich wieder da. Bitte, mein Liebling, du musst wieder gesund werden. Ich liebe dich doch ...“

Als sie sich aufrichten wollte, hielt er sie fest. Glücklich, dass er wenigstens das Bewusstsein zurückerlangt zu haben schien, streichelte sie ihm übers Haar. Sie küsste ihn behutsam. Da traf sie ein Blick, in dem sich Glück und Triumph mischten. „Ich liebe dich“, flüsterte er.

„Und ich liebe dich. Bitte beweg dich nicht. Ich werde sofort Hilfe holen."

„Nein!" Er packte ihre Hände fester, um sie am Aufstehen zu hindern.

„Rafael, du bist verletzt!"

Verstohlen betrachtete er ihr Gesicht und er bekam Gewissensbisse, als er ihren traurigen Blick, ihren bekümmerten Gesichtsausdruck sah. Die Schuldgefühle taten ihm weh, aber er wusste, dass es in diesem Moment auf besonnenes Handeln ankam. Er musste diese Situation nutzen, in der sie ihm zuhören würde, um ihr endlich alles zu erklären.

„Tara, du musst mich anhören. Ich schwöre dir, dass ich dich liebe. Schon damals im Museum war der erste Funke übergesprungen. Und mit jedem Mal, wenn wir uns wiedersahen, verliebte ich mich mehr. Erst glaubte ich, dass du Jimmy vielleicht ebenso betört hättest wie mich und ihn damit ins Unglück gestürzt hast. Ich kam mir vor wie ein Idiot, der mit offenen Augen in die Falle lief. Aber ich hatte längst den Punkt erreicht, wo das keine Rolle mehr spielte. Ich liebe dich so sehr, Tara …"

„Oh, Rafael, das ist doch jetzt alles egal. Du darfst nicht sprechen. Ich werde Hilfe holen …"

„Nein, Tara. Erst musst du mir sagen, dass du mir glaubst. Versprich mir, dass du mich heiratest – falls ich durchkomme."

„Rafael, du brauchst …“

„Was ich brauche, ist dein Versprechen, Tara. Schwöre mir, dass du mich heiraten wirst.“

„Ja, oh ja! Aber jetzt lass mich Hilfe holen.“

Doch er ließ sie nicht gehen. Stattdessen sprang er plötzlich auf, riss sie in seine Arme und küsste sie leidenschaftlich.

Im ersten Moment gab sich Tara entzückt seiner Umarmung hin. Doch dann fiel ihr plötzlich auf, dass er voller Energie und Leben war und absolut nichts auf eine schwere Verletzung hinwies. Mit beiden Händen stieß sie ihn von sich. „Rafael! Du bist ja gar nicht schwer verletzt!“

„Wie bitte? Elliotts Kinnhaken waren wirklich nicht zu verachten.“

„Oh! Aber du hast so getan, als …“

„Hättest du mich denn lieber halb tot hier aufgesammelt?“

„Nein, natürlich nicht!“ Sein fröhliches Lachen steckte sie an. Ein unsagbares Glücksgefühl erfasste sie – selbst wenn sie ihn vor einem Augenblick noch am liebsten geschüttelt hätte. Dass dieser fürchterliche Abend so wunderbar enden würde, war einfach unfassbar. „Du bist unmöglich“, sagte sie vorwurfsvoll, küsste ihn aber gleich darauf. „Wie konntest du mir nur solche Angst einjagen. Das war die niederträchtigste Vorstellung, die ich je in meinem Leben gesehen habe."

Er zog sie auf das Felsplateau hinunter, um sie zärtlich zu küssen. Danach schaute er ihr liebevoll in die Augen. „Ich schwöre dir, dass ich mich nie wieder niederträchtig benehmen werde. Glaubst du mir?"

„Nein."

„Du solltest deinem Ehemann aber vertrauen."

„Ehemann!"

„Du hast mir eben versprochen, dass du mich heiraten wirst."

„Das Versprechen hast du dir ergaunert."

Sein Lächeln war ein wenig schuldbewusst. Zärtlich streichelte er ihre Wange. „Ich musste es dir abnehmen. Ich hatte solche Angst, dass sich die Gelegenheit nie wieder bieten würde." Sein Lächeln schwand. Plötzlich sah er sehr ernst aus. „Tara, als ich erfuhr, dass Elliott dich in seiner Gewalt hatte, bin ich fast verrückt geworden. Und als ich dich vorhin mit ihm zusammen sah, glaubte ich, ich würde den Verstand verlieren. Ich wollte diesen Mann umbringen, weil er dich bedrohte."

Mit Tränen in den Augen schaute sie zu ihm auf. Sie liebte ihn so sehr, und vor allem wusste sie jetzt, dass er ihre Liebe erwiderte, dass ihre Beziehung ehrlich und aufrichtig war und ein Leben lang andauern würde. „Du bedeutest mir unendlich viel", flüsterte sie.

Langsam beugte er sich über sie, um ihre Lippen zu berühren. Er wollte gerade die Wärme ihres Mundes auskosten, als der intime Moment abrupt zerstört wurde.

„Tara! Rafael! Wo seid ihr?“ Es war Ashley, die sich natürlich die größten Sorgen um sie machte.

„Wir sind hier, Ashley! Wir kommen sofort!“ beruhigte Rafael sie.

„Ist alles in Ordnung?“

Diesmal antwortete Tara ihr. Während sie Rafael die Arme um den Nacken schlang, rief sie ihrer Freundin zu: „Es geht uns gut, Ashley! Es ist uns noch nie besser gegangen.“

Die Maske in der hohen Glasvitrine war einzigartig. Ein kleines Schild in der unteren Ecke des Schaukastens wies sie als Zeremonienmaske der Mayas aus, eine Leihgabe des Museums von Mexico City. Fünfundvierzig Diamanten, sechzehn Rubine und achtzehn kleinere Saphire schmückten dieses einmalige Kleinod.

Gewiss, die Maske war einzigartig und überaus wertvoll, aber Tara lief es kalt über den Rücken, als sie in das grinsende goldene Gesicht blickte. Das Grinsen hatte etwas Böses, als wolle es Unglück über den Betrachter bringen. Und hatte diese Maske nicht tatsächlich eine Menge Unheil angerichtet? Tara war bestimmt nicht abergläubisch, doch sie war erleichtert gewesen, als Jimmy die Maske zurückgegeben hatte.

Tara verließ die Maya-Ausstellung, um in einen Nebenflügel des Museums zu eilen. Zielstrebig steuerte sie einen ganz bestimmten Saal an. Unter der Tür blieb sie stehen und betrachtete versonnen die Plastik in der Mitte des Raumes.

Diese Skulptur war wirklich fantastisch. Sie befand sich in der Abteilung für römische Kunst und trug auf dem Sockel die Bezeichnung: „Unbekannter Künstler, um 100 v. Chr., schwarzer Marmor."

Wieder stand Tara hingerissen vor ihrem Tiger und bewunderte seine Schönheit und seine kraftvolle Vitalität. Es gab kein Kunstwerk in diesem Museum, das sich mit diesem vergleichen konnte.

Sie stand mit dem Rücken zum Eingang, als sie auf einmal Schritte hörte und sich daraufhin umwandte. Sie schaute auf. In dem Glaskasten, in dem die Statue eines römischen Hauptmanns ausgestellt war, spiegelte sich die Gestalt eines Mannes. Eindrucksvoll und mysteriös wie die antiken Skulpturen stand er im Eingang. Fast konnte man den Eindruck gwinnen, er wolle ihr den Weg versperren.

Als er auf sie zukam, streckte sie ihm freudig die Arme entgegen. An ihrem Ringfinger blitzte ein schlichter Goldring, eine hübsche Ergänzung zu dem Diamanten, den sie nicht wieder vom Finger genommen hatte. Er erinnerte sie an stürmische Tage.

„Hallo", sagte Rafael, schloss sie in die Arme und zog sie liebevoll an sich. „Ich dachte, du wolltest dir die Maske ansehen."

„Ich habe sie mir bereits angeschaut. Und ich finde sie scheußlich."

„Es ist nur eine Maske", sagte er leise.

„Ja, und sie liegt hinter Glas, eingesperrt wie George und Morton. Es war ein Schock für mich zu erfahren, dass George die ganze Zeit gemeinsame Sache mit Morton gemacht hat."

„Nachdem Morton nicht mehr in die Vereinigten Staaten einreisen konnte, hat George die Waren für ihn über die Grenze geschmuggelt. Im Nachhinein wundert es mich, dass niemand von uns schon früher darauf gekommen ist."

Tara sah nachdenklich vor sich hin. Rafael wusste genau, woran sie dachte. So viele Jahre hatte sie mit skrupellosen Menschen verbracht, hatte ihnen vertraut und nicht das Geringste von ihren Machenschaften geahnt. Er spürte, wie ein Zittern durch ihren Körper lief, und zog sie noch enger an sich.

„Jetzt ist ja alles vorbei", tröstete er sie. „Denk doch einmal an die positiven Aspekte der ganzen Geschichte. Jimmy und Tanya wären sich nie begegnet, und sie sind doch so glücklich miteinander. Ashley hätte nie ein eigenes Geschäft aufgemacht, und Mary würde heute nicht mit dem Kapitän meines Schiffes in Italien leben."

Lächelnd schaute Tara zu ihm auf. „Myrna hat mich sicher für eine skrupellose Verbrecherin gehalten."

„Bestimmt nicht. Sie mag in dir Elliotts Komplizin gesehen haben, aber für skrupellos hielt sie dich nie. Und sie war glücklich, dass du ihr die Planung für die beiden Hochzeiten überlassen hast. Zwei Hochzeiten im selben Jahr, da hatte sie alle Hände voll zu tun. Und Sam war so stolz, dass er den Brautvater spielen durfte." Er lachte glücklich. „Ich habe noch nie eine so schöne Hochzeitsfeier erlebt – Ashley, Mary, Cassandra, und nicht zu vergessen die Braut! Das silberne Kleid passte wundervoll zu deinen Augen."

Sie spürte den Blick seiner goldbraunen Augen, der zärtlich und verlangend auf ihr ruhte und der immer ein bisschen etwas von dem Hunger eines Raubtieres an sich hatte. Sie schaute zu dem schwarzen Tiger hinüber. „Als ich dich zum ersten Mal sah", murmelte sie, „war ich von der Ähnlichkeit fasziniert."

„Von welcher Ähnlichkeit?"

Sie lachte. „Von der Ähnlichkeit zwischen dir und dem Tiger. Sagte ich dir das nicht schon einmal?"

„Oh ja, der Tiger." Er ließ sie los und ging lächelnd um die Plastik herum. „Ich weiß nicht, ob ich das als

Kompliment auffassen soll", meinte er dann in trockenem Ton.

Lachend ging Tara zu ihm hin, um sich bei ihm einzuhaken. „Oh, ich fand dich umwerfend. Voller Vitalität und kraftvoller Anmut. Und schließlich hast du ja tatsächlich auf der Lauer gelegen. Du warst bereit, jeden Augenblick zuzuschlagen."

Er verzog das Gesicht. „Du hast mir versprochen, es zu vergessen."

„Oh, ich habe mein Versprechen auch gehalten. Ich wollte dir nur ein Kompliment machen. Ein Tiger mag gefährlich sein, aber gleichzeitig übt er eine ungeheure Faszination aus. Ich fühlte mich zu dieser Tiger-Plastik hingezogen. Und genauso hattest du mich sofort in deinem Bann."

Rafael nahm Taras Hände, schaute sich um, und als er sah, dass sie allein waren, zog er sie an sich, um sie zu küssen. „Wieso sprichst du in der Vergangenheit?" flüsterte er in jenem verführerischen Ton, der nie seine Wirkung auf sie verfehlte.

Sie schenkte ihm ihr bezauberndstes Lächeln. „Ich bin immer noch in deinem Bann."

„Wann hast du dich denn mit Ashley zum Lunch verabredet?"

„Um eins."

„Es ist erst zwölf. Wir haben noch eine Menge Zeit."

„Zeit wofür?“ fragte Tara verblüfft.

„Muss ich es dir erklären, Darling?“

„Rafael!“ protestierte sie lachend. Doch er zog sie bereits zur Tür. Bevor sie den Raum verließen, drehte er sich noch einmal um.

„Danke, mein Freund“, sagte er leise und blinzelte dem Tiger zu.

Sie verließen das Museum, rannten die Stufen hinunter und hielten ein Taxi an. Zwar wartete Sam irgendwo im Museum auf sie, aber Tara wäre es etwas peinlich gewesen, wenn Sam sie nach Hause gefahren hätte.

In Rafaels Wohnung angekommen, ließ sie noch im Flur ihren Mantel fallen, an der Schlafzimmertür zog sie bereits die Schuhe aus. Und dann saß sie barfuß auf dem Bett und erwartete Rafael. Helles Sonnenlicht flutete durch das Oberlicht ins Zimmer, fing sich in ihrem Haar und ließ es wie pures Gold glänzen.

Als er zu ihr kam, kniete sie sich hin, um ihm langsam das Hemd aufzuknöpfen. Nach jedem Knopf hielt sie inne, um seine nackte Brust zu küssen. Als sie an seiner Gürtelschnalle angelangt war, stöhnte er auf, fasste mit beiden Händen in ihr Haar und zog ihren Kopf zu sich hoch, damit er sie küssen konnte. Sie streichelte seine Schultern, ließ die Finger über seinen Rücken wandern und entzog ihm dann ihren Mund, um ihre Wange an seine Brust zu pressen.

Sie lachte, als er ihr ungeduldig den Pullover über den Kopf zog, hastig sein Hemd abstreifte und seine Jeans auszog und sich dann am Verschluss ihrer Hose zu schaffen machte.

„Ich werde nie den Moment vergessen, als ich dich zum ersten Mal sah", flüsterte er. „Ich hatte von deiner Schönheit gehört, und ich wusste, dass du eine außergewöhnliche Frau sein musstest. Aber dein Anblick übertraf alle meine Erwartungen."

„Lust auf den ersten Blick, was?"

„Hm, so ähnlich. Ich hätte dich am liebsten gleich im Museum ausgezogen." Er betrachtete voller Bewunderung ihre zarten nackten Brüste und berührte sie ganz vorsichtig mit der Handfläche. Fasziniert beobachtete er, wie sich die Knospen unter seiner Berührung aufrichteten. „Ich wollte dich in meine Arme reißen und dich entführen. Hättest du in der ägyptischen Abteilung in einem Tempel gestanden – ich hätte mich nicht gewundert, denn du kamst mir wie eine geheimnisvolle Göttin vor."

Sie lachte, bis er ihr die Lippen mit einem Kuss verschloss und ihr Lachen in ein leichtes Stöhnen überging. Was als spielerische Zärtlichkeit begann, steigerte sich schnell zu brennender Leidenschaft. Aber es war so viel mehr als Leidenschaft, was ihre Beziehung ausmachte. Es waren Zärtlichkeit, Liebe und Verstehen.

Es war ein Traum, der Wirklichkeit geworden war – besonders weil ihre Liebe einige Hürden zu überwinden hatte.

Für Tara kam es einem Wunder gleich, dass sie Rafaels Frau war und er ihr Mann und dass sie ihren faszinierenden, kraftvollen Tiger gezähmt hatte.

Jedenfalls meistens gab er sich zahm. Nur manchmal kam noch der wilde Tiger zum Vorschein …

– ENDE –

Heather Graham
Im Netz der Leidenschaft

Band-Nr. 25184
6,95 € (D)
ISBN: 3-89941-242-7

Emilie Richards
Sehnsucht nach Neuseeland

Band-Nr. 25203
6,95 € (D)
ISBN: 3-89941-296-6

Emilie Richards
Glut der Liebe

Band-Nr. 25172
6,95 € (D)
ISBN: 3-89941-230-3

Nora Roberts
Affäre im Paradies

Band-Nr. 25189
6,95 € (D)
ISBN: 3-89941-282-6

Sandra Brown
Das verbotene Glück

Band-Nr. 25190
6,95 € (D)
ISBN: 3-89941-283-4

Tess Gerritsen
Die Meisterdiebin/
Angst in deinen Augen

Band-Nr. 25191
6,95 € (D)
ISBN: 3-89941-284-2

Nora Roberts
Die MacKades 1
Zwischen Sehnsucht
und Verlangen
Band-Nr. 25171
6,95 € (D)
ISBN: 3-89941-229-X

Nora Roberts
Die MacKades 2
Dem Feuer zu nah
Band-Nr. 25178
6,95 € (D)
ISBN: 3-89941-236-2

Nora Roberts
Die MacKades 3
Sterne einer
Sommernacht
Band-Nr. 25196
6,95 € (D)
ISBN: 3-89941-289-3

Vorschau
Dieser Roman erscheint
im Dezember 2006

Nora Roberts
Die MacKades 4
Hochzeit im Herbst
Band-Nr. 25204
6,95 € (D)
ISBN: 3-89941-297-4

Band-Nr. 45019
3 CD's nur 12,95 € (D)
ISBN: 3-89941-304-0

Die Sturmflut

Hörbuch

Hamburg, Februar 1962. Seit Tagen regnet es. Dass sich hinter den vom Sturm gepeitschten Wassermassen viel mehr verbirgt, ahnt kaum jemand. Susanne Lenz, die im Seewetteramt vor dem aus Island kommenden Sturmtief „Vincinette" warnt, erscheint ihren Kollegen als übervorsichtig. Doch sie behält Recht. Ab 16.02. dann nimmt das Drama seinen Lauf. Im Stadtteil Neuenfelde bricht der erste Deich. Das Wasser ist nicht mehr aufzuhalten ...